BERND KÖSTERING
Goethesturm

FALSCHE FREUNDE Weimar im Oktober 2007. Hendrik Wilmut, leidenschaftlicher Goethe- und Weimar-Liebhaber, freut sich auf ein paar ruhige Herbsttage mit seiner Frau Hanna, seiner Espressomaschine und seinem Goethehaus. Als eine bekannte Schauspielerin kurz vor der Premiere des »Clavigo« am Deutschen Nationaltheater verschwindet, wird Hendriks Freund Hauptkommissar Siggi Dorst mit der Suche beauftragt. Doch Wilmut hat andere Probleme: Sein Cousin Benno Kessler bewirbt sich als Oberbürgermeister der Stadt Frankfurt am Main und will seine Frau in Weimar zurücklassen. Hendrik und Hanna versuchen ihn davon abzubringen. Als ein Mord geschieht, wird klar, dass das Geschehen um Benno irgendwie mit dem Deutschen Nationaltheater und der verschwundenen Schauspielerin zu tun hat. Welche Rolle spielt dabei der dubiose Theaterintendant Reinhardt Liebrich? Und was hat dieser mit Goethes ›Clavigo‹ zu tun? Das muss Hendrik herausfinden. Und zwar allein, denn diesmal kann Hanna ihm nicht beistehen.

Bernd Köstering, geboren 1954 in Weimar, ist ein Krimiautor der leisen Töne. Seine Romane und Kurzgeschichten zeigen ein feines Gespür für die Beweggründe der handelnden Menschen. Er entwickelte zusammen mit dem Gmeiner-Verlag das Genre des Literaturkrimis, in dem ein bekanntes Werk der Weltliteratur den jeweiligen Fall auslöst oder auflöst. Seine Goethekrimis um den Privatermittler Hendrik Wilmut haben unter Fans inzwischen Kultcharakter. Er wohnt mit seiner Familie in Offenbach am Main und veröffentlichte bisher fünf Romane und zahlreiche Kurzgeschichten. Seit 2012 verfasst er das monatliche Krimirätsel in der Offenbach-Post.
Besuchen Sie den Autor unter www.literaturkrimi.de

Bisherige Veröffentlichungen im Gmeiner-Verlag:
Düker ermittelt in Offenbach (2016)
Falkenspur (2016)
Falkensturz (2014)
Von Bänken und Banken in Frankfurt am Main (2013)
Goetheglut (2011)
Goetheruh (2010)

BERND KÖSTERING
Goethesturm

Hendrik Wilmuts dritter Fall

GMEINER SPANNUNG

Personen und Handlung sind frei erfunden.
Ähnlichkeiten mit lebenden oder toten Personen
sind rein zufällig und nicht beabsichtigt.

Besuchen Sie uns im Internet:
www.gmeiner-verlag.de

© 2012 – Gmeiner-Verlag GmbH
Im Ehnried 5, 88605 Meßkirch
Telefon 0 75 75 / 20 95-0
info@gmeiner-verlag.de
Alle Rechte vorbehalten
3. Auflage 2016

Lektorat: Sven Lang
Herstellung: Julia Franze
Umschlaggestaltung: U.O.R.G. Lutz Eberle, Stuttgart
unter Verwendung der Fotos von: © Martina Berg – Fotolia.com und
© hosphotos – Fotolia.com
Druck: CPI books GmbH, Leck
Printed in Germany
ISBN 978-3-8392-1330-8

»Geliebt von den Ersten des Königreichs! Geehrt durch meine Wissenschaften, meinen Rang! ... Hinauf! Hinauf! Und da kostet's Mühe und List. Man braucht seinen ganzen Kopf, und die Weiber, die Weiber! Man vertändelt gar zu viel Zeit mit Ihnen.«

Clavigo (im gleichnamigen Schauspiel von Johann Wolfgang von Goethe)

PROLOG

Bis zu den Ereignissen dieser Herbsttage hatte ich ganz selbstverständlich angenommen, Freundschaft sei etwas Alltägliches. Etwas, das einfach da ist und keine besondere Beachtung verdient. Seit meiner Jugendzeit waren mir viele Klassenkameraden, Studien- und Arbeitskollegen begegnet, die ich als Freunde hätte bezeichnen können. Die längste und intensivste Freundschaft verband mich mit meinem Cousin Benno Kessler. Aber noch nie zuvor war mir der Gedanke gekommen, eine Freundschaft könne etwas Entscheidendes sein. Etwas, das ein ganzes Leben lang hält – vielleicht sogar noch länger.

1. WEIMAR, THEATER-CAFÉ

Alles begann an einem Mittwoch. Es war der 24. Oktober 2007, der Tag der Wiedereröffnung des frisch renovierten Rokokosaals der Herzogin Anna Amalia Bibliothek. Ganz Deutschland und viele Kulturinteressierte aus aller Welt hatten auf diesen Tag gewartet, nachdem der Brand drei Jahre zuvor große Anteilnahme ausgelöst hatte.

Hanna und ich waren stolz, an den Feierlichkeiten teilnehmen zu dürfen. Als wir im Foyer des Grünen Schlosses – wie Anna Amalia es genannt hatte – zwischen all den Ehrengästen standen und voller Vorfreude auf die Eröffnung warteten, ahnten wir noch nichts von den Ereignissen am Abend dieses Tages. Und wir hatten keine Vorstellung vom Innenleben des Reinhardt Liebrich.

Mitten im Gedränge des Sektempfangs kamen Benno Kessler und seine Ehefrau Sophie auf uns zu. Mein Cousin Benno hatte als Weimarer Stadtrat für Kultur und Bildung erheblich am Wiederaufbau des Grünen Schlosses mitgewirkt. Die beiden Frauen begrüßten sich mit einer Umarmung. Sophies kinnlange, dunkle Haare und Hannas Blondschopf bildeten dabei einen attraktiven Gegensatz. Die beiden waren schon seit vielen Jahren befreundet. Somit hatte Sophie den Slalom der Liebe zwischen Hanna und mir jederzeit mitbekommen. 1998 hatten wir unsere Jugendliebe wiederentdeckt. Vor drei Jahren, nach einem fatalen Missverständnis und unserer anschließenden persönlichen Wiedervereinigung, hatten wir schließlich geheiratet. Es war ein schönes Gefühl, in einer Ehe verbunden zu sein, ein Gefühl der Zusammengehörigkeit, auch ein wenig Stolz war dabei – und Freude. Freude an einem Leben zu zweit.

Unser Gespräch wurde von einem grauhaarigen Mann unterbrochen, der statt des Sektkelches ein Rotweinglas in der Hand hielt. Benno stellte ihn als Hubertus von Wengler vor, den neuen Generalintendanten des Weimarer Nationaltheaters. Das Auffälligste an seiner Erscheinung waren die buschigen Augenbrauen, die mich unwillkürlich an den ehemaligen Finanzminister Theo Waigel erinnerten. Herr von Wengler war kein Zauderer. Er kam sofort zum Punkt: »Ich freue mich, Sie heute Abend zur Generalprobe des ›Clavigo‹ einladen zu dürfen. Anschließend findet ein Gedankenaustausch im Theater-Café statt. Ich würde mich über einige fundierte Meinungen zu Goethes Theaterstück freuen, besser gesagt, zu unserer speziellen Inszenierung, und der Kulturdezernent sowie ein bekannter Goetheexperte sind da die ideale Besetzung.« Er lächelte. Mit einem Blick zu Hanna und Sophie ergänzte er: »Aufgrund des Clavigo-Themas bin ich sehr gespannt, wie die Damenwelt darauf reagiert. Möglicherweise kommt sogar einer meiner Schauspieler hinzu.«

Nach einer kurzen ehelichen Doppelabstimmung sagten wir zu und Hubertus von Wengler zog weiter zur nächsten Stehparty.

Hanna und Sophie sahen mich fragend an. Ich verstand nicht. Na, was es denn mit dem Clavigo-Thema auf sich habe, wollten sie wissen. Benno stieß mich mit dem Ellenbogen an: »Du bist ja schon ziemlich abgehoben, wenn du quasi voraussetzt, dass alle Menschen den ›Clavigo‹ kennen.«

Gut, gut, dachte ich, ein Freund durfte ab und zu die Wahrheit sagen, selbst wenn es wehtat. Ich entschuldigte mich und sammelte meine Gedanken für eine Kurzzusammenfassung. »Man stelle sich Madrid zu Goethes Zeiten vor. Clavigo ist ein Mann, der als Archivarius für den spanischen König arbeitet. Die Position des Archivarius war damals ... na ja, wie soll man sagen ... eine Mischung aus Politiker und Journalist, teilweise sogar Schriftsteller. Er ist mit der aus Frankreich emigrierten Marie Beaumarchais verlobt, doch sein Freund Carlos überzeugt ihn, die Verlobung zu lösen, um in eine reiche spanische Familie einzuheiraten und möglicherweise zum Minister aufzusteigen. Clavigo folgt dem Rat seines Freundes, womit er Marie in eine tiefe Depression stürzt. Um Maries Ehre zu retten, kommt ihr Bruder, im Stück einfach Beaumarchais genannt, aus Frankreich und zwingt Clavigo, ein ehrenrühriges Dokument zu unterschreiben, das ihm bei Veröffentlichung seine Karriere kosten würde. Clavigo bereut daraufhin sein Verhalten und kehrt zu Marie zurück, die er immer noch liebt. In einer Schlüsselszene redet Carlos so lange mit teils abstrusen, aber durchaus überzeugenden Argumenten auf den charakterschwachen Clavigo ein, bis dieser erneut seine Meinung ändert und Marie endgültig verlässt. Diese stirbt daraufhin an ›Seelenpein‹, wie man damals sagte. Am Ende ersticht Beaumarchais seinen Gegenspieler Clavigo an Maries Sarg.«

Wir verließen das Nationaltheater gegen 22 Uhr, direkt nach der Generalprobe. Es war kein angenehmer Tag, eher ein Tag, an dem man zu Hause blieb: feucht und kalt. Wir überquerten den Theatervorplatz. Hanna schloss den obersten Mantelknopf, ich schlug den Kragen hoch und legte den Arm um sie. Zum Glück waren es nur wenige Meter bis zum Theater-Café. Das bekannte Goethe- und Schillerdenkmal würdigten wir heute keines Blickes. Benno öffnete die Eingangstür, Sophie, Hanna und ich folgten ihm. Die Theaterleute waren noch nicht da, aber der Kellner erkannte den ›Herrn Stadtrat‹ sofort, nahm ihm seine Lederjacke ab und fragte, ob er mit an den Theatertisch wolle. Benno bejahte dies und erklärte mit einer umfassenden Handbewegung in unsere Richtung, dass wir ebenso dazugehörten. Hanna lächelte mich an. Es war ein schönes Gefühl, dazuzugehören.

Nachdem wir uns gesetzt hatten, brachte der aufmerksame Kellner sofort die Weinkarte.

»Was möchtest du trinken, Hanna?«, fragte ich.

»Wie immer, einen trockenen Riesling, das weißt du doch …«, antwortete sie und strich mir liebevoll über den Arm.

Ich zwinkerte ihr zu. »Ja, ja, ich weiß, wollte nur mal probieren, ob ich dich nicht endlich zu einem Rotwein überreden kann.«

»Keine Chance!«, sagte sie lachend und strich ihre blonden Haare hinters Ohr. Ich bestellte einen Nackenheimer Rothenberg und einen Rioja Reserva.

»Ich hätte gern ein Pils«, sagte Benno.

Der Kellner notierte alles.

»Benno, bestellst du mir auch etwas?«, fragte Sophie.

»Äh, ja, natürlich … wie immer?«

»Ja. Wie immer.«

»Einen Prosecco noch, bitte«, rief Benno in Richtung des Kellners. Im selben Moment näherte sich Generalintendant Hubertus von Wengler mit zwei weiteren Männern. Benno stand sofort auf. »Guten Abend, Herr von Wengler.«

»Guten Abend, Herr Kessler, schön, dass Sie gekommen sind!« Dann begrüßte er Sophie, Hanna und mich. Er stellte uns die beiden anderen Herren vor.

»Das ist unser Clavigo-Regisseur Martin Feinert ...«, Händeschütteln, »und hier darf ich Ihnen den bekannten Kritiker Harry Hartung vorstellen, er hat bereits mehrere Theaterführer geschrieben.«

Hubertus von Wengler bestellte einen Bordeaux, Martin Feinert Kamillentee und Harry Hartung einen Cognac.

»Wir erwarten noch den Herrn Oberbürgermeister«, sagte der Generalintendant, »er kommt etwas später, ein wichtiges Telefonat, sowie Franziska Appelmann von der ›Thüringer Zeitung‹ und eine unserer Schauspielerinnen.«

Ich sah ihn neugierig an.

»Frau Pajak kommt.«

»Oh, Frau Pajak!« Ich war begeistert. Jolanta Pajak war sicher die profilierteste Schauspielerin bei dieser Aufführung.

Hubertus von Wengler lächelte. »Erfreulicherweise hat sie sich bereit erklärt, Ihnen heute Abend Rede und Antwort zu stehen. Sie ist zwar nur als Gastschauspielerin bei uns, arbeitet sonst hauptsächlich in Berlin, aber ich denke, sie fühlt sich recht wohl hier in Weimar und sucht den Kontakt zur Bevölkerung.« Seine Waigel'schen Augenbrauen wippten auf und nieder.

»Und heute hat sie eine beeindruckende Leistung geboten«, sagte ich.

»Das stimmt!«

»Absolut!«

»Ja, starke Leistung ...«

»Fast schon zu gut für eine Generalprobe«, meinte

Sophie, »hoffentlich kann sie das am Samstag auf der Premiere wiederholen.«

Alle stimmten dieser Einschätzung zu, sogar Harry Hartung, der Theaterkritiker, der inzwischen seinen zweiten Cognac vor sich stehen hatte. Dies war allerdings auch der einzige gemeinsame Nenner, den wir an diesem Abend mit ihm fanden.

»Hier muss ich gleich einschreiten«, sagte Hartung, »grundsätzlich bin ich ein Vertreter des konservativen Theaters, was nicht heißt, dass ich alle modernen Aufführungen ablehne, aber diese hier ist doch sehr aus dem Ruder gelaufen. Sie haben Goethes Stück von Spanien nach Deutschland verlegt, vom Umfeld des Madrider Hofs ins Frankfurter Bankenviertel, Clavigo ist kein Schriftsteller mehr, sondern ein *karrieregeiler* Banker, wie man heute sagt, zwei männliche Figuren haben Sie gleich ganz aus dem Stück gestrichen, was bleibt denn da noch von Goethe übrig?«

Alle blickten gespannt auf Hubertus von Wengler und seinen Kamillentee trinkenden Regisseur. Der Intendant wiegte bedächtig seinen grauhaarigen Kopf hin und her. »Wissen Sie, Herr Hartung, Sie haben nicht ganz unrecht, es ist schwer für den klassisch geprägten Theaterzuschauer, sich mit unserer Version zu identifizieren. Wir sind uns bewusst, dass wir diese Leute auf eine schwierige Reise mitnehmen. Aber die Reise lohnt sich, denn am Ende werden sie erkennen, dass Goethes Grundideen nach wie vor aktuell sind. Außerdem möchten wir mehr junge Menschen mit dieser Aufführung ansprechen und sie dazu bringen, ins Theater zu gehen.«

Harry Hartung hob beide Hände. »Und Sie meinen, die Jugendlichen gehen einfach so in ein Goethe-Stück, bei all den Angeboten an Kinos, Fernsehkanälen und Computerspielen?«

»Sicher nicht sofort«, antwortete Martin Feinert, »aber wir arbeiten daran. Auch mit unseren beiden Bühnen im e-werk gehen wir in diese Richtung. Alternative Spielstätten werden vom jungen Publikum gut angenommen.«

Benno strich sich durch seinen dunklen Vollbart. Das tat er immer, wenn er nachdachte. »Und warum sind Sie dann mit dem ›Clavigo‹ ins Große Haus gegangen statt ins e-werk?«

»Berechtigte Frage«, übernahm Hubertus von Wengler wieder. »Für solch ein Stück sind die Zuschauerkapazitäten im e-werk zu klein, wir müssen auch an unsere Finanzen denken. Im Übrigen, Herr Hartung, zu den beiden fehlenden Figuren: Wir haben Buenco und Saint George komplett herausgenommen, weil Goethes Original sehr auf die männlichen Rollen zugeschnitten ist, besonders Clavigo, Carlos und Beaumarchais. Die Rolle der Marie hingegen wird etwas in den Hintergrund gedrängt, obwohl es im gesamten Stück thematisch nur um sie geht. Will man eine gute Schauspielerin wie zum Beispiel Jolanta Pajak für die Rolle der Marie begeistern, muss man zu solch kleinen Tricks greifen.«

Das schien Harry Hartung zu verstehen. Er nickte und gab dem Kellner ein Handzeichen für den nächsten Cognac.

Ich nutzte die dadurch entstandene kurze Pause. »Zu Beginn war der Handlungsort tatsächlich etwas ungewohnt für mich, aber nach dem ersten Akt hatte ich mich daran gewöhnt. Ich denke übrigens, dass viele Aussagen Goethes immer noch Gültigkeit haben und in unsere Zeit passen. Man muss sie nur an die heutigen Verhältnisse adaptieren und genau das haben Sie getan. Der karrierebewusste Mann, der sein Heiratsversprechen widerruft, war und ist eine interessante Figur. Mir hat es jedenfalls sehr gut gefallen!«

»Das Abwägen zwischen Beruf und Familie, so würde man es heute bezeichnen«, ergänzte Hanna. »Vor einigen Jahren gab es eine Fernsehshow mit dem Titel ›Geld oder Liebe‹, dieser Titel hätte auch gut zu Goethes ›Clavigo‹ gepasst.«

Während der Intendant und der Regisseur sich bedankten, tauchte plötzlich ein Mann neben Hanna auf. Ich hatte ihn nicht kommen sehen, auf einmal stand er da, groß und gerade, wie aus dem Boden gewachsen. »Gnädige Frau, das haben Sie hinreißend gesagt. Ich bewundere Ihre Gabe, die Natur der Dinge mit wenigen Worten zu benennen!« Damit nahm er Hannas Hand und gab ihr einen angedeuteten Handkuss.

Übertriebene Eifersucht zählte sicher nicht zu meinen Eigenschaften als Ehemann, aber irgendwie gefiel mir diese Szene nicht. Und auch Hanna war das Getue um den Handkuss sichtlich unangenehm.

Der Unbekannte machte eine kleine Verbeugung. »Ich darf mich vorstellen: Reinhardt Liebrich. Ist es gestattet, dass ich mich zu Ihnen geselle?«

Benno sah ihn erstaunt an. »Herr Liebrich, was … ich meine, was machen Sie denn hier?«

»Nun, Verehrtester, ich vernahm zufällig vom Nebentisch Ihre interessante Diskussion und als Theatermensch kann ich mich dem natürlich nicht entziehen, ich bitte um Vergebung, falls ich ungelegen komme.«

Dabei sah er Hubertus von Wengler an. Dieser machte eine seltsame Handbewegung, irgendetwas zwischen Einladung und Abwehr. »Nun dann, Reinhardt, setz dich bitte!«

Direkt neben Benno war noch ein Stuhl frei. Der Eingeladene nahm Platz. Er hatte extrem kurz geschnittene grau melierte Haare und trug eine Nickelbrille. Sein Verhalten zeigte keinerlei Anzeichen von Unsicherheit.

»Ich darf Ihnen Reinhardt Liebrich vorstellen«, sagte von Wengler, »wir haben vor einigen Jahren in Leipzig zusammengearbeitet, er ist auch ... er ist Theaterregisseur. Zuletzt hatte er ein Engagement am Frankfurter Schauspiel.«

Hanna und ich sahen uns kurz an. Etwas Unangenehmes lag in der Luft und sie schien es ebenso zu spüren wie ich. Während sich Liebrich und von Wengler über ihre gemeinsame Zeit in Leipzig unterhielten, stand ich auf, um zur Toilette zu gehen. Benno warf mir einen Blick zu. Wir trafen uns im Vorraum am Waschbecken.

»Was ist das denn für ein komischer Vogel?«, fragte ich.

Benno nahm seine Goldrandbrille ab und putzte sie ausführlich mit einem Papierhandtuch. »Du weißt doch, dass sich im Frühjahr fünf Leute auf den vakanten Posten des Generalintendanten beworben hatten. Liebrich ist einer der abgelehnten Bewerber.«

Ich pfiff leise durch die Zähne. »Donnerwetter!«

Benno nickte.

»Und jetzt setzt der sich einfach so mit an unseren Tisch?«, fragte ich.

»Na ja, immerhin scheint er von Wengler zu kennen, aber besonders glücklich finde ich das nicht. Zumal ...«

Er zögerte. Ich bedeutete ihm mit einem Handzeichen, weiterzusprechen.

»Na ja, der Kultusminister als Vorsitzender des Theater-Aufsichtsrats hat versucht, massiven Druck auf die anderen Mitglieder auszuüben. Liebrich sei ja so erfahren, gerade mit Goethes Bühnenstücken und so weiter. Keine Ahnung, was da los war. Mich hat das sehr gestört, zumal mein Verhältnis zum Kultusminister sowieso angespannt ist. Jedenfalls habe ich die anderen Aufsichtsratsmitglieder überzeugt, die Unabhängigkeit des Deutschen Nationaltheaters zu wahren.«

»Und daraufhin fiel er durch?«

»Richtig. Ich denke, das hat ihn sehr getroffen. Offensichtlich war er ziemlich sicher, den Posten zu bekommen, er war sogar schon mit seiner Lebensgefährtin von Frankfurt nach Weimar umgezogen, eine Frau Hartmannsberger oder so ähnlich, auch eine Theaterschauspielerin.«

»Redet der eigentlich immer so?«

»Liebrich?« Benno lächelte. »Ja, der redet immer so. Die meisten verspotten ihn deswegen. Auf manche übt es aber eine gewisse Faszination aus.«

Ich sah ihn fragend an.

Er drehte sich um. »Wir sollten jetzt besser wieder hineingehen.«

Die Diskussion an unserem Tisch hatte sich inzwischen auf Frau Appelmann verlagert, die immer noch nicht erschienen war und – unter Berücksichtigung der Uhrzeit – wohl nicht mehr kommen würde. Wahrscheinlich hatte sie wichtigere Artikel zu schreiben.

»Nun, dann wird sie wohl nicht in den Genuss kommen, ihre Gedanken zu dieser hochlöblichen Generalprobe an die Öffentlichkeit zu bringen«, sagte Liebrich.

Benno sah ihn erstaunt an: »Das klingt ja so, als seien Sie auch bei der Generalprobe gewesen?«

»Selbstverständlich, Verehrtester!«

»Wie bist du da hineingekommen?«, fragte Hubertus von Wengler.

»Aber Hubertus, einem Freund des Generalintendanten kann doch niemand den Zugang verwehren. Es ist mir nicht darum zu tun, Vorteile aus dieser Sache zu ziehen, ich wollte mich nur dem reinen Kunstgenuss hingeben.«

Von Wengler lehnte sich zurück. »So, unser ›Clavigo‹ hat dir also gefallen.«

»Selbstredend. Mit solch einer Leistung muss euch in der neuen Theatersaison nicht bange sein, das wage ich hier und jetzt zu weissagen. Ein Clavigo, der durchdringt, der sein Zaudern zwischen Berühmtheit und edler Gesinnung spüren lässt. Eine Marie, deren Herz bebt, man möchte geradezu mit ihr zusammen aus der Fassung geraten. Und ein Beaumarchais, dessen treue Sorge um seine Schwester nicht aufgesetzt wirkt, nicht der Lächerlichkeit preisgegeben ist, nein, ehrlich zeigt er sich, für jedermann im Zuschauerraum erlebbar, man spürt das Blut gleichsam durch seine Adern rinnen, man möchte den Degen bald selbst in die Hand nehmen und zustechen. Meine Gratulation!«

Martin Feinerts Handy klingelte. Er nahm ab, hörte kurz zu und sagte: »Nein, noch nicht.« Danach legte er wieder auf. »Und Carlos?«, fragte er umgehend in Liebrichs Richtung.

»Nun, ich in Person kann mich nur schwerlich in die Durchtriebenheit dieser Figur versetzen«, antwortete der Angesprochene. »Aber ohne Zweifel eine schätzenswerte Leistung.«

Die Lage hatte sich etwas entspannt. Ich bestellte einen Espresso, Harry Hartung seinen vierten Cognac.

Während der Kellner die Getränke servierte, klingelte erneut Feinerts Mobiltelefon. Diesmal wirkte er deutlich nervöser, als wäre etwas Unvorhergesehenes passiert. Er rutschte auf seinem Stuhl hin und her, stieß sogar beinahe den Kamillentee um. Dann flüsterte er seinem Intendanten ein paar Worte ins Ohr, nahm seine Jacke und verließ das Café. Durch die Fenster sahen wir ihn in Richtung Bühneneingang des Theaters verschwinden. Wir versuchten, weiter über die Generalprobe zu diskutieren, doch auf seltsame Weise waren alle unkonzentriert. Ich merkte es selbst an mir, ich sprach, ohne mich wirklich auf das Gesagte zu fokussieren, sah ab und zu nach draußen und verlor meine Gesprächspartner immer häufiger aus dem Blick. Nach wenigen Minuten kam Feinert zurück, verweilte vor dem Café, erstaunt sah ich ihn dort mit Oberbürgermeister Peter Gärtner reden, den er wohl zufällig getroffen hatte, bis Hubertus von Wengler aufsprang und zu den beiden hinausging. Eine hitzige Debatte schien entstanden zu sein. Schließlich stürmte Martin Feinert herein und rief dem Kellner zu: »Der Chef zahlt!«, dann rannte er in Richtung Theater davon.

Hubertus von Wengler kam wieder an unseren Tisch zurück. Er ging sehr langsam, ich hatte sogar den Eindruck, er schwankte ein wenig. Hinter ihm erschien der Oberbürgermeister. Die Gespräche verstummten. Der Intendant setzte sich schwerfällig. Peter Gärtner nahm neben ihm Platz, dort, wo zuvor der Regisseur gesessen hatte. Alle starrten Hubertus von Wengler an. Er leerte sein Rotweinglas in einem Zug. Dann setzte er es vorsichtig ab, drehte es am Stiel ein paarmal um die eigene Achse und sagte: »Frau Pajak wird wohl nicht mehr kommen. Sie ist spurlos verschwunden!«

Ich war überzeugt, dass im Moment keiner von uns wirklich verstand, was das bedeutete. »Herr von Wengler, was meinen Sie denn mit *spurlos verschwunden*?«

Der Intendant starrte auf sein Glas. »Sie hat das Theater nach der Generalprobe verlassen«, antwortete er. »Eigentlich wollte sie hierher ins Café kommen. Seitdem ist sie ... weg. Unauffindbar. Verschollen.«

»Nun ja«, meinte Benno, »vielleicht hatte sie doch keine Lust mehr, mit uns zu reden, und ist direkt nach Hause gegangen. Könnte man ja verstehen.«

Hubertus von Wengler schüttelte heftig den Kopf. »Nein, nein, ihr Ehemann hat die Suche ja überhaupt erst in Gang gesetzt, er wollte sie anrufen, aber ihr Handy war ausgeschaltet, was sehr ungewöhnlich ist. Sagt er jedenfalls. Dann hat er unseren Pförtner angerufen, der wiederum Herrn Feinert. Frau Pajak ist nicht zu Hause, sie ist auch nicht hier und nicht bei ihrer Freundin. Herr Feinert und zwei Kollegen suchen gerade das gesamte Theater ab. Ich weiß nicht ...« Er stockte.

»Was meinen Sie?«

»Ich habe ein ganz ungutes Gefühl, so als sei ihr ... etwas zugestoßen.« Er fuhr sich mit der Hand über die schweißnasse Stirn. »Wir müssen die Polizei einschalten!«

»Herr von Wengler, ich bitte Sie ...«, der Oberbürgermeister sprach ruhig und bedächtig. »Es muss ja nicht gleich etwas passiert sein. Außerdem sind erst zwei Stunden vergangen, da kann die Polizei noch nichts unternehmen. Das löst sich bestimmt bis morgen wieder auf.«

Der Intendant zog seine Augenbrauen hoch. »Aber wenn nicht, dann habe ich am Samstag keine Besetzung für die Marie. Und das bei meiner ersten Premiere in Weimar!«

»Gibt es denn keine Zweitbesetzung?«, fragte Hanna.

»In diesem Fall schon, nur ... Frau Kirschnig ist leider erkrankt.« Er stockte.

»Hoffentlich nichts Ernstes?«, fragte Sophie. Offensichtlich wollte sie die Lücke ausfüllen, die von Wenglers Zögern hinterlassen hatte. Ich vermutete auch ein gewisses berufliches Interesse. Sophie arbeitete als Oberärztin im Weimarer Krankenhaus.

»Nein, nein«, antwortete der Generalintendant nachdenklich, »nichts Schwerwiegendes, eine Grippe. Sie muss aber liegen, die Premiere wird sie auf keinen Fall spielen können.«

Es blieb lange still.

Dann erklang eine Stimme aus der gegenüberliegenden Ecke, dort, wo Benno saß. Ich drehte mich um. Reinhardt Liebrich. »In dem Bemühen zu helfen, habe ich, auch wenn mein Seelenzustand angesichts des Verschwindens von Frau Pajak dies kaum zulässt, doch einen Vorschlag zu unterbreiten. Dana Hartmannsberger ist in der Stadt, sie hat die Marie durch Zufall soeben am Frankfurter Schauspiel gegeben. Sie könnte die Rolle noch am selbigen Tage übernehmen.«

2. ZU HAUSE

Wir bewohnten Hannas Elternhaus in der Humboldtstraße, ganz oben auf dem Berg, hinter dem Sender. Vor drei Jahren, nach dem Tod ihrer Mutter, hatten wir es übernommen und stilgerecht renoviert. Ich liebte nicht nur Hanna, sondern auch dieses alte Haus, mit seinem steilen Dach, den geschwungenen Gauben und den beiden großen Tannen im Vorgarten. Ein wenig ähnelte es wohl dem Haus meiner Großeltern, nur ein paar Minuten entfernt, in dem ich zu DDR-Zeiten so oft meine Sommerferien verbracht hatte, und das nun leider nicht mehr in Familienbesitz war.

Am nächsten Morgen gegen 6.30 Uhr klingelte unser Telefon. Es war ein Donnerstag. An diesem Wochentag konnte ich eigentlich ausschlafen, da ich erst um 10 Uhr zur wöchentlichen Besprechung mit meinem Chef in der Anna Amalia Bibliothek sein musste. Hanna war schon im Bad, sie duschte und hörte das Telefon nicht. Selbst als ich die Decke über den Kopf zog, schellte es unbarmherzig weiter. Ich beschloss, uns endlich einen Anrufbeantworter zu kaufen. Der hätte sich jetzt automatisch eingeschaltet und gesagt: ›Hier sind Hanna und Hendrik, wir liegen noch im Bett und haben besseres zu tun, als ans Telefon zu gehen.‹

Ich schälte mich aus der Decke und tapste die Treppe hinunter. Die Stufen erschienen nur schemenhaft vor meinen verschlafenen Augen, glücklicherweise schaffte ich es, sturzfrei ins Erdgeschoss zu gelangen. Als ich den grünen Knopf drückte, ahnte ich, wer dran war.

»Was willst du so früh, Benno?«

»Guten Morgen, lieber Hendrik!«

»Nennst du das Freundschaft? Mich so früh anzurufen?«

»Natürlich, du willst doch sicher als Erster wissen, was diese Nacht passiert ist, oder?«

»Allerdings …«, mein Blick fiel durch die Küchentür. »Moment, bitte!« Ich ging, das Mobilteil zwischen Kinn und Schulter eingeklemmt, in die Küche, schaltete die Espressomaschine ein und ließ mich auf die Eckbank fallen. »So, leg los!«

»Siggi hat den Fall übernommen.«

»Welchen Fall?«

»Na, den von Jolanta Pajak, sie ist vermutlich entführt worden.«

»Was?«

»Sagt jedenfalls Siggi. Man hat eine entsprechende Nachricht von ihr gefunden.«

»Aber von Wengler wollte doch gar nicht die Polizei einschalten, der OB hat ihm ja sogar abgeraten. War das ihr Mann?«

»Nein, es war Liebrich.«

»Liebrich?«

»Ja, er meinte, das sei sicherer, und er hätte kein Problem damit, der Polizei Dampf zu machen, schließlich geht es ja um einen Menschen und außerdem will er seinem Freund Hubertus helfen.«

»Mischt der sich jetzt überall ein?«

»Hör mal, Hendrik, es ist doch nett von ihm, sich darum zu kümmern, zumal er eigentlich sauer auf von Wengler sein müsste, weil der ihm den Job weggeschnappt hat. Das ist eben Freundschaft.«

Ich zögerte. Irgendetwas gefiel mir nicht an seinem letzten Satz. Aber ohne einen Espresso sah ich mich nicht in der Lage, darüber nachzudenken. »Also gut ...«

»Ich treffe mich zum Mittagessen mit Siggi in der Brasserie am Rollplatz, vielleicht kann ich ihm ja irgendwie helfen. Kommst du mit?«

»Ich weiß nicht, Benno ...«

»Möglicherweise kannst du ja etwas beitragen, so wie damals im Goetheruh-Fall.«

»Danke, kein Bedarf, seit meiner Untersuchungshaft vor drei Jahren habe ich genug von Kriminalfällen.«

Benno brummte etwas Unverständliches in den Hörer. »Also schön, dann erwarte aber nicht, dass ich dich weiter über alles informiere.«

»Nein, Benno, das erwarte ich nicht. Im Gegenteil. Es ist mir sogar sehr recht, wenn du es nicht tust.«

Er legte auf. Kurze Zeit später rann ein kräftiger, heißer Espresso meine Kehle hinunter. Als ich die Tasse absetzte, bemerkte ich, dass Hanna lächelnd in der Tür stand. Sie trug nichts außer einem Handtuch, das sie sich wie einen Turban um ihren Kopf geschlungen hatte.

»Hier bin ich Mensch, hier darf ich's sein!«, murmelte ich, während ich sie umarmte.

Als wir endlich frühstückten, war es bereits kurz vor 8 Uhr.

»Ich hoffe, du kommst nicht zu spät?«, fragte ich.

Sie sah auf die Uhr. »Geht noch, ich habe zwei Termine im Weimarer Krankenhaus, da muss ich sowieso meistens warten. Außerdem habe ich eine gute Entschuldigung.«

Ich lächelte. »Na, na ...!«

»Keine Sorge, ich rede nur über das erfolgreiche Diabetes-Präparat von Maropharm.«

»Läuft es gut?«

»Ja, danke.« Sie lächelte. »Es läuft sehr gut.«

Ich goss ihr Kaffee nach. »Triffst du auch Sophie?«

»Ja, heute Nachmittag.«

»Frag sie doch bitte, was es Neues im Fall Jolanta Pajak gibt.«

»Ich denke, das interessiert dich nicht?«

»Was mit Frau Pajak passiert und wer am Samstag die Premiere spielt, interessiert mich schon. Ich möchte nur nicht in den Fall hineingezogen werden. Deswegen der Umweg ...«

Sie nickte. »Ich versuch's mal.«

»Übrigens, Hanna, ich fand es toll, was du gestern Abend zur Generalprobe gesagt hast. Genau auf den Punkt.«

»Oh, danke. Und das von einem Literaturexperten ...«

»Gute Gedanken sind gute Gedanken, egal von wem sie kommen.«

»Auch durch die rosa Brille des Ehemanns gesehen?«

»Das spielt keine Rolle«, sagte ich ernsthaft. Sie warf mir einen zärtlichen Blick zu.

»Und was hältst du von Liebrich?«, fragte ich.

»Schrecklicher Mensch. Diese geschraubte Ausdrucksweise und der schmierige Handkuss, nee ... also wirklich!«

»Na, das war ja deutlich.«

»Ja. Sollte es auch sein. Im Übrigen ...«

»Was meinst du?«

»Ich habe so ein Gefühl, dass uns dieser Kerl noch Ärger machen wird.«

»Du meinst uns beiden ... persönlich?

»Ja.«
Ich dachte nach. Dass Liebrich seinem Freund Hubertus von Wengler Probleme bereiten konnte, oder Benno, vielleicht auch Siggi und seinen Kollegen – all das konnte ich mir vorstellen. Aber Hanna und mir? Das erschien mir recht unwahrscheinlich.
»Bauchgefühl?«
»Ja, Bauchgefühl.« Sie stand auf und räumte ein paar Sachen in den Kühlschrank.
»Lass nur stehen, ich räume das gleich weg, habe noch etwas Zeit.«
»Danke. Was hast du heute vor?«
»Die Teambesprechung in der Bibliothek um 10 Uhr, wie immer, dann muss ich meine Vorlesung am Montag in Frankfurt vorbereiten, morgen habe ich keine Zeit dazu, weil ich ins Archiv muss, einige Originalquellen für unser neues Projekt suchen, Albert Busche will mir dabei helfen.«
»Oh, der Rentner kann es doch nicht ganz lassen.«
»Ich kann auch nicht von dir ablassen ...«, flüsterte ich und küsste ihren Nacken. »Am Wochenende soll es sonniges Herbstwetter geben, wir könnten in den Thüringer Wald fahren?«
Sie löste sich vorsichtig aus meiner Umarmung. »Bin dabei.« Augenblicke später saß sie in Ihrem Firmenwagen und brauste davon. Ich war stolz auf meine Frau.

3. WEIMAR, MARKTPLATZ

In der Mittagspause beschloss ich, auf die Schnelle am Marktplatz eine Rostbratwurst zu essen. Ich verließ das Studienzentrum der Anna Amalia Bibliothek und trat hinaus auf den Platz der Demokratie. Das Residenzschloss lag links von mir, das Grüne Schloss mit dem Rokokosaal halbrechts vor mir, das Bibliotheksarchiv unter mir. Ich ging rechts um die Ecke und stand vor dem Hotel Elephant am Rande des Marktplatzes. Das Wetter hatte sich gebessert, die Herbstsonne wärmte ein wenig das Gemüt. Es war kein offizieller Markttag, trotzdem belebten ein paar kleine Stände den Platz. Blumen, etwas Obst und Gemüse. Und natürlich die zwei Grillstände mit der von mir so heiß geliebten Thüringer Rostbratwurst. Unter den Weimarer Bürgern wurde lebhaft diskutiert, welcher der beiden die bessere Bratwurst bot. Schlussendlich bestand kein wirklicher Unterschied, dennoch wählte ich immer den nördlichen Stand vor dem Eiscafé Dolomiti. Der Südwärtige offerierte die Rostbratwurst auch als Currywurst, was von eingefleischten Fans beinahe als Verbrechen angesehen wurde.

Als ich den ersten Biss getan hatte, bemerkte ich im Eiscafé direkt hinter der Scheibe ein bekanntes Gesicht. Zunächst konnte ich den Mann nicht einordnen, doch als ich ein Teeglas in seiner Hand erblickte, klickte es in meinem Hirn: Martin Feinert, der Regisseur. Er saß neben einem anderen Mann und winkte mir freundlich zu. Ich versuchte, zurückzuwinken, verschluckte mich dabei an der Wurst. Daraufhin kam Feinert heraus und bat mich sehr freundlich an seinen Tisch. Ich wollte eigentlich warten, bis ich die Rostbratwurst gegessen hatte, jedoch meinte er, das sei kein Problem für Filippe, den Besitzer des Eiscafés. Also ging ich zum ersten Mal in meinem Leben mit einem Brötchen und einer Wurst auf der Hand in ein italienisches Eiscafé. Filippe begrüßte mich sofort und nannte mich Enrico. Der Mann an Feinerts Tisch hieß Christoph Heckel und war Mitglied des Schauspielensembles am Deutschen Nationaltheater. Ich begrüßte ihn, gab ihm die linke Hand und aß mit der Rechten weiter meine Rostbratwurst. Irgendwie schien die gar nicht weniger zu werden. Martin Feinert berichtete, dass die beiden ein neues Stück besprachen, in dem Feinert Regie führen und Heckel die Hauptrolle spielen sollte. Als ich den letzten Rest des Brötchen verzehrt hatte – ich konnte im Café ja keine Reste in den Mülleimer werfen –, war ich endlich in der Lage, mich an der Unterhaltung zu beteiligen.

Christoph Heckel machte sofort einen angenehmen Eindruck auf mich. Er war durchaus redefreudig, konnte sich aber jederzeit zurücknehmen, wenn sein Gegenüber etwas sagte. Und er schien sich über seine Gesprächspartner Gedanken zu machen, ging auf sie ein. Das gefiel mir gut, denn ich fand es frustrierend, wenn zwei Menschen, eine Unterhaltung vortäuschend, aneinander vorbeiredeten wie zwei Monologisierende, die zufällig auf der gleichen Bühne stehen.

Martin Feinert überraschte mich positiv. Am Vorabend erschien er mir sehr zurückhaltend, beinahe menschenscheu. Das war allerdings ein falscher erster Eindruck. Er diskutierte lebhaft mit uns, ohne dabei seinen Kamillentee aus den Augen zu lassen.

Ich sprach den Fall Jolanta Pajak absichtlich nicht aktiv an, um zu vermeiden, dass ich irgendwie in die Ereignisse hineingezogen wurde. Aber natürlich gab es im gesamten Theater kein anderes Thema. Feinert berichtete, dass er gestern Abend mit einer Kollegin das komplette Theatergebäude nach der Schauspielerin durchkämmt hatte, bis weit nach Mitternacht. Keine Spur. Weder in ihrer Garderobe noch sonst irgendwo. Am Schluss hatten sie sogar den Bereich der Außentreppe am Bühneneingang abgesucht und dort tatsächlich etwas gefunden: Diese Nachricht, von der mir Benno bereits am Telefon erzählt hatte. Ein eilig bekritzelter Zettel, der nicht irgendwo auf dem Pflaster gelegen hatte, auch nicht in den Grünanlagen, sondern direkt vor dem steinernen Sockel des Hummel-Denkmals, das unweit des Bühneneingangs stand. Martin Feinert war der Ansicht, dass Frau Pajak ihn absichtlich dort fallen gelassen hatte, um auf ihre Nachricht aufmerksam zu machen. ›Hilfe‹. Zu mehr hatte die Zeit wohl nicht gereicht. Er war damit sofort zum Generalintendanten ins Theater-Café gegangen, der nach wie vor dort saß, mit seinem ehemaligen Kollegen, diesem Liebrich.

Meine Frage, ob es tatsächlich Jolanta Pajaks Handschrift war, konnte Feinert nicht beantworten. Dennoch wurde es immer wahrscheinlicher, dass Jolanta Pajak entführt worden war. Aber warum und mit welcher Absicht? Weder Feinert noch Heckel hatten eine Idee.

Beide waren überzeugt, dass die Premiere stattfand. Das sei alte Theatertradition. Genauso wie das Verbot, auf der Bühne zu pfeifen. Notfalls könne eine andere Kollegin aus dem Ensemble die Rolle der Marie übernehmen. Das sei zwar sehr kurzfristig, aber zur Not ginge das, meinte Christoph Heckel, die Souffleuse sei sehr gut. Eine andere Schauspielerin von außerhalb des Theaters komme nicht infrage.

Bevor wir uns verabschiedeten, wollte ich noch gerne wissen, warum man auf der Bühne nicht pfeifen durfte. Feinert erzählte mir, dass es früher Gaslaternen im Theater gab, die ein lautes Pfeifen von sich gaben, wenn sie erloschen. Dann musste die Gaszufuhr sofort gestoppt werden, um eine Explosion zu verhindern, also durchaus eine gefährliche Situation. Und Theaterleute seien sehr abergläubisch. Kein Pfeifen. Keinen Hut und kein Essen auf der Bühne – es sei denn, das Theaterstück verlangt es. Ansonsten nur: Toi, toi, toi!

4. IN EINEM KOPF

Während seiner Kindheit hatte Pierre gelernt, aufrecht zu gehen. Das Brustbein zu heben und dabei die Schulterblätter zu senken. Den Kopf gerade zu halten wie eine afrikanische Frau, die vom Brunnen kommt und ein mit Wasser gefülltes Tongefäß auf dem Kopf balanciert. Heute war sein aufrechter Gang lange vergessen. Er selbst hatte ihn vergessen. Und keiner seiner Mitmenschen konnte sich daran erinnern, ihn jemals mit gehobenem Brustbein und gesenkten Schulterblättern gesehen zu haben, wie ein respektierter Mann, der von seinem Kreativbrunnen kommt und ein mit Ideen gefülltes Tongefäß auf dem Kopf balanciert.

Es war die Schuld, die auf seinen Schultern lastete, die ihn zu erdrücken drohte. Er hatte eben nicht auf seinen Vater hören wollen.

Sie erfüllen mich, mein Herr, mit der größesten Hochachtung für Sie; und indem Sie mir auf diese Weise mein Unrecht lebhaft empfinden machen, flößen Sie mir eine Begierde ein, eine Kraft, alles wiedergutzumachen. Ich werfe mich zu Ihren Füßen!

So hatte Goethe es Clavigo in den Mund gelegt. Und genau das war es, was Pierre wollte: sich seinem Vater zu Füßen werfen, um die Schuld zu sühnen. Doch wie lange konnte er das durchhalten? Wie lange hatte er die Kraft dazu? Andere bestimmten, was er zu tun hatte, was er nach dem Frühstück und vor dem Abendessen erledigen musste, was er anzuziehen und zu sagen hatte. War das überhaupt ein Leben? Oder war es nur eine Rolle, die er spielte? Selbst wenn, dann war es nicht mehr als eine schäbige Statistenrolle ohne Text, mit Markierungen auf dem Bühnenboden, die anzeigten, wo er zu stehen hatte. Mehr nicht. Doch er musste Buße tun.

5. WEIMAR, HUMBOLDTSTRASSE

Als ich abends nach Hause kam, hörte ich bereits im Flur, dass Hanna in der Küche mit Geschirr hantierte.
»Du bist ja schon da«, rief ich.
»Stimmt!«, erklang es aus der Küche.
Typisch Hanna. Kurz und klar. Ohne sie zu begrüßen, ging ich in den Keller, holte eine Flasche kühles Ehringsdorfer Urbräu und stellte sie auf den Küchentisch.
»So, so, das Bier ist dir also wichtiger als ich?«
»Na, sagen wir mal: Mich dürstet gleichermaßen nach dir und dem Bier!«
»Da habe ich ja noch Glück gehabt, dass du mich zuerst genannt hast.«
»Stimmt«, antwortete ich und umarmte sie.
»Warst du noch im Goethehaus?«
Ich sah sie erstaunt an. »Woher weißt du das?«
Sie lächelte. »Nun erstens ist es schon kurz nach sieben …«
Ich sah verblüfft auf die Uhr – tatsächlich.
»… außerdem habe ich damit gerechnet, weil wir am Wochenende in den Thüringer Wald wollen und dann keine Zeit mehr fürs Goethehaus bleibt.«
Ich schüttelte ungläubig den Kopf. »Du kennst mich schon viel zu gut.«
Sie lachte. Und sie lachte nicht einfach so, sondern mit diesem offenen, sommerfröhlichen Lachen, das ich so an ihr liebte.

Es gibt Männer, denen es gar nicht gefällt, dass ihre Frau sie so genau kennt. Offensichtlich fühlen sie sich dann durchschaubar, berechenbar. Hanna wusste jedenfalls genau, dass ich einmal pro Woche ins Goethehaus gehen wollte. Besser gesagt: gehen musste. Dieses Haus ließ mich nicht in Ruhe, lockte mein Inneres und schenkte mir jedes Mal einen einstündigen Kurzurlaub. Es zeigte mir Goethes Sammlungsreichtum, seine vielfältigen Interessen und seine Lebensart. Bei jedem Besuch entdeckte ich etwas Neues. Auch wenn es nur Kleinigkeiten waren, sie vervollständigten mein Bild von Goethe, Weimar und der Zeit der Klassik. In manchen Wochen wechselte ich zum Rokokosaal ins Grüne Schloss, dort konnte ich mich als Mitarbeiter der Bibliothek ab und zu hineinschmuggeln. Jedes Mal ging das allerdings nicht, da die Besucher oft monatelang auf eine Eintrittskarte warten mussten und lediglich 30 Minuten im Rokokosaal verweilen durften. Ins Goethehaus kam ich jederzeit hinein, durch meine Mitgliedschaft in der Goethegesellschaft sogar kostenfrei.

»Möchtest du wissen, was Sophie gesagt hat?«, fragte Hanna.

»Ja, natürlich.«

»Frau Pajak ist tatsächlich entführt worden. Man hat einen Zettel vor dem Bühneneingang gefunden, auf dem stand ›Hilfe‹, eindeutig ihre Handschrift, hat ihr Mann bestätigt.«

Damit war meine Frage von heute Mittag beantwortet. Die Ereignisse um Cindys Entführung vor sechs Jahren gingen mir durch den Kopf. Da auch Hanna damals in die Geschehnisse hineingezogen worden war, wollte ich das Thema nicht anschneiden.

»Bisher gibt es keine Forderungen der Entführer, nichts dergleichen«, fuhr Hanna fort, »die Polizei sucht Frau Pajak mit allen verfügbaren Mitteln, Siggi leitet die Aktion.«

»Da hat der Generalintendant also wirklich recht gehabt.«

»Ja, hat er. Und wenn sie bis übermorgen nicht wieder auftaucht, wird Frau Hartmannsberger wohl die Marie spielen.«

»Nein!«

»Doch, doch. Von Wengler sagt, er habe keine andere Wahl. Selbst wenn sie vielleicht morgen gefunden wird, ist ja fraglich, ob sie in der Lage ist, am Samstag aufzutreten.«

»Und eine andere Schauspielerin aus seinem Ensemble?«

»Zu unsicher, sagt er, die kann ja nicht innerhalb eines Tages die Rolle einstudieren und Frau Hartmannsberger hat die Marie wohl komplett drauf. Er will unter allen Umständen seine Premiere retten.«

»Was ist denn mit Frau Kirschnig?«

»Schwere Grippe, Fieberschübe, keine Chance. Jedenfalls hat der Generalintendant Liebrich gebeten, morgen ein Treffen mit Frau Hartmannsberger und Herrn Feinert zu arrangieren. Von Wengler ist deswegen heute Mittag extra bei Benno gewesen. Es fällt ihm nicht leicht, diesen Schritt zu gehen …«

»Das glaube ich.«

»Benno hat das auch mit dem OB besprochen, Gärtner gefällt das wohl überhaupt nicht, er möchte am liebsten die Premiere absagen.«

»Warum denn das?«

»Er meint, aus Respekt vor Frau Pajak sollte man mit der Aufführung warten, bis sie wieder auftaucht.«

»Hmm, kann man auch nachvollziehen.«

»Benno ist auf der Seite des Generalintendanten, hat sich deswegen ziemlich mit dem OB verkracht.«

»So?«

»Ja, Sophie macht sich ein bisschen Sorgen, weil die beiden sich bisher sehr gut verstanden haben, na ja, mal sehen, wie es weitergeht.«

Ich berichtete Hanna mit wenigen Worten von meinem zufälligen Treffen mit Feinert und Heckel. Und davon, dass Christoph Heckel eine Ersatzschauspielerin von außen für unmöglich hält.

»Oh, là, là ...«, meinte Hanna erstaunt. »Das hört sich nach Ärger an!«

Ich nickte. »Allerdings. Und wenn das erst mal die Presse mitbekommt, dann wird es lustig.«

»Zum Beispiel diese Franziska Apfel... irgendwas.«

»Appelmann«, ergänzte ich.

»Ach ja. Und bevor ich es vergesse, ich soll dir noch etwas ausrichten.«

»Wie ... was, von wem?«

»Von Sophie. Sie hat mich ausdrücklich darum gebeten.«

Ich runzelte die Stirn. »Sie weiß also, dass du sie in meinem Auftrag ausgefragt hast?«

»Nein, aber es ist eine unausgesprochene Abmachung zwischen uns, dass wir unseren Männern alles weitererzählen, was wir besprechen, na ja, sagen wir: fast alles.« Sie lächelte.

Ich war nicht sicher, ob mir das gefiel. »Aha. Und, um was geht es?«

»Benno wird sich heute Abend mit Liebrich treffen.«
»Warum das denn?«
»Zu einem Männerabend. Hat er jedenfalls gesagt.«
Ich dachte an die vielen Männerabende, die Benno und ich gemeinsam verbracht hatten. Mit Ehringsdorfer Bier und seinem berühmten Nudelsalat. Mein Hals fühlte sich plötzlich extrem trocken an. Ich öffnete die Bierflasche aus unserem kühlen Keller, setzte an und ließ ihren Inhalt in mich hineinlaufen. Ohne ein einziges Mal abzusetzen.

6. AUF DEM TENNISPLATZ

Der Samstag begann wolkenverhangen und regenschwanger, sodass Hanna und ich beschlossen, den Ausflug in den Thüringer Wald auf Sonntag zu verschieben. Wir räumten auf, ich reinigte meine ECM-4 Espressomaschine und Hanna kramte in zwei alten Kartons, die ihre Mutter hinterlassen hatte. Gegen 11 Uhr rief Siggi an, um mich für den Nachmittag auf ein Tennismatch einzuladen. Ich wunderte mich, dass er während eines so wichtigen Falls Zeit fand, Tennis zu spielen. Doch als Hanna mir ein Zeichen gab, stimmte ich zu. Siggi und ich einigten uns auf 14 Uhr, um uns anschließend noch auf die Clavigo-Premiere am Abend vorbereiten zu können.

»Demnach hast du heute Nachmittag auch etwas vor?«, fragte ich Hanna.

»Ja, ja ...«, murmelte sie.

»Und – darf ich erfahren, was du vorhast?«, hakte ich nach.

»Ja, darfst du.« Sie lachte. Wieder dieses umwerfende Sommerlachen. »Ich brauche unbedingt ein neues Kleid für heute Abend.«

»Aha, unbedingt ...«

»Ja, genau. Eine Theaterpremiere ist immer auch eine Kleiderpremiere.«

»Da bin ich ja froh, dass du dich so gut mit dem Theater auskennst!« Sie lächelte und warf mir einen Kuss zu. Die ECM-4 war wieder betriebsbereit. Somit konnte ich beginnen, drei neue Espressosorten zu testen, die mir meine Mutter aus Offenbach geschickt hatte. In Klein-Amsterdam, dem ehemaligen Offenbacher Hafenviertel, hatte ein neuer Coffeeshop eröffnet, der seltene Kaffeesorten aus den unterschiedlichsten Ländern anbot. Zuerst probierte ich eine äthiopische Mischung mit 50 Prozent Robusta-Anteil, eine angesagte Kombination. Ich veränderte mehrmals den Mahlgrad an der Kaffeemühle, um eine optimale Crema zu erzielen. Fünf Testtassen mussten herhalten, um eine Aussage treffen zu können. Die Hälfte der letzten Testtasse kippte um, was allerdings nicht weiter schlimm war, denn meine Meinung stand bereits fest. Letztendlich war mir diese Mischung zu kräftig und verursachte einen stumpfen, unangenehmen Abgang im Hals. Angesagt oder nicht – kein Fall für mich. Ich musste über meine eigene Formulierung lachen: Kein Fall für mich – weder der äthiopische Kaffee noch der Fall Pajak. Am besten gefiel mir eine brasilianische Mischung mit 90 Prozent

Arabica-Anteil und einem runden Aroma. Sie schmeckte so gut, dass ich das Ergebnis dreimal überprüfen musste, um auch wirklich sicher zu sein. Am Ende sah die Küche ziemlich verwüstet aus, einige Kaffeelachen waren an den Schranktüren hinuntergelaufen, eine sogar in die Fächer des Schubladenschranks. Neben der Espressomaschine und rund um den Abschlagbehälter lagen Reste des Kaffeekuchens, unter meinen Füßen knirschte es. Alle zwölf Espressotassen türmten sich auf der Spülmaschine, der Tamper und der Siebträger lagen in der Spüle im Reinigungsbad.

»Musst du nicht bald los?«, rief Hanna aus dem Wohnzimmer. »Es ist schon halb zwei!«

»Oh ja, danke!« Ich rannte die Kellertreppe hinab, um meine Tennissachen zu suchen. Zehn Minuten später schnappte ich meine Jacke von der Garderobe und rief: »Tschüss, Hanna, ich muss mich beeilen, die Spülmaschine räume ich dann später ein.«

»Ist gut, bis später!«

Vor drei Jahren, direkt nach unserer Hochzeit, hatte mein alter roter Volvo nach über 20 Jahren treuen Diensten seinen Geist aufgegeben. Er hatte uns gerade noch in die Kirche gebracht, am nächsten Tag war die Ölwanne gerissen. So war ich gezwungen, mir endlich ein neues Fahrzeug anzuschaffen. Praktisch und verlässlich musste es sein und genügend Platz bieten für meine 1,93 Meter Körperlänge. Ich entschied mich für einen VW Passat Kombi. Mit nunmehr 52 Jahren besaß ich also zum ersten Mal ein fabrikneues Auto. Während mein altes Vehikel den steilen Berg der Humboldtstraße immer hochkriechen musste, zog uns der Neue locker und zügig hinauf.

Kurz vor zwei stellte ich den Passat an der Tennishalle in der Buttelstedter Straße ab. Siggi wartete schon in der Umkleide. Seine wie immer gut gebräunte Haut kontrastierte besonders intensiv mit dem weißen Tennishemd.

»Sorry, bin etwas spät ...«, sagte ich.
»Kein Problem, kenn dich ja.«
»Hey, Junge, so schlimm bin ich doch wohl nicht, oder?«
»Nee, nicht so schlimm, man kann sich wenigstens darauf einstellen.«

Ich hatte die Tennisschuhe angezogen, schnappte meine Tasche und die Dose mit den Bällen.

»Oh, neue Bälle«, stellte Siggi fest. »Sehr gut, meine Alten haben kaum noch Druck.« Damit lief er voraus in die Halle, den Seitengang entlang bis zum hinteren Feld. Mehrere Spieler winkten ihm zu. Seine drahtige Gestalt und sein glänzender Schädel waren ein unverkennbares Markenzeichen.

»Ich muss mal abschalten heute Nachmittag«, sagte Siggi, während wir die Taschen abstellten. »Meine Leute sind weiter aktiv, habe ein gutes Team, Meininger übernimmt so lange die Leitung der SOKO.«

Damit hatte er ungewollt meine während unseres Telefonats nicht gestellte Frage beantwortet. Ich nickte, ohne weiter darauf einzugehen. Besonders zu meinem speziellen Freund Kriminaloberkommissar Meininger hätte ich einiges sagen können, aber ich schaffte es, den Mund zu halten. Nach dem Einspielen übten wir einige Aufschläge und sammelten danach die Bälle ein. Wir trafen uns am Netz.

»Wer fängt an?«, fragte Siggi.
»Vorname alphabetisch.«

»Gut, H vor S«, er hielt mir die vier neuen Bälle hin, »beim nächsten Mal der Nachname, Dorst vor Wilmut!«

Ich musste grinsen. »Geht klar!« Als ich nach den Bällen greifen wollte, zog er seine Hand zurück.

»Ich habe gehört, du hast diesen Liebrich kennengelernt.«

»Wolltest du deswegen mit mir Tennis spielen?«

»Quatsch, Hendrik, wir spielen doch oft samstags, interessiert mich nur mal so ...«

»Aha, nur mal so, obwohl dir Benno sicher gesagt hat, dass ich mich gerne aus dem Fall raushalten möchte. Hat er doch gesagt, oder?«

»Ja schon, aber ...«

Mit einem Überraschungsangriff schnappte ich mir einen der vier Bälle, die er in Händen hielt, und rannte zurück zur Grundlinie. Ich war in einer Stimmung zwischen Spaß und Ärger.

»Also los, Siegfried, jetzt zeig mal, was du kannst!«

Er positionierte sich einen Schritt hinter seiner Grundlinie, relativ nah an der Seitenlinie. Die Mitte war frei. Absicht oder nicht?

»Du hast nur einen Ball!«, rief er grinsend.

»Das reicht!«, antwortete ich, wohl wissend, dass dies riskant war. Damit musste der erste Versuch sitzen. Ich stellte mich nah an die Mittellinie, warf sofort den Ball hoch und bretterte ihn genau auf das Kreuz der T-Linie. Er zuckte noch kurz mit seinem Schlagarm und machte einen Ausfallschritt, hatte aber überhaupt keine Chance, den Aufschlag zu retournieren.

Ich riss die Faust hoch. »15:0!«

Er nickte. »Brauchst du zwei Bälle?«

»Na klar, her damit!«

Statt mir die Bälle übers Netz zu schlagen, legte er sie auf seinen quergestellten Tennisschläger und postierte sich damit am Netz, darauf wartend, dass ich sie abholen würde. Ich wartete an der Grundlinie.

»Hast du nicht Aufschlag?«, fragte er.

Kopfschüttelnd ging ich vor ans Netz.

»Und, was ist jetzt mit Liebrich?«, hakte Siggi nach.

»Meine Güte, ja, ich habe ihn kennengelernt, was willst du wissen?«

»Ist er dir sympathisch?«

»Nein.«

»Warum nicht?«

»Er redet geschraubt daher, ist übertrieben höflich und seine Körpersprache signalisiert Arroganz.«

»Gut, klare Aussage. Hat er irgendetwas gesagt, was sich mit dem Verschwinden von Frau Pajak in Verbindung bringen lässt?«

»Nein. Aber kaum ist Frau Pajak entführt worden, taucht er auf und bietet seine Freundin als Ersatz an, wenn das nicht auffällig ist ...«

»Woher weißt du, dass sie entführt wurde?«

Ich wollte nicht zugeben, dass ich mehr von dem Fall wusste, als Siggi annahm. »Das setzte ich einfach mal voraus. Für mich ist sein Verhalten so eindeutig, dass ich ihn umgehend festnehmen würde.«

»Nur gut, dass du nicht bei der Polizei arbeitest.«

»Was heißt das denn?«

»Du möchtest ja wohl auch nicht, dass ich eine Literaturabhandlung schreibe, oder?«

Der Kerl machte mich heute wütend. Ich schnappte mir zwei Bälle und schlug erneut auf. Das zweite Ass. Ich gewann das erste Spiel zu Null. Das zweite Spiel war nicht mehr so einfach, denn Siggi hatte Aufschlag. Ich gewann es dennoch knapp nach mehrfachem Einstand. Das erste Break. Auch das folgende Aufschlagspiel konnte ich für mich entscheiden. Wir setzten uns zur routinemäßigen Pause auf die Bank.

»Hendrik, ich möchte dich um einen Gefallen bitten.«

»Solange es nichts mit deinem Fall zu tun hat ...«

»Könntest du dich nächste Woche in Frankfurt bitte mit einem Freund treffen?«

»Hört sich erst mal unverfänglich an. Freund von dir oder von mir?«

»Von uns beiden.«

»Aha. Klingt verdächtig. Wer ist es denn?«

»Richard Volk.«

»Kriminalhauptkommissar Volk. So, so. Beruflich oder privat?«

»Sagen wir mal: halb und halb.«

»Nein!«

»Was heißt hier Nein?«

»Du kennst mich. Nein bleibt Nein!«

»Okay, Sturkopf, wenn ich diesen Satz gewinne, machst du es. Wenn du gewinnst, vergessen wir das Ganze. Abgemacht?«

»Diesen Satz? In dem du 0:3 zurückliegst?

»Ja, genau. Diesen Satz.«

»Abgemacht.«

Nach der 3:0-Führung fühlte ich mich unbesiegbar. Das war mein Fehler. Siggi drehte auf, rannte über den Platz wie einst Pete Sampras, holte jeden noch so schwierigen Ball und gewann den Satz mit 6:4.

Wir legten eine außerplanmäßige Pause auf der Bank ein. Ich atmete schwer. »Also gut«, presste ich hervor, »was soll ich tun?«

»Ich brauche Informationen über Reinhardt Liebrich.«

»Also doch.«

»Natürlich, aber sauber recherchiert und ohne Vorverurteilung. Richard weiß Bescheid, er wird am Montag bereits vorarbeiten, ich möchte gern, dass er seine Ergebnisse am Montagabend mit dir abgleicht. Du kennst dich im Theater besser aus als er. Wir müssen alles wissen, was Liebrich dort in seiner Zeit am Frankfurter Schauspiel getan hat, seine Resonanz bei den Kollegen und beim Publikum – einfach alles, verstehst du?«

Ich nickte schwerfällig.

»Er ruft dich um 18 Uhr an, um einen Treffpunkt in einem Restaurant zu vereinbaren.«

»Ach, so ist das, ein abgekartetes Spiel, alles schon vorbereitet ...«

»Moment mal, wenn ich den Satz verloren hätte, wäre alles hinfällig gewesen. Kein Bier, kein Schnitzel, kein Espresso.«

Ich musste lachen, obwohl ich gar nicht wollte. »Na schön, mehr als ein Gespräch ist es ja nicht.«

»Gut, vielen Dank, Hendrik!« Er sah zufrieden aus. Ich spielte weiter, trotz Schmerzen im Knie. Siggi hatte sich im ersten Satz ziemlich verausgabt, sodass ich den zweiten mit 7:5 gewann. Ohne lange zu diskutieren, beschlossen wir, den fälligen dritten Entscheidungssatz zu vertagen, und marschierten unter die Dusche. Mein rechtes Knie war geschwollen, hoffentlich kam ich damit am Abend die Treppe zum Theater hoch.

Und immer noch glaubte ich, mit dem Pajak-Fall nichts zu tun zu haben.

7. IM DEUTSCHEN NATIONALTHEATER

Eine leicht nervöse Premierenstimmung begann sich in mir breitzumachen. Ich saß in der Küche, trank einen letzten Espresso und wartete auf Hanna. Und ihr neues Kleid. Endlich kam sie die Treppe herunter. Besser gesagt, sie schwebte die Treppe hinab wie ein Filmwesen. Ich war beeindruckt. Ein langes dunkelblaues Kleid mit roten Samtpassen – ich denke jedenfalls, dass man das so nennt – und einem roten Seidenüberwurf, dazu trug sie die wunderschöne Perlenkette, ein Erbstück ihrer Mutter, und den Diamantring, den ich ihr zur Hochzeit geschenkt hatte. Ich kniete am Fuß der Treppe nieder und sagte feierlich: »Hanna, darf ich dich noch einmal heiraten?«

»Würdest du das wirklich tun?«

»Sofort!«

»Ich würde dich auch jederzeit wieder nehmen!«

So standen wir eine Weile da, sie auf der untersten Treppenstufe, ich auf der Flurebene, wodurch wir uns direkt in die Augen sehen konnten. Leider war kein Kuss möglich, der hätte den Lippenstift verschmiert. Da musste ich wohl bis zur Hochzeitsnacht warten.

Wir trafen uns mit Sophie und Benno im Foyer des Deutschen Nationaltheaters. Die Spannung war rundherum spürbar. Überall standen Menschen mit Sektgläsern in der Hand, unterhielten sich gedämpft, blickten diskret zur Seite, um eventuell ein bekanntes Gesicht zu erspähen. Programmverkäufer in historischen Gewändern schritten umher und die Garderobieren nahmen im Akkord Mäntel und Jacken der Besucher entgegen. Benno war umringt von Honoratioren oder solchen, die es werden wollten. Wir blieben mit Sophie etwas abseits. Sie sah sehr apart aus mit ihrem schlichten schwarzen Kleid und einem dünnen silbernen Haarreif, der gut zu ihrem dunklen Haar passte. Als wir gerade überlegten, was wir trinken sollten, kam Christoph Heckel auf uns zu.

»Guten Abend, Herr Dr. Wilmut.«

Ich stellte Hanna und Sophie vor.

»Ich möchte Sie zu einem kurzen Rundgang durch das Theater einladen, etwa 20 Minuten hätten wir Zeit dazu.«

»Gerne«, antwortete ich, »eine solche Gelegenheit lasse ich mir nicht entgehen.«

Hanna war auch sofort dabei, Sophie wollte lieber bei Benno bleiben, der weiterhin in seine lobbyistischen Gespräche vertieft war.

Zuerst führte uns Heckel zu den Garderoben der Schauspieler. Zwei Kollegen teilten sich jeweils einen Raum, der nicht sonderlich groß war. Zwei Spiegel, Schminksachen, herumliegende Skriptblätter, Gläser und Getränkedosen.

Auf dem Flur Rufe und Anweisungen. »Wo ist denn der Schneider?«

»Platz hier!«

»Geht das nicht schneller?«

Die Stimme der Inspizientin aus dem Lautsprecher: »Noch 30 Minuten.« Im Gang mehrere lange Garderobenständer, zehn Grenadieruniformen, ein General, zwölf Mönchskutten neben einem Bischof, Reifröcke und Spitzenblusen. Parfümduft wechselte mit Schweißgeruch, Ruhe mit Hektik, großer Auftritt mit Handwerkskunst.

Christoph Heckel gab uns nebenbei seelenruhig Informationen zum Geschehen: »Die Schauspieler müssen mindestens 30 Minuten vor ihrem Auftritt in der Garderobe sein, bei aufwendigeren Masken entsprechend früher. Die Inspizientin steuert den gesamten Ablauf per Lautsprecher und an ihrem Schaltpult hinter der Bühne. Pünktlichkeit ist ein absolutes Muss. Bitte passen Sie auf, wo Sie hintreten!«

»Ja, natürlich ...« Hanna und ich hatten Mühe, in dem Gewirr den Überblick zu bewahren.

»Jetzt verlassen wir den Bereich der Garderoben, um die Kollegen, die gleich auftreten, nicht zu stören. Hier ist die Schneiderei, viele Kostüme werden hier extra angefertigt, manche geändert oder an das jeweilige Stück angepasst.« Er öffnete eine Tür. »Hier ist die Deko, teils Requisite ...«

Wir blickten in einen riesigen Raum hinter der Bühne, in dem sich Möbel, Schaufensterpuppen und Wandelemente türmten, seltsame Fahrzeuge und eine alte Stehlampe.

»Was ist denn der Unterschied zwischen Deko und Requisite?«, fragte ich.

Christoph Heckel überlegte einen Moment. »Nehmen

wir zum Beispiel diese alte Lampe hier. Steht die auf der Bühne, leuchtet aber nicht und hat keine spezielle Bedeutung in dem Stück, so gehört sie in den Bereich der Deko-Kollegen. Ist sie angeschlossen und eingeschaltet, dann sind die Beleuchter dafür verantwortlich. Wird sie innerhalb des Stücks bespielt, gehört sie zur Requisite.«

Hanna lachte. »Und wenn sie beleuchtet ist und bespielt wird?«

»Dann gibt es möglicherweise Ärger«, antwortete Heckel lächelnd. »Wir gehen jetzt hier hoch in die Malerwerkstatt. Da drüben ist übrigens die Schreinerei, da können wir aber nicht hineingehen.«

Die Malerwerkstatt war ein hoher, heller Raum, in dem drei große Wandsegmente aufgebaut waren, die im Stil des 19. Jahrhunderts hergerichtet wurden. Hanna und ich waren beeindruckt.

»Ich habe nicht damit gerechnet, dass so viele Handwerker notwendig sind, um ein Theater in Gang zu halten.«

»Ja, das stimmt«, sagte Christoph Heckel, »dazu kommen dann noch die Bühnentechniker, die Beleuchter und die Elektriker.«

»Und außer den Handwerkern – die Musiker?«, fragte Hanna.

»Ja natürlich, das Staatsorchester, 99 Stellen insgesamt.«

»Und die Schauspieler«, ergänzte ich.

»Selbstverständlich, 20 Stellen.«

»Mehr nicht?«

»Nein, der Rest wird durch Gastschauspieler abgedeckt, unser fest angestelltes Ensemble besteht tatsächlich nur aus 20 Leuten.«

Er ging weiter, zwischendurch immer wieder der

Hinweis: »Und hier geht's zur Bühne!« Heckel stieg eine schmale Treppe hinauf und öffnete eine Tür. Ich folgte mühsam, mein Tennisknie machte sich bemerkbar. »Schauen Sie mal hier hinein, der Schnürboden …« Unser Blick schwebte 20 Meter über der Bühne. »Dort hinten sitzt einer der Beleuchter.« Er nickte seinem Kollegen zu. Gegenseitiger Respekt, egal ob Schauspieler, Intendant, Handwerker oder Garderobiere, das war es, was ich spürte.

Er zeigte nach links. »Dort schauen wir von hinten auf den Vorhang, auf der anderen Seite sammeln sich bereits die ersten Zuschauer. Ich denke, wir gehen jetzt wieder hinunter.«

Wir bedankten uns herzlich. Ein außergewöhnliches Erlebnis, da waren Hanna und ich uns einig. Als wir wieder an den Garderoben vorbeikamen, begegneten uns zwei Männer. Der eine war groß und gerade, hatte extrem kurz geschnittene graue Haare und trug eine Nickelbrille. Der andere war kleiner, leicht untersetzt, eine Allerweltsgestalt.

Liebrich blieb sofort stehen. »Frau Wilmut, ich bin sehr erfreut, Sie zu sehen!« Er streckte Hanna die Hand entgegen. Sie klammerte sich an ihre Tasche. Ich merkte, dass sich ihr Oberkörper zurückneigte. Statt ihrer gab ich Liebrich schnell die Hand. »Guten Abend, Herr Liebrich!«

»Guten Abend, Herr Dr. Wilmut, was verschafft mir die Ehre, Sie hier in den heiligen Hallen begrüßen zu dürfen?«

»Ich habe dem Ehepaar Wilmut die heiligen Hallen gezeigt«, ging Heckel dazwischen. »Darf ich fragen, wer Sie sind?«

Liebrich warf Heckel einen missbilligenden Blick zu. »Ich bin der Impresario von Frau Hartmannsberger, die heute den Part ...«

»Ich weiß, wer Frau Hartmannsberger ist. Wer hier im Haus wüsste das wohl nicht. Und er?« Christoph Heckel zeigte auf Liebrichs Begleiter. Die Stimmung wurde ungemütlich.

»Mit Verlaub, das ist mein Sekretär, Joachim Waldmann.«

»Hallo«, sagte ich und gab auch ihm die Hand.

»Guten Tag, Herr Dr. Wilmut, ich freue mich, Sie kennenzulernen!« Seine Stimme klang freundlich und angenehm.

»Ich denke, wir sollten jetzt in den Zuschauerraum gehen, damit wir nicht zu spät kommen«, sagte ich. »Herr Heckel, wären Sie bitte so nett, uns den Weg zu zeigen?«

»Gerne!«

»Auf Wiedersehen, meine Herren!«

Ehe Liebrich oder Waldmann etwas sagen konnten, rauschten wir die Treppe hinunter. Unten angekommen stießen wir direkt auf eine Gruppe von Personen, die gut gelaunt mit Sektgläsern in der Hand unseren Weg versperrten. Es dauerte einen Moment, bis ich erkannte, dass es unsere Freunde waren. Während Hanna von Siggi und Ella begrüßt wurde, nahm Benno mich zur Seite.

»Was ist los mit dir, Hendrik?«

»Wieso, was soll schon los sein?«

»Na bitte, ihr kommt die Treppe heruntergestürmt, als sei jemand hinter euch her, du rennst mich fast über den Haufen und hast diese beiden Falten zwischen den Augenbrauen.«

»Welche Falten?«

»Da, über der Nase, immer wenn sich diese Falten bilden, hast du ein Problem, ich kenn dich doch!«

Ich war überrascht. Noch jemand, der mich zu kennen glaubte. Die erste Fanfare ertönte. In Weimar gab es keine Klingel, sondern eine spezielle Fanfare, die die Zuschauer bat, ihre Plätze einzunehmen. Hanna und Sophie winkten. Ich zögerte.

»Es geht um Liebrich.«

»Was ist mit ihm?«

»Wir haben ihn eben getroffen. Er ist ein Schleimer.«

Benno strich sich durch seinen Bart. Sein Gesichtsausdruck bekam etwas Ernstes. »Klingt sehr hart, meinst du nicht?«

»Kann sein ... zumindest hat er so auf mich gewirkt.«

Diese Taktik hatte ich von Hanna gelernt. Sie behauptete nie, dass jemand eine negative Eigenschaft besaß, sondern nur, dass dies so auf sie wirkte. Es war ein großer Unterschied, ob man sagte: Er war egoistisch!, oder: Er wirkte auf mich egoistisch! Da blieb immer der kleine Ausweg der Subjektivität. Bennos Gesichtszüge entspannten sich wieder.

»Er hat sich als Dana Hartmannsbergers *Impresario* vorgestellt«, sagte ich.

»Na ja, du weißt doch ... seine Sprechweise.«

»Ja, seine Sprechweise. Weißt du eigentlich, was die ursprüngliche Bedeutung des Wortes ›Impresario‹ ist?«

»Ich denke Agent, Manager oder so etwas Ähnliches.«

»Das ist die neuzeitliche Bedeutung. Im 17. und 18. Jahrhundert verstand man darunter einen Unternehmer, vornehmlich im Theater und Opernbereich, im Grunde also einen Intendanten.«

»Jetzt geht aber der Literaturdozent mit dir durch ...«

An dieser Stelle hätte ich wohl besser aufgehört. Aber der Ärger über Liebrich hatte sich so in mir aufgestaut, dass ich einfach nicht den Mund halten konnte.

»Und wenn schon. Er hat uns hier ›in den heiligen Hallen‹ begrüßt, als sei dies sein Theater.«

»Wie ich ihn kenne, hat er das sicher nicht so ernst gemeint«, antwortete Benno.

»So, so, du kennst ihn also. Warum hast du dich eigentlich gestern mit ihm getroffen?«

»Warum nicht? Liebrich hat interessante Ansichten. Er ist nett. Wir wollten uns unterhalten, Erfahrungen austauschen, einfach so ...«

»Aha, Erfahrungen austauschen. Mit oder ohne Nudelsalat?«

»Mensch, Hendrik, was soll das denn heißen? Dieses Treffen hat doch keinen Einfluss auf unsere Freundschaft.«

»Na, hoffentlich ...«

Benno legte mir die Hand auf die Schulter. »Vertrau mir bitte!«

»Ich versuch's.«

Sein Gesichtsausdruck spiegelte alles andere als Begeisterung wieder.

Die zweite Fanfare ertönte. Hanna kam auf uns zu, hakte sich bei mir unter und wir gingen in den Zuschauerraum. Ich musste nachdenken – in Ruhe nachdenken.

Wir hatten VIP-Plätze in der dritten Reihe, nah am Geschehen. Vor uns saßen der Oberbürgermeister, der Kultusminister und einige Stadtverordnete. Auch den Präsidenten der Goethe-Gesellschaft konnte ich erkennen sowie einige Mitglieder der Literarischen Gesellschaft Thüringen und den Präsidenten der Klassik Stiftung Weimar. Ein paar Plätze neben mir saß mein Chef, der Direktor der Herzogin Anna Amalia Bibliothek.

Zunächst trat Martin Feinert auf die Bühne, stand vor dem noch geschlossenen Vorhang und kündigte eine ›Kurzfristige Übernahme‹ an. Wegen einer Erkrankung sei die Rolle der Marie nun von Frau Dana Hartmannsberger übernommen worden. Natürlich wussten alle Zuschauer, dass der eigentliche Grund die Entführung von Jolanta Pajak war, aber wirklich falsch war die Aussage des Regisseurs angesichts der Erkrankung von Frau Kirschnig nicht.

Der Vorhang öffnete sich. Die erste Szene in Clavigos Wohnung, verlegt in ein Frankfurter Hochhaus, verlief exakt wie bei der Generalprobe. Die beiden Schauspieler, die den Clavigo und seinen durchtriebenen Freund Carlos darstellten, überzeugten mich. Clavigo zauderte, ich sah seine Unsicherheit und fühlte mit ihm.

»Ich kann die Erinnerung nicht loswerden, daß ich Marien verlassen – hintergangen habe, nenn's, wie du willst.«

Carlos deklamierte ein ums andere Mal gegen die Ehe. Nicht direkt gegen Clavigos geplante Heirat, nein, er war subtiler, sprach gegen die Ehe als solche: »Und heiraten! Heiraten just zu der Zeit, da das Leben erst richtig in Schwung kommen soll! Sich häuslich niederlassen, sich einschränken, da man noch die Hälfte seiner Wanderung nicht zurückgelegt, die Hälfte seiner Eroberungen noch nicht gemacht hat!«

Alle warteten gespannt auf Marie.

Szenenwechsel. Guilberts Wohnung. Marie erschien mit ihrer Schwester. Ohne Buenco. Meines Erachtens fehlte er nicht, Goethe hätte ihn auch entfernen und das Stück dadurch straffen können. Dana Hartmannsberger war relativ groß gewachsen, schlank, mit kurzen blonden Haaren, auf jeden Fall eine attraktive Frau. Ihre Körpersprache war klar und sicher, eine Frau für den großen Auftritt. Doch würde sie der Belastung standhalten, eine Jolanta Pajak zu ersetzen? Und das als Protegé ihres Lebensgefährten?

»Dass unser Bruder nicht kommt! Es sind zwei Tage über die Zeit.«

Die Stimme wirkte nicht ganz so sicher wie ihr Auftreten.

»Wie begierig bin ich, diesen Bruder zu sehen, meinen Richter und meinen Retter.« Sie stand nicht ganz fest, wirkte etwas unruhig. »Ich erinnre mich ... seiner kaum.«

Dana Hartmannsberger wankte. Nicht nur ihre schmale Gestalt, nein, auch ihre Stimme. »Ich will stille sein! Ja, ich will nicht weinen. Mich dünkt, ich hätte ... kaum noch Tränen!«

Nun kannte ich sicher nicht jedes Goethe-Werk auswendig, aber eben den ›Clavigo‹ hatte ich vorab nochmals gelesen. Und ›Kaum noch Tränen‹ hörte sich nicht nach Goethe an. Er liebte klare Aussagen. ›Keine Tränen mehr!‹ Ich hoffte, dass es nur wenigen Zuschauern aufgefallen war.

»Clavigos Liebe hat mir viel Freude gemacht«, deklamierte Dana-Marie, »vielleicht mehr, als ich meinte.«

Meine Güte, das war nicht nur falsch, sondern auch sinnentstellend. ›... vielleicht mehr als ihm die meinige.‹

So musste es heißen. Ich rutschte nervös auf meinem Sitz hin und her. Hanna sah mich fragend an. Ich verdrehte die Augen. Sie hob fragend die Schultern. Wahrscheinlich bemerkten nur Fachleute den Fehler.

Die Souffleuse durchlief wahrscheinlich eine Art Martyrium. Sie war nicht mehr in der Lage, einzugreifen. Gesagt war gesagt. Falls die Schauspieler zögerten, konnte sie helfen, ergänzen, den Satz vorantreiben. Aber ein Wort, das sich den Zuschauern bereits entgegenschwang, konnte sie nicht wieder zurückholen.

»Und nun, was ist's nun weiter?«, fragte Marie.

Goethe war manchmal unerbittlich. Dana Hartmannsberger stockte. Sie rückte immer näher an die Souffleuse heran. Was die ihr vorsagte, schien sie nicht glauben zu wollen. Erneutes Zögern.

»Was ist an mir gelegen?«

Die Antwort würden die Zuschauer geben. Und Franziska Appelmann. Da war ich mir sicher.

8. IN EINEM KOPF

Es brodelte in seinem Inneren. Meistens schaffte er es, den starken Mann zu spielen. Aber wie lange noch? Immer wieder wurden ihm andere vorgezogen, egal ob privat oder beruflich. Wie lange würde er sich das gefallen lassen? Er wusste es nicht.

Pierre spürte zwar, dass es auf einen Kulminationspunkt hinauslief, doch die exakte Szenerie war wie durch einen Schleier getrübt. Andere bestimmten, was er zu tun hatte, was er nach dem Frühstück und vor dem Abendessen zu erledigen hatte, allerdings bestimmten sie nicht seine Gedanken. Noch nicht! Und eines war klar: Wenn es so weit wäre, würde er handeln, dann war er Autor, Regisseur und Held in einem. Selbst wenn es seine letzte Handlung sein sollte.

9. BEI PEPE

Am Sonntag früh brachen Hanna und ich auf in Richtung Friedrichroda. Das Wetter war hervorragend, noch kühl, aber blauer Himmel, gegen Mittag waren 18 Grad vorhergesagt. Wir packten unsere Wanderschuhe ins Auto, eine Regenjacke für alle Fälle und die Trekking-Stöcke. Zum Schluss kam Hanna mit einem riesigen Rucksack um die Ecke, der nach ihren Angaben Essen und Trinken enthielt, alles für ein schönes Picknick zu zweit.

Kurz hinter Erfurt erklomm die A 4 eine Anhöhe, von der man einen wunderbaren Blick über das Thüringer

Becken mit den drei Burgen, den ›Drei Gleichen‹, hatte. Im Hintergrund lag der Thüringer Wald, wie meistens von Dunst umgeben, mit sanften pastellfarbenen Erhebungen. Ein phänomenaler Anblick – ein phänomenaler Augenblick. ›Verweile doch! Du bist so schön!‹ möchte man sagen, so wie Goethe einst. Er war der Dichter der Menschlichkeit, des Menschen und des menschlichen Alltagsgenusses. Da traf ich ihn immer wieder, am besten in seinen kurzen, prägnanten Gedichten. Nicht in den langen Balladen, nein, in den Dreizeilern, Vierzeilern, kurz auf den Punkt gebracht in unnachahmlich treffenden Worten – darin war Goethe meisterlich.

Ihr glücklichen Augen,
Was je ihr gesehn,
Es sei, wie es wolle,
Es war doch so schön!

Gleichzeitig sprach eine solch positive Lebenseinstellung aus diesen Zeilen, eine motivierende, aufbauende Stimmung, die half, den Alltag zu bewältigen. Was denn eigentlich ein Gedicht sei, wurde Goethe einst gefragt. Er antwortete: ›Jedes Gedicht ist gewissermaßen ein Kuss, den man der Welt gibt.‹

Während meiner Zeit am Goethe-Institut in Boston lernte ich einen polnischen Kollegen mit deutschen Vorfahren kennen. Er war der gleichen Meinung, drückte sie aber so aus: ›Pass auf, mein lieber Hendrik‹, so nannte er mich immer, ›wenn ich gezwungen wäre, nur ein einziges Buch mit auf eine einsame Insel zu nehmen, dann wäre dies ein Band mit Goethes Gedichten!‹

Leider durften wir auf der Autobahn nicht einfach

stehen bleiben, deswegen verflüchtigte sich der schöne Augenblick. Bei Friedrichroda bogen wir ab in Richtung Oberhof. Es öffneten sich bunte Herbstwälder und Hanna begann zu singen, Lieder, die ich noch nie von ihr gehört hatte. Lieder über Bäume, Vögel und Felder. Ich war glücklich. Alles andere war vergessen. Etwa zehn Kilometer weiter steuerte ich einen kleinen Waldparkplatz an, den ich von Ausflügen mit meinen Großeltern kannte. Wir zogen die Wanderschuhe an und Hanna bat mich, den Rucksack zu nehmen. Ich wollte ihn locker über die Schulter werfen. Aber keine Chance. Das Ding war so schwer, als wäre es mit Goethes gesammelten Werken gefüllt.

»Das ist unser Proviant«, sagte sie mit einem bedeutungsvollen Lächeln. »Genügend Wasserflaschen, Brote, Eier, Radieschen, das Übliche eben.«

Ich schulterte den Rucksack und stapfte los. Es war ein wunderschöner Sonntag, abgesehen von dem Gewicht auf meinem Rücken. Etwa zwei Stunden später entdeckten wir eine Bank am Rand einer Lichtung und beschlossen, hier eine Pause einzulegen. Das Wasser war erfrischend und die Brote schmeckten gut. Als ich etwas tiefer in den großen Rucksack hineingriff, spürte ich unvermittelt etwas Hartes, Metallenes. Ich griff zu und beförderte zu meinem größten Erstaunen den Siebträger meiner Espressomaschine zutage. Verschmutzt. Dann den Tamper, einige Espressotassen, schmierig und voll Kaffeereste, sowie ein Pfund Kaffee. Die brasilianische Mischung.

»Ich dachte, du hättest unterwegs vielleicht Lust auf einen Espresso«, meinte Hanna so ganz nebenbei.

Ich sah sie entgeistert an. Dann atmete ich tief durch. »Das ist ja eine gute Idee.«

»Finde ich auch«, antwortete Hanna.

Dann lachten wir beide und umarmten uns. Der Rucksack leerte sich, mein Knie blieb geschwollen. Als wir gegen 18 Uhr wieder zu Hause ankamen, dachte ich, dieser schöne Tag wäre damit beendet, ich könnte meine Beine hochlegen und später Tatort schauen. Doch da hatte ich mich getäuscht. Kaum hatten wir unsere Sachen abgestellt, klingelte das Telefon. Hanna nahm ab. Den Gesprächsfetzen zu entnehmen, musste es Sophie sein. Ich schaltete die Espressomaschine ein. Noch bevor die ECM-4 aufgeheizt war, legte Hanna auf. Sie sah blass aus.

»Das war Sophie, sie möchte sich mit uns treffen, heute Abend noch, es ist wichtig.«

»Kannst du das nicht allein machen?«, fragte ich. »Du weißt doch, mein Knie ... und morgen fahre ich nach Frankfurt.«

»Tut mir leid, aber das geht nicht. Sie hat ausdrücklich gebeten, dass du mitkommst. Es geht um Benno.«

»Um Benno? Müssen wir jetzt deren Eheprobleme besprechen ...«

»Bitte, Hendrik, es ist wichtig. Sehr wichtig.«

»Weißt du, um was es geht?«

»Ja, aber ich möchte wirklich, dass Sophie es dir erzählt, mit ihren eigenen Worten.« Ich schüttelte unwillig den Kopf. Hanna legte die Arme um meinen Nacken. »Bitte!«

Ich nickte. »Wo?«

»Bei Pepe in einer Stunde.«

Zur Akzeptanz all dieser seltsamen Umstände benötigte ich einen Espresso. Nicht ohne zuvor die Tassen zu spülen, den Siebträger zu säubern und die fünf Schubladen zu reinigen, in die Kaffee hineingelaufen war.

Pepes Pizzeria befand sich in der Windischen Straße unweit des Marktplatzes. Hier hatten wir schon viel Zeit zugebracht, gut gegessen, getrunken, geredet, Fälle besprochen und Rätsel gelöst. Die Atmosphäre in Pepes Pizzeria hatte etwas Besonderes, etwas, das die Gedanken befreite und Ideen in Gang setzte. Vielleicht lag es auch an Pepe oder seinem Essen, ich habe es nie herausbekommen. Doch ich hätte niemals mit dem gerechnet, was mich heute Abend hier erwarten sollte.

Sophie sah schlecht aus. Sie wirkte sehr geknickt, hatte schwarze Ringe unter den Augen, die dunklen Haare zu einem Pferdeschwanz gebunden, so wie ich es noch nie bei ihr gesehen hatte. Sie setzte sich zu uns, wir hatten bereits Getränke bestellt.

Pepe kam an unseren Tisch. »Buona Sera, Signora! Was möchte Sie trinke?« Sein italienisch gefärbtes Deutsch vermischt mit der thüringischen Sprachmelodie war eine Wucht.

»Zwei Averna mit Eis und Zitrone«, antwortete Sophie.

»Signora?«

»Zwei Averna mit Eis und Zitrone!«

Pepe zögerte. Ich gab ihm einen Wink. Er entfernte sich.

»Was ist los, Sophie?«

Sie sah mich traurig an. »Ohne lange Vorrede: Benno will nach Frankfurt gehen. Frankfurt am Main. Er wird sich um das Amt des Oberbürgermeisters bewerben.«

Es ist unmöglich zu beschreiben, was sich in diesem Moment in meinem Inneren abspielte.

Pepe kam mit den beiden Averna, stellte einen vor Sophie ab, den anderen vor mir. Ich wartete, bis sie das erste Glas geleert hatte, dann schob ich ihr das zweite über den Tisch. »Sophie, ich bin geschockt. Das muss ich zugeben. Darf ich dich etwas fragen – ebenso ohne lange Vorrede?«

Sie nickte. Die Tränen liefen ihr herunter. Hanna hielt ihre Hand.

»Habt ihr beiden das besprochen und zusammen entschieden, oder war das Bennos einsame Entscheidung, die er dir mitgeteilt hat?«

Sie trocknete sich die Tränen. »Das ist genau der Punkt. Er hat das allein entschieden, nicht ein einziges Mal mit mir besprochen. Stellt euch vor: nicht ein einziges Mal! Das hat er noch nie gemacht, wir haben solche wichtigen Dinge sonst immer gemeinsam beschlossen, wie richtige Eheleute, ihr wisst schon.«

Wir nickten.

»Jetzt bespricht er alles mit diesem Reinhardt Liebrich ...«

»Was?«

»Ja natürlich. Die beiden sind ganz dicke Freunde geworden, innerhalb weniger Tage. Ich verstehe das nicht, Hendrik, du hättest ihm nie so etwas eingeredet.«

»Moment mal, heißt das, Liebrich hat ihm geraten, sich in Frankfurt zu bewerben?«

»Genau.«

Hanna und ich sahen uns fassungslos an.

Pepe kam vorbei. »Wollet was esse?«

»Jetzt nicht, Pepe.«

»Liebrich hat gemeint, er kenne viele Leute in Frankfurt und könne ihm bei der Bewerbung helfen«, fuhr Sophie fort. »Und Benno sei hier ja unterfordert, das bisschen Kultur und so, dort könne er die Geschicke einer Weltstadt leiten und müsse nicht in einem Provinznest versauern.«

Mir blieb fast der Mund offen stehen. »Und Benno hat das so ohne Weiteres angenommen?«

»Ja, hat er. Das ist ja das Schlimme. Er ist wie ausgewechselt, wie ein anderer Mensch.« Sie begann wieder zu weinen. »Ich möchte meinen alten Benno wiederhaben!«

Hanna holte eine Packung Papiertaschentücher aus der Handtasche. Pepe kam vorbei und stellte Sophie einen weiteren Averna mit Eis und Zitrone hin. »Gehte auf Haus!« Sophie nickte dankbar.

»Wäre es denn überhaupt denkbar für dich, mit nach Frankfurt zu gehen?«, fragte Hanna.

Sophie schüttelte den Kopf. »Erstens habe ich gerade einen neuen Arbeitsvertrag unterschrieben, der beinhaltet eine spezielle Fortbildung mit der Option auf die Chefarztstelle, wenn unser jetziger Chef in Ruhestand geht. In fünf Jahren. So lange bin ich ans Weimarer Krankenhaus gebunden.«

»Aha, also eine langfristige Sache«, sagte ich. »Weiß Benno davon?«

»Ja, natürlich. Außerdem will ich gar nicht weg«, schluchzte sie. »Weimar ist doch meine Stadt. Versteht ihr das?«

Meine Stadt. Unsere Stadt. Natürlich verstanden wir das.

»Benno wollte eigentlich auch in Weimar bleiben, Gärtner hat ihn gebeten, sein Nachfolger zu werden«, sagte Sophie.

»Und jetzt?«, fragte ich nach.

»Keine Ahnung, sie haben sich zwar gestritten wegen

der Hartmannsberger, ihr wisst schon, aber das wird sich wieder klären, ich glaube nicht, dass das ein Hindernis ist.«

»Wie aktuell ist denn diese OB-Sache in Frankfurt?«

»Die Wahl ist erst im März nächsten Jahres, hat er gesagt, aber die Kandidatenaufstellung beginnt bald. Und die jetzige Oberbürgermeisterin Pia …?«

»Pia Ross«, ergänzte ich.

»Genau, die sucht einen Nachfolger. Oder ihre Parteiführung, was weiß ich. Benno hat angeblich gute Chancen, deswegen will er morgen nach Frankfurt fahren.«

»Du liebe Zeit, das geht ja schnell …«

Ich überlegte. Die beiden Frauen sahen mich an.

»Ich bin morgen auch in Frankfurt. Soll ich mit Benno reden?«

»Ja, bitte rede mit ihm«, antwortete Sophie, »du bist wahrscheinlich der Einzige, auf den er noch hört. Falls du ihn dort überhaupt erreichst, er hat nicht genau gesagt, wo er hinfährt.«

»Das schaffe ich schon.«

»Danke!« Sie gab mir spontan einen Kuss auf die Wange. Dann sah sie schuldbewusst zu Hanna hinüber. »Entschuldige, du hast so einen tollen Mann …«

»Ja, habe ich«, erwiderte Hanna, »du aber auch, er ist momentan nur etwas … verwirrt.«

Wir hatten alle nicht mehr viel Hunger und teilten uns zu dritt eine Pizza. Die vielgerühmte Pizza bei Pepe schmeckte heute irgendwie fad. Ich war jedoch sicher, dass dies nicht an Pepe lag. Sophie war leicht angeschlagen, sowohl mental als auch durch die drei Averna mit Eis und Zitrone. Wir brachten sie nach Hause in die Tiefurter Allee. Benno und sie lebten dort in seinem Elternhaus, seitdem Onkel Leo und Tante Gesa im Altersheim waren.

Als Hanna und ich endlich im Bett lagen, Arm in Arm, waren wir zu müde zum Reden und zu aufgewühlt zum Einschlafen. Meine Gedanken kreisten um die Ereignisse der letzten Tage. Vom Theater-Café über das Tennismatch, die Clavigo-Premiere bis hin zu Pepes Pizzeria. Und immer wieder tauchten Bilder von Benno und Liebrich auf. Ganz langsam nahm ich eine Änderung an mir selbst wahr. Mein Knie schmerzte nicht mehr, der Kopf war klar und meine Gedanken fokussiert. Morgen hatte ich drei wichtige Termine: meine Vorlesung, die Aussprache mit Benno und das Treffen mit Richard Volk. Ich spürte den Willen und die Kraft, etwas zu bewegen.

10. AN DER JOHANN WOLFGANG GOETHE UNIVERSITÄT

Meine Montags-Vorlesung sollte um 11 Uhr beginnen und zwei Stunden dauern. Nach der Mittagspause hatte ich noch bis 15.30 Uhr Studentensprechstunde. Der Dienstag war dann gefüllt mit Vorlesungen und Seminaren von 8 bis 18 Uhr, sogar die Mittagspause hatte ich mit einer Besprechung in der Kantine belegt. Dieser spezielle Dienstag war mein Zugeständnis an die Institutsorganisation, wodurch ich erreicht hatte, nur alle zwei Wochen nach Frankfurt fahren zu müssen.

Ich startete am Montag um 7 Uhr von Weimar, genug Zeit, um eventuell einen Stau auf der A 4 durchzustehen. An der Tankstelle in der Berkaer Straße unweit des Krankenhauses füllte ich Sprit nach und kaufte eine ›Thüringer Zeitung‹, die ich schnell auf den Beifahrersitz warf. Zwei Minuten später fädelte ich mich hinter Gelmeroda auf die Autobahn ein. Am Hörselberg bei Eisenach gab es den üblichen Stau, der mich aber nicht mehr als zehn Minuten kostete. Danach fiel mir ein, dass ich versuchen musste, irgendwie mit Benno ins Gespräch zu kommen. Ich dachte lange darüber nach. Natürlich konnte ich ihn einfach auf dem Handy anrufen. Sehr wahrscheinlich würde das nichts bringen, er wollte sein Ding durchziehen und war sowieso sauer auf mich wegen meiner harschen Kritik an Reinhardt Liebrich. Dann hatte ich endlich die rettende Idee. Ich drückte eine der Kurzwahltasten. Das Freizeichen erklang durch die Freisprechanlage.

»Hedda Wilmut hier.«

»Hallo, Mutter!«

»Hendrik, mein Junge, bist du unterwegs?«

»Ja, bin bei Bad Hersfeld.«

»Gut, wann kommst du heute Abend?«

»Weiß noch nicht, bin heute Abend noch verabredet, danach komme ich.«

»Gut, mein Junge, ich freue mich.«

»Ich habe eine Bitte …«

»Natürlich, um was geht es denn?«

»Um Benno, er ist in Frankfurt und ich muss ihn unbedingt sprechen, aber wir haben uns etwas, na ja ...«
»Verkracht?«
»Könnte man so sagen.«
»Als Jungs habt ihr euch auch oft gestritten, eine Stunde später war wieder alles in Butter.«
»So? Das weiß ich gar nicht mehr.«
»Aber ich.«
»Hast du uns dabei geholfen?«
»Manchmal schon. Manchmal auch Leo. Aber je älter ihr wurdet, desto weniger mussten dein Onkel und ich eingreifen.«
»Würdest du uns noch einmal helfen?«
»Natürlich.«
»Könntest du Benno bitte anrufen und ihn heute Nachmittag zum Kaffee einladen? Aber nicht erzählen, dass ich da bin.«
»So schlimm?«
»Ja, leider.«
»Gefällt mir zwar nicht, diese Taktik, aber wenn du meinst ...«
»Bitte!«
»Wann?«
»Um 16 Uhr, geht das?«
»Kann ich einrichten.«
Ich gab ihr Bennos Mobilnummer und verabschiedete mich mit einem dicken Dankeschön-Kuss durchs Telefon.
Da ich gut in der Zeit lag, gönnte ich mir an der Lavazza-Station im Rasthaus Reinhardshain einen Espresso. Nebenbei suchte ich in der ›Thüringer Zeitung‹ begierig die Berichte zur Clavigo-Premiere. Der Artikel von Fran-

ziska Appelmann war erwartungsgemäß vernichtend. Dies betraf jedoch nicht nur Dana Hartmannsberger, sondern auch die anderen Schauspieler, den Regisseur, das moderne Konzept des Stückes, das Bühnenbild, die Kostüme – ja eigentlich alles. Allerdings fehlten mir die Details, ich hatte ein ausführlicheres Bild der Vorstellung, da ich Generalprobe und Premiere miterlebt hatte, aber Zeitungsleser, die nicht im Theater waren, wurden meines Erachtens nicht gut informiert.

Harry Hartung ging in seinem als ›Kultur-Kommentar‹ gekennzeichneten Beitrag direkt auf einzelne Fehler der Hartmannsberger ein. Sein Resümee: Sie habe sich mühsam durchgekämpft bis zum Schluss, ihre Leistung war ›künstlerisch uninspiriert, ohne Glanzlichter‹. Zu meinem Erstaunen fand er sogar versöhnliche Worte. Eine Schauspielerin vom Format einer Jolanta Pajak sei eben nicht so leicht zu ersetzen. Auch die kurze Vorbereitung mit dem Weimarer Ensemble in dem ungewohnten Bühnenbild führte er als Entschuldigungsgrund auf. Das moderne Konzept des von Wengler'schen Clavigos streifte er nur kurz und recht milde, ganz anders als im Theater-Café nach der Generalprobe. ›Wo ist Jolanta Pajak?‹ war seine abschließende Frage.

Ja, wir alle vermissten Frau Pajak, nicht nur auf der Bühne.

Das Institut für Literaturgeschichte am Fachbereich 10 der Johann Wolfgang Goethe Universität war inzwischen, ebenso wie fast alle anderen Einrichtungen, von Bockenheim in das neue Universitätsgebäude im ehemaligen IG-Farben-Haus am Grüneburgpark umgezogen. Großzügiger, moderner, alles auf einem Campus – ein echter

Fortschritt. Pünktlich um 10.45 Uhr stand ich im Hörsaal II. Aus einer Fünfergruppe heraus rief ein Student, ich sei ja schon da, die anderen lachten dazu. Ich wusste nicht, was er meinte, und hatte auch keine Zeit, darauf zu antworten, schloss stattdessen meinen Laptop an. Die amerikanische Literatur in der ersten Hälfte des 20. Jahrhunderts war mein Thema in diesem Wintersemester, das vor zwei Wochen begonnen hatte. Ich referierte gerne über diese Materie, so konnte ich meine Erfahrungen aus der Zeit in Boston einbringen. Nach dem Mittagessen folgte die Studenten-Sprechstunde. Die meisten kamen einfach vorbei, obwohl eine Anmeldung im Sekretariat erwünscht war. Heute hatte sich ausnahmsweise eine Studentin registriert. Stefanie Feinert. Ein mir bekannter Name. Zufall?

Als sie pünktlich um 14 Uhr in mein Büro eintrat, wusste ich sofort, dass es kein Zufall war. Sie sah ihrem Vater sehr ähnlich.

»Guten Tag, Herr Dr. Wilmut, darf ich reinkommen?«

»Natürlich, Frau Feinert, bitte nehmen Sie Platz!«

Sie ließ ihren bunten Rucksack zu Boden fallen und setzte sich auf die vordere Stuhlkante. Auf die Schnelle zählte ich drei Piercings.

»Also, ich möchte gar nicht lange rumreden ...« Sie zögerte.

»Das gefällt mir«, sagte ich.

Sie lächelte. »Ich bin die Tochter von Martin Feinert.«

Ich lächelte meinerseits. »Das dachte ich mir schon.«

»Sehe ich ihm so ähnlich?«

»Ja, das ist mir sofort aufgefallen. Trinken Sie auch so viel Kamillentee?«

Sie lachte. »Nein, er ist der Einzige in unserer Familie mit dieser ... Leidenschaft.«

»Was kann ich für Sie tun?«

»Ich studiere hier Literatur- und Theaterwissenschaften. Am liebsten möchte ich einmal Dramaturgin werden. Eigentlich wollte ich in Jena studieren, aber dort bekam ich keinen Studienplatz. So musste ich nach Frankfurt gehen. Inzwischen bin ich sehr froh darüber, hier ist viel mehr los, dagegen ist Jena total das Provinznest.«

Ich nickte, lächelte innerlich und wartete.

»Entschuldigung ... ich rede immer total viel, wenn ich nervös bin, eigentlich geht es ja um Dana Hartmannsberger.«

Sofort hatte sie meine volle Aufmerksamkeit.

»Vater hat mir erzählt, dass sie in Weimar als Marie im ›Clavigo‹ eingesprungen ist und die Partie total vergeigt hat.«

Ich wiegte meinen Kopf hin und her. »Könnte man so sagen, ja ...«

»Obwohl sie angeblich die Rolle kurz zuvor am Frankfurter Schauspiel gegeben haben soll.«

Ich wusste nicht genau, ob ich sie richtig verstanden hatte. »Sagten Sie angeblich?«

»Ja, denn es stimmt nicht. Sie hat gelogen. Ich habe die Spielpläne der letzten drei Spielzeiten durchgesehen, der ›Clavigo‹ wurde zwar letztes Jahr im Bockenheimer Depot gegeben, aber sie hat gar nicht mitgespielt.«

»Sind Sie sicher?«

»Total sicher. Ich habe in der Dramaturgie ein Praktikum gemacht und bin noch mal hin, um alles durchzusehen. Kein Zweifel.«

Ich sah aus dem Fenster. »Wie sind Sie auf die Idee gekommen, mir das zu sagen?«

»Mein Vater hat mich darum gebeten. Deswegen habe

ich mich heute früh für die Sprechstunde eingetragen, um sicher zu sein, dass ich auch drankomme.«

»Und warum ist Ihr Vater damit nicht zur Polizei gegangen?«

»Na ja, er wollte sich nicht lächerlich machen, dachte, das sei vielleicht total unwichtig.« Und schnell fügte sie an: »Aber Ihnen vertraut er.«

Ich lächelte. »Grüßen Sie ihn bitte von mir, und herzlichen Dank, es ist gut, dass Sie sich gemeldet haben. Kann ich im Gegenzug etwas für Sie tun?«

»Nein, danke, im Moment nicht. Aber falls ich mal Ihren Rat bräuchte, darf ich dann wiederkommen?«

»Natürlich, gerne!« Ich gab ihr meine Visitenkarte. »Hier ist meine Handynummer.« Sie betrachtete zunächst ehrfurchtsvoll meine Karte und begann dann ziemlich unkoordiniert, in ihrem bunten Rucksack herumzuwühlen, wobei einige Sachen auf den Boden fielen. Das war ihr sichtlich peinlich, sie sah mich entschuldigend an. Schließlich hatte sie ihr Portemonnaie gefunden, steckte die Visitenkarte hinein und kramte den restlichen Inhalt ihrer ›Handtasche‹ zusammen.

»Auf Wiedersehen!« Mit einer etwas ungeschickt wirkenden Handbewegung verabschiedete sie sich. Die Tür fiel mit einem lauten Knall ins Schloss.

Ich hatte einen szenenhaften Eindruck davon bekommen, wie es wäre, eine Tochter zu haben. Es war ein schöner Eindruck.

Stefanie Feinert war die einzige Studentin in der heutigen Sprechstunde, sodass ich einige Büroarbeit erledigen konnte. Nicht eben meine Lieblingsbeschäftigung, aber notwendig. Als ich eine Stunde später mein

Büro verlassen wollte, sah ich unter dem Besucherstuhl einen knallbunten Taschenkalender liegen. Ohne dass ich wusste, warum, schlug ich ihn an einer wahllosen Seite auf. ›Liebrich, Reinhardt‹ stand dort an oberster Stelle.

11. IN KLEIN-AMSTERDAM

Meine Mutter wohnte auf dem ehemaligen Offenbacher Hafengelände, das vor ein paar Jahren komplett neu aufgebaut worden war, so einmalig, dass es bundesweiten Modellcharakter erlangt hatte. Es bestand aus einem Kreativzentrum mit der bekannten Offenbacher Hochschule für Gestaltung als Mittelpunkt, kombiniert mit energiesparenden Wohnhäusern, von denen man einen beeindruckenden Blick über den Main und die Frankfurter Skyline hatte, dazu eine Seniorenwohnanlage in der Waldemar-Klein-Straße, die mit ihrem Konzept der Allein-Gemeinsam-Bauweise im Loft-Stil Maßstäbe setzte. Quer durch das Viertel verlief ein künstlicher Mainarm mit vielen kleinen Brücken, einige Häuser hatten sogar Bootsanlegeplätze. Der Volksmund hatte sich ganz schnell auf den Namen Klein-Amsterdam festgelegt.

Wegen der beabsichtigten Aussprache hatte Mutter den

Tisch nicht in der Gemeinschaftsküche gedeckt, sondern in ihrem Wohnzimmer.

»Hallo, Tante Hedda, danke für die Einladung!«

»Komm rein, Benno!« Sie tat mir leid in dieser seltsamen Situation, aber ich sah keine andere Möglichkeit. Während Benno seinen Mantel auszog, sagte sie: »Hör mal, ich möchte dir gleich sagen, dass Hendrik auch hier ist!«

»Hendrik? Ach so ist das ...«

Ich stand in der Wohnzimmertür. »Entschuldige, Benno, aber ich muss dich unbedingt sprechen.«

»Und das kannst du mir nicht selbst sagen?«

»Na ja, ich dachte, du kommst dann nicht, weil ...«

»Weil?«

»Ich weiß auch nicht ... wegen Liebrich ...«

»Ach, schon wieder!«

»Ja, nein, eigentlich geht es um Sophie.«

Benno schluckte.

»Ich gehe runter in die Küche«, sagte Mutter und schob Benno sanft ins Wohnzimmer. »Setzt euch bitte.«

Benno und ich kannten uns seit über 50 Jahren. Aber in solch einer Situation waren wir noch nie. Ich schenkte uns Kaffee ein und wir nahmen jeder ein Stück Frankfurter Kranz. Mutters Paraderezept. Wie immer köstlich. Diese Aussprache hatte ich arrangiert, also musste ich anfangen.

»Benno ... Sophie war bei uns, sie ist völlig geknickt, weil du nach Frankfurt gehen willst. Und ...«, jetzt musste ich genau die richtigen Worte wählen, »und weil sie das Gefühl hat, dass Reinhardt Liebrich deine Entscheidung beeinflusst.«

Benno nahm einen Schluck Kaffee. Vielleicht dachte er

darüber nach, ob Sophies Vorwurf einen gewissen Wahrheitsgehalt hatte. Er setzte die Tasse ab. »Weißt du ... ich möchte auch einmal etwas selbst bestimmen in meinem Leben, wirklich die Weichen stellen, verstehst du? Bisher hat sich alles von selbst ergeben, einfach so, teilweise haben andere für mich entschieden, mein Vater, Sophie, der OB, natürlich habe ich zugestimmt, aber es war nicht wirklich meine eigene Entscheidung. Und in letzter Zeit hat die Bürokratie immer mehr zugenommen, dazu das knappe Kulturbudget in Thüringen, ich habe kaum noch kreative Freiheit. Manchmal komme ich mir so vor, als wäre am Morgen schon bestimmt, was ich nach dem Frühstück und vor dem Abendessen zu tun habe. Verstehst du das?«

Ich zögerte. Auf einmal war die Situation nicht mehr so klar wie gestern Abend.

»Gut, das verstehe ich, aber musst du deshalb Sophie so vor den Kopf stoßen? Ihr habt wichtige Entscheidungen immer gemeinsam getroffen. Und jetzt? Offensichtlich entscheidest du jetzt allein, oder mit Liebrich, und stellst Sophie vor vollendete Tatsachen. Findest du das fair?«

»Liebrich ist höchstens mein Berater, er hat gute Ideen und ist erfahren in solchen Dingen.«

»In welchen Dingen?«

»Karriereplanung.«

»Aha, wirst du jetzt zum Karrieretyp, mit fast 60 Jahren?«

Benno sah mich entsetzt an. »Das war gemein, so kenne ich dich gar nicht.«

»Kann sein, sorry, aber es ist doch wahr.«

»Du siehst also, es wird Zeit. Entweder ich will noch mal etwas erreichen, ganz aktiv, von mir aus, oder ich lasse es und versaure auf dem Weimarer Kulturdezernat.«

»Ach so, auf einmal ist dir das Kulturdezernat nicht mehr gut genug, wieso denn das?« Ich registrierte unterbewusst, dass meine Stimme lauter geworden war.

»Du brauchst nicht zu schreien, ich höre noch gut, auch mit fast 60. Der Oberbürgermeister hat sehr konservative Ansichten, meine eigenen Ideen kann ich kaum umsetzen, er nervt mich immer mehr.«

»Ich dachte, du wirst mal sein Nachfolger.«

»Es sieht so aus, als würde er Kindermann bevorzugen, und der Parteiausschuss macht nur das, was Gärtner sagt, das kenne ich schon, da habe ich keine Chance.«

»Kindermann? Der Verwaltungsheini? Der kann doch gar nicht mit Menschen umgehen.«

»Stimmt, das scheint aber niemanden zu stören.«

»Was sagen deine Eltern dazu?«

»Nichts.«

Ich schüttelte widerwillig den Kopf. »Du hast es ihnen noch gar nicht gesagt?«

»Nein. Sie sind gut versorgt im Altersheim, gut betreut, keine Probleme. Vater interessiert sich sowieso nur für seine Fernsehserien und, wie du weißt, nach dem riesigen Krach letztes Jahr ist unser Verhältnis sehr angespannt. Er hat mir immer noch nicht verziehen, dass ich ihn ins Altersheim gebracht habe. Mutter, ja, für sie wird es schwer, wenn ich gehe. Und sie werde ich vermissen, besonders ihre ›Früher war alles viel besser‹-Sprüche.«

Ich sah Onkel Leo und Tante Gesa in Gedanken vor mir. Auch sie hatten sich verändert. Eigensinnig waren sie beide geworden. Manchmal grenzte ihr Verhalten sogar an Altersstarrsinn. Trotzdem: Die beiden ohne ihren Benno, das war unvorstellbar. »Und was wird dann mit Sophie? Sie hat einen langfristigen Arbeitsvertrag.«

»Ach, den kann man bestimmt ändern oder kündigen, in Frankfurt gibt es genug Kliniken, ich kann auch versuchen, ihr eine Stelle im städtischen Krankenhaus Höchst zu besorgen.«

Zu meinem Erstaunen hatte er sich bereits darüber Gedanken gemacht.

»Und wenn Sophie gar nicht weg will aus Weimar? Weil sie vielleicht sehr an ihrer Stadt hängt? Weil sie sich gar nicht vorstellen kann, in einer Großstadt zu leben? Noch dazu in Hessen.«

»Ich glaube, der Knackpunkt ist ein anderer: Sie will nicht in den Westen. Da ist sie einfach nicht flexibel genug.«

An diesen Aspekt hatte ich bisher nicht gedacht. Ich wusste aber, dass Sophie in dieser Beziehung eine recht starre Meinung hatte. Das neue Deutschland hatte sie nicht wirklich in ihr Herz geschlossen. Ich musste vor einigen Jahren sogar intensiv auf sie einwirken, zur Wahl zu gehen – ein hartes Stück Arbeit.

Benno bewegte unschlüssig den Kopf hin und her. »Das tut mir leid für Sophie, aber es muss sein. Für mich und mein Leben. Alles geht nicht gemeinsam. Tut mir wirklich leid!«

»Hast du Sophie das wenigstens erklärt? Ich meine, hast du ihr all das gesagt, was du mir eben gesagt hast?«

»Nein.«

»Dann wird es aber dringend Zeit!«

»Willst du dich in meine Eheangelegenheiten einmischen, oder wie?«

Ich sah aus dem Fenster. Auf dem Main fuhr eines der weißen Ausflugsschiffe in Richtung Frankfurt. Dort hätte ich mich augenblicklich wohler gefühlt. Aber es gab kein

Entrinnen. Mut zur Klarheit, das war in diesem Moment gefragt. »Ja«, antwortete ich, »ich mische mich ein. Weil es eure Ehe wert ist.«

Er sah mich mit großen Augen an. Ich hatte Benno noch nie in den 50 Jahren weinen gesehen. Jetzt standen ihm die Tränen in den Augen. »Scheiße, vielleicht hast du ja recht!« Er fuhr sich mit der Hand durch den Bart.

»Erklär's ihr wenigstens«, sagte ich vorsichtig. »Mehr möchte ich ja gar nicht.« Taktisch gesehen wäre das zumindest der erste Schritt. Weitere könnten folgen. »Sie liebt dich! Und sie will dich zurück, das hat sie mir gesagt!«

Benno atmete einmal tief durch. »Gut, ich rede mit ihr.«

»Versprochen?«

»Ja, versprochen. Morgen Abend, wenn ich zurück bin.«

»Du übernachtest in Frankfurt?«

Er nickte.

»Wo denn?«

Die Frage war ihm sichtlich unangenehm. »Bei Liebrichs Sekretär ... Joachim Waldmann.«

»Was? Der hat noch eine Wohnung hier?«

»Es ist wohl sein Elternhaus, irgendwo in der Nähe des Hessischen Rundfunks ...«

»Ist Liebrich auch da?«

Benno nickte. Ich schluckte alles herunter, was ich eigentlich sagen wollte. Besser so. Wir gingen eine kleine Treppe hinab in die Loft-Küche der Senioren-WG. Für die Bewohner gab es natürlich einen Aufzug. Mutter Hedda saß mit drei anderen Damen an einem großen Tisch und spielte Doppelkopf. Neben ihnen stand eine Flasche

Sherry. Im Fernsehzimmer lief in voller Lautstärke eine Nachmittagsserie.

Mutter legte die Karten beiseite. Sie umarmte Benno, ich brachte ihn hinunter und winkte ihm zum Abschied.

12. IN EINEM KOPF

Jolanta Pajak musste büßen. Das war klar. Wie so oft hatte sie sich über die Belange anderer einfach hinweggesetzt, arrogant, rücksichtslos und maximal von sich überzeugt. Und sie intrigierte. Sogar die Besetzung des Generalintendanten hatte sie beeinflusst. Vielleicht war sie sogar mit diesem Stadtrat Benno Kessler ins Bett gestiegen, der Frau war alles zuzutrauen. Sie meinte immer zu wissen, was zu tun war, wo es langging.

Auch sie musste nun Buße tun, so wie er selbst. Dieser Gedanke erfüllte Pierre mit einer großen Genugtuung.

Nun saß sie hinter dicken Mauern, tief unten und wartete. Von ihm aus konnte sie warten bis zum Sankt-Nimmerleins-Tag. Der ursprüngliche Plan sah zwar vor, sie maximal zehn Tage in ihrem Gefängnis festzuhalten. Für diese Zeit hatten sie ihr Essen dagelassen. Aber Pierre wusste noch nicht, ob die Zeit ausreichen würde, sein Leben zu ordnen.

Und das hatte Priorität vor allem anderen. Erst dann konnte dieses Theater beendet werden.

13. OFFENBACH, WILHELMSPLATZ

Um auf andere Gedanken zu kommen, spielte ich ein paar Runden Doppelkopf mit Mutter und ihren Mitbewohnerinnen. Sie freuten sich diebisch über jedes gewonnene Spiel, die Sherry-Flasche kreiste und es machte Riesenspaß. Gerade hatte ich ein Blatt mit fünf Buben und einem Doppelass aufgenommen, da klingelte mein Mobiltelefon. Richard Volk. Wir verabredeten uns für 19 Uhr am Wilhelmsplatz in Offenbach vor der ›Buchhandlung am Markt‹, dort könnten wir in Ruhe überlegen, nach welchem Restaurant uns der Sinn stand. Die Zeit reichte noch für den Bubensolo mit den Damen, eine Dusche und ein frisches Hemd.

Mein Weg führte mich an der Offenbacher Ledermesse vorbei, links an der Mainuferstraße entlang bis zum Lili-Tempel, der an Goethes Verlobte Lili Schönemann erinnerte und inzwischen in Privatbesitz übergegangen war. Ich passierte das Büsing Palais, die Französisch-Reformierte Kirche, das Rathaus und durchquerte die Fußgängerzone, in der reichlich Betrieb herrschte.

An der ›Buchhandlung am Markt‹ angekommen, konnte ich Richard Volk nirgends sehen. Einige Minuten betrachtete ich die Schaufenster, voll mit Kriminalromanen. Plötzlich klopfte jemand von innen gegen die Scheibe. Der Kriminalhauptkommissar sah mich grinsend an, halb verdeckt durch ein grellgelbes Buch mit einer Wespe auf dem Einband. Er gab mir ein Zeichen, dass er herauskommen würde.

»Hendrik, alter Bücherwurm, wie geht es dir?«

»Mindestens so gut wie dir!«, antwortete ich.

»Na ja, ein alternder Bulle wie ich verliert auch langsam seine Kraft. Dann heißt es aufpassen, wenn so ein junger Torero daherkommt!«

Während ich über seinen lockeren Spruch nachdachte, der mit einem unüberhörbaren Ernst vorgetragen war, fragte er: »Wo gehen wir denn jetzt essen? Schlag mal was vor, du bist doch hier der Lokalmatador.«

Ich machte eine weit ausholende Handbewegung von links nach rechts. »Der Herr Hauptkommissar aus Frankfurt sieht hier die Offenbacher Gastronomie vor sich ausgebreitet«, begann ich leicht theatralisch. »Links das ›Tafelspitz‹, ein feines Restaurant mit der Spezialität, die es im Namen führt, daneben das ›Morleos‹, dann die Familie Tarantino, feine italienische Küche. Dort oben ›Le Belge‹ mit Flammkuchen und belgischem Bier, rechts das Steakhaus ›Fleischeslust‹, daneben das gemütliche Bistro ›Brasserie Beau d'Eau‹ und das griechische ›Taverna Grill‹. Hier in der Mitte des Platzes das Markthaus ... lokale Spezialitäten.«

»Äppelwoi? Rippche? Handkäs mit Musik?«

»Genau.«

»Ich denke, heute ist mir mehr nach feinem Dinieren

zumute«, meinte Richard Volk. »Mit einem schönen Glas Wein, was hältst du davon?«

»Wunderbar, der Tafelspitz im ›Tafelspitz‹ ist eine Wucht!«

Wir setzten uns in eine Nische am Fenster mit Blick auf den Wilhelmsplatz, der gerade den Übergang von den Einkäufern zu den Kneipengängern durchlebte. Wir bestellten zweimal Tafelspitz mit grüner Soße und eine Flasche Riesling.

»Hendrik, du weißt ...«, Richard senkte die Stimme, »es ist ungewöhnlich, dass ich dich in die Ermittlungen einbeziehe. Besser gesagt, es ist untersagt. Ich mache das nur, weil Siggi mich darum gebeten hat, weil ich denke, dass es für die Ermittlungsergebnisse förderlich ist – und weil ich dich kenne.«

Dabei griff er sich an die Nase. Vor drei Jahren hatten wir uns anlässlich des Goetheglut-Falls in Weimar kennengelernt. Aufgrund eines Missverständnisses hatte ich ihm dabei einen heftigen Schlag auf die Nase versetzt. Zum Glück konnten wir im Nachhinein beide darüber lachen.

»Nur zur Erinnerung«, fuhr er fort, »alles, was wir jetzt besprechen, fällt unter das Dienstgeheimnis und bleibt absolut unter uns, das kann mich sonst meinen Job kosten, klar?« Er sah mich direkt an und ich merkte, dass ihm dieser Punkt sehr wichtig war.

»Verstanden, Richard!«

Er nickte zufrieden und schob mir ein Protokoll zu. »Siggi bat mich, eine komplette Lebenshistorie von Reinhardt Liebrich zu erstellen. Hier ist sie.«

Ich blätterte kurz durch, etwa 40 Seiten, und warf Richard Volk einen anerkennenden Blick zu.

»Damit du nicht erst alles lesen musst, gebe ich dir eine mündliche Zusammenfassung«, sagte er. »Geboren 1947 in Dresden, also inzwischen 60 Jahre alt. 1952 nach Leipzig umgezogen, dort Schule und Abitur mit Bestnote 1,0.«

»Donnerwetter!«

»1965 bis 68 bei der NVA, abgegangen als Leutnant, danach Studium der Theaterwissenschaften in Berlin – Ost-Berlin natürlich. Von 1971 bis 79 Regisseur am Maxim-Gorki-Theater in Berlin unter Albert Hetterle, danach Engagement als Regisseur am Schauspiel Leipzig, Schwerpunkt: Goethe. Dort blieb er neun Jahre, bis zur Wende, und arbeitete längere Zeit mit Hubertus von Wengler zusammen. Nach der Wende Wechsel nach Hamburg, wo er nur ein gutes Jahr blieb und dann Schauspielintendant am Stadttheater Gießen wurde, immerhin fast zehn Jahre lang. 2002 übernahm er die Intendanz des Schauspiels an den städtischen Bühnen Frankfurt am Main, bis er, wie bekannt, nach Weimar ging. Er ist nicht verheiratet, war auch nie verheiratet, ist liiert mit Dana Hartmannsberger seit 2003, hat keine Geschwister, Eltern beide verstorben, bis zuletzt wohnhaft in Leipzig. Waldmann hat er 2004 als persönlichen Sekretär eingestellt, er wohnte mit in Liebrichs Haus in Frankfurt und weicht ihm nicht von der Seite, wie man so hört. Liebrich gilt als extrem ehrgeizig und war beim Ensemble in Frankfurt nicht sonderlich beliebt. Seine Stasiakte haben wir noch nicht bekommen, Siggis Leute haben einen Antrag gestellt. Soweit das Wichtigste zu Reinhardt Liebrich. Ein paar Kleinigkeiten hätte ich noch. Hast du Fragen bis hierher?«

Ich war beeindruckt. »Meine Güte, woher bekommst du denn innerhalb eines Tages so viele Informationen?«

»Nun, das gehört zu unserem Geschäft. In so kurzer

Zeit schaffe ich das allerdings nicht allein. Ein Kollege hat mir geholfen. Und Ella hat einiges beigesteuert, als Ergänzung aus Weimar sozusagen.«

»Sehr gut, also zusammengefasst: Liebrich ist ein schlauer Kerl, der den Theaterbetrieb in- und auswendig kennt, sowohl Ost als auch West, der sehr ehrgeizig ist und irgendein Problem mit Frauen hat.«

Die Bedienung kam mit unserem Essen. Der Tafelspitz war zart wie Butter, die grüne Soße mild und sahnig, die Kartoffeln fest und von kräftigem Geschmack. Alles in allem: ein Gedicht.

»Wieso Probleme mit Frauen?«, fragte der Kriminalhauptkommissar nach einer Weile.

»Wer mit Mitte 50 nachweislich die erste feste Beziehung zu einer Frau hat, der hat meines Erachtens ein Problem. Muss nicht sein, ist aber wahrscheinlich. Möglicherweise eint Reinhardt Liebrich und Dana Hartmannsberger ihr gemeinsamer Ehrgeiz.«

Richard Volk starrte auf seinen Teller. »Kein schlechter Gedanke.«

»Und sein Verhältnis zu diesem Waldmann ist mir auch noch nicht klar«, ergänzte ich.

Richard sah auf. »Du meinst, die könnten schwul sein?«

»Glaube ich eher nicht, sonst hättet ihr in seinem Lebenslauf zuvor schon etwas gefunden. Ich weiß nicht, was es ist, aber irgendetwas Seltsames läuft da zwischen den beiden ab.«

»Soll ich zu diesem Waldmann auch recherchieren?«, fragte er.

»Das muss Siggi entscheiden, ich möchte mich sowieso aus diesem Fall raushalten, sollte dir nur bei Liebrich helfen.«

»Warum willst du dich raushalten?«

»Ich habe ein anderes Problem, mit meinem Cousin Benno. Mehr ein Eheproblem, da muss ich helfen.« Kaum ausgesprochen fiel mir ein, dass das Eheproblem sehr viel mit Liebrich zu tun hatte, das wollte ich Richard Volk aber nicht sagen. »Außerdem habe ich von der letzten Untersuchungshaft noch genug.«

»Okay, das ist klar«, sagte Volk.

»Zurück zu Liebrich, habt ihr etwas gefunden über seine Zusammenarbeit mit von Wengler in Leipzig? Ich meine, war die gut, gab es mal Unstimmigkeiten, Krach oder so?«

Richard Volk hob die Schultern. »Da haben wir leider nichts herausbekommen, jede Telefonauskunft wurde verweigert, da müsste Siggi mal jemanden hinschicken, der die Leute im Schauspiel befragt.«

»Und warum war er nur so kurz in Hamburg?«

»Ja, da haben wir etwas: Er hat sich mit dem Generalintendanten zerstritten, der muss ein ziemlicher Despot gewesen sein.«

»Okay, sehr gut, ich arbeite das alles durch«, dabei zeigte ich auf das Protokoll, »und spreche dann mit Siggi. Was war mit den von dir erwähnten Kleinigkeiten?«

»Zwei andere Dinge haben wir noch gefunden, ich weiß nicht, ob die wichtig sind. Erstens hatte Liebrich offensichtlich guten Kontakt zur lokalen Politik in Frankfurt, offiziell betrieb er Lobbying für das Theater. Manche vermuten mehr. Besonders gute Kontakte wurden ihm zu einem Beamten in der Stadtkämmerei Frankfurt nachgesagt, der sich um das Budget der städtischen Bühnen kümmerte. Einige Leute meinen, da wurde etwas gedreht, was, ist aber unklar. Der Mann heißt Klaus Felder. Ich konnte ihn nicht mehr befragen, weil er nach Erfurt gewechselt ist.«

»Nach Erfurt? Weißt du wohin genau?«

»Angeblich ins Kultusministerium, das muss aber noch überprüft werden. Zweitens: Dana Hartmannsberger hatte Krach mit Jolanta Pajak.«

»Wo? Wann?«

»2004 in Frankfurt. Die Pajak hatte dort ein Gastspiel.«

»In dieser Zeit war Liebrich bereits mit der Hartmannsberger zusammen, oder?«

»Stimmt.«

»Na ja, wahrscheinlich der übliche Zickenkrieg …«

»Das war schon etwas mehr, denke ich. Dana Hartmannsberger hat Jolanta Pajak auf der Bühne als ›Polaken-Intrigantin‹ beschimpft. Daraufhin hat die Pajak das Gastspiel abgebrochen, was die Städtischen Bühnen Frankfurt mehrere hunderttausend Euro gekostet hat. Das alles kam in die lokale Presse, die Dana Hartmannsberger an den Pranger stellte. Wegen des öffentlichen Drucks wurde ihr vom Generalintendanten gekündigt, obwohl Liebrich zu ihr hielt.«

»Du liebe Zeit!«

»Seitdem war sie arbeitslos, niemand wollte sie haben.«

»Das heißt, sie war drei Jahre arbeitslos?«

»Stimmt. Und wenn man nun davon ausgeht, dass Liebrich den Posten in Weimar anpeilte, kann man sich denken, dass dies vielleicht die letzte Gelegenheit für Dana Hartmannsberger gewesen wäre, ein Engagement zu bekommen. Unter Liebrichs Generalintendanz.«

»Du meinst also, das wäre ein Motiv für Liebrich, Frau Pajak verschwinden zu lassen?«

»Klar. Dazu kommt das Rachemotiv.«

»Das würde auch zu der Information passen, die ich heute Mittag bekam. Eine meiner Studentinnen arbeitete als Praktikantin in der Dramaturgie des Frankfurter Schauspiels. Sie sagt, Dana Hartmannsberger habe nie die Marie im ›Clavigo‹ gespielt, obwohl Liebrich das behauptet hat.«

»Ja. Passt!«

»Doch soweit ich weiß, hat Liebrich ein Alibi. Er war die ganze Zeit mit uns im Theater-Café. Und dann noch die Sache mit Frau Kirschnig.«

»Wer ist das?«

»Die Zweitbesetzung hinter Jolanta Pajak. Sie ist an Grippe erkrankt.«

»Ach so, das wusste ich nicht, Siggi hatte wohl nicht genügend Zeit, mir alle Details zu berichten. Das spräche wiederum für Liebrich, vorausgesetzt, er wusste von der Zweitbesetzung.«

»Das müsste man abklären ...«

»Das muss Siggi machen, ich gebe alles an ihn weiter, auch deine Ideen und Einschätzungen. Davon abgesehen, Hendrik, darf ich mal was sagen?«

»Natürlich.«

»Dafür, dass du mit dem Fall Pajak nichts zu tun haben willst, steckst du bereits ganz schön tief drin.«

So verblüfft wie in diesem Moment war ich schon lange nicht mehr. Kaum wurde mir bewusst, dass Richard recht hatte, schlug meine Verblüffung in Ärger um. In Wut. Aber ich war nicht wütend auf Richard, auch nicht auf Siggi oder Benno, sondern ich spürte eine Wut auf mich selbst.

14. FRANKFURT, AM GROSSEN HIRSCHGRABEN

Beim Frühstück hielt Mutter es nicht mehr aus. »Habt ihr eigentlich euren Streit beilegen können?«, fragte sie in dem Bemühen, ganz unbeteiligt zu wirken.

»Na ja«, sagte ich.

Es entstand eine Pause.

»Möchtest du noch Kaffee?«

»Ja, bitte.«

»Und noch ein Brötchen?«

»Ja, bitte.«

»Erzählst du mir von dem Problem?«

»Ja, bitte.« Sie lächelte. »Also Mutter!«

»Ich frage doch nur mal …«

»Ja, aber wie!«

Sie lachte. »Du kennst mich doch!«

Meine Mutter hatte solch ein ansteckendes Lachen, davor war niemand gefeit. Auch ich nicht. Ich liebte ihr Lachen. Es ließ sie so jung und vital aussehen. Und es vertrieb meine schwarzen Gedanken an ein Leben ohne sie.

»Benno will sich als Frankfurter Oberbürgermeister bewerben.«

Das Lachen blieb ihr fast im Hals stecken. »Benno?«

»Ja, Benno. Und er will Sophie in Weimar zurücklassen.«

»Warum das denn?«

»Selbstverwirklichung.«

Sie schüttelte ungläubig den Kopf. »Aber Sophie will doch bestimmt nicht weg aus Weimar.«

»Stimmt. Woher weißt du das?«

»Sie hat auf Leos letztem Geburtstag so eine Andeutung gemacht. Außerdem kann ich das verstehen. Ich wollte damals auch nicht weg aus Weimar. Aber alle sprachen davon, dass Berlin abgeriegelt werden sollte, möglicherweise durch eine Mauer. Da siegte die Vernunft deines Vaters. Es fiel mir unsagbar schwer ...«.

»Ich weiß, Mutter. Und Sophie würde es auch sehr schwer fallen.«

Plötzlich schien ihr ein Gedanke gekommen zu sein. »Dann ist Benno also der große Unbekannte?«

»Was für ein Unbekannter?«

»Seit Wochen schreiben die Zeitungen hier von einem Unbekannten, den Pia Ross als ihren Nachfolger aus einer anderen Stadt nach Frankfurt holen will. Alle warten gespannt. Und für die Zeitungen ist er jetzt schon der Sieger der OB-Wahl.«

»Tatsächlich ...« Mein Magen verkrampfte sich. Welch eine Chance für Benno. Auf dem Silbertablett serviert von Reinhardt Liebrich und Pia Ross. Konnte man so etwas ablehnen? Wohl kaum. Ich musste mir etwas einfallen lassen.

»Hast du einen neuen Kalender?«, fragte Mutter.

»Nein, warum?«

»Dieser Bunte da, neben deinem Handy ...?«

»Ach ja, der gehört einer Studentin, hat sie bei mir vergessen.« Ich musste wohl recht lange auf den Kalender gestarrt haben.

»Kann ich dir helfen?«, fragte sie vorsichtig. Ohne Druck. Ohne Neugier.

»Ach ja, es ist nur ... ich wollte mich auf keinen Fall in diese Pajak-Geschichte reinziehen lassen, und jetzt bin ich schon fast mittendrin. Dieser bunte Kalender dort ist der Entscheidungspunkt. Ich hätte nicht hineinsehen dürfen.«

»Du hast in einen fremden Kalender geschaut?«

Ich fühlte mich ertappt. »Ja, habe ich.«

»Aber Junge ... na ja, hab ich auch schon mal gemacht.«

Ich grinste. »In meinen Kalender?«

»Nein, in den von Edith, die kennst du von gestern, sie hat deinem Bubensolo Kontra gegeben, so ein Quatsch!«

»Aber deswegen hast du nicht in ihren Kalender gesehen, oder?«

»Nein, sie vergisst immer ihre Termine, Zahnarzt und so, ich helfe ihr dann. Sie weiß aber nicht, dass ich spicke, kleine Notlüge. Wir müssen uns doch helfen, hier in unserer Wohngemeinschaft.«

»Ja, das stimmt. Vielleicht kann ich auch jemandem helfen mit meiner kleinen ... Indiskretion.«

»Das kann ich nicht beurteilen, das musst du selbst wissen.«

Da war sie wieder. Mutter Hedda mit ihrem Beistand, aber ohne Beeinflussung meiner Entscheidungen. Konnte man sich eine bessere Mutter wünschen?

»Hendrik, hörst du mir noch zu?«

»Natürlich, entschuldige. Das muss ich auch selbst entscheiden. Wahrscheinlich braucht mich Siggi, aber es fällt mir schwer, immer wieder muss ich an die Zeit in der Untersuchungshaft denken.«

Sie legte behutsam die Hand auf meinen Arm. »Die

Frage ist doch: Läufst du diesmal wieder Gefahr, zu Unrecht verdächtigt zu werden, oder ist das kein Problem?«

Manchmal kann das Leben so einfach sein.

»Mutter, was soll ich nur machen, wenn du irgendwann einmal nicht mehr da bist?«

Sie lächelte. »Dann hast du ja noch Hanna. Und ein paar Erinnerungen an mich. Ich habe schon einen Karton für dich gepackt.«

Ich nickte und nahm ihre Hände. Augenblick, verweile doch, du bist so schön!

In der ersten Vorlesungspause nahm ich mir Stefanie Feinerts Kalender erneut vor. Natürlich war ihre eigene Telefonnummer nicht darin vermerkt. Also blätterte ich weiter und fand einen rot markierten Jan mit einem Herzchen daneben. Jan war sofort am Apparat und wollte dafür sorgen, dass Steffi mich umgehend zurückrief. Keine zwei Minuten später klingelte mein Mobiltelefon. Stefanie Feinert bedankte sich für meine Rückmeldung. Da sie heute keine Vorlesung hatte und meine Sehnsucht nach Kantinenessen nicht sehr ausgeprägt war, verabredeten wir uns kurzerhand im Café Karin, im Großen Hirschgraben. Ob ich wisse, wo das sei, fragte sie. Ich musste schmunzeln. Ja, diese Adresse war mir bekannt.

Auf dem Weg dorthin erinnerte ich mich an meinen letzten Besuch in dieser Straße. In Goethes Elternhaus. Der frühere Leiter des Goethehauses hatte mich einmal in den Keller sehen lassen, der für die Öffentlichkeit eigentlich nicht zugänglich war. Die großen Gewölbe beherbergten zu Goethes Zeiten eine stattliche Menge von Weinfässern. Als Frau Aja – wie Goethes Mutter oft genannt wurde – nach dem Tod ihres Mannes das Haus verkaufte, fiel immerhin ein Drittel des Kaufpreises auf den Weinkeller. Für mich war dies ein Indiz dafür, dass Goethes Weinaffinität weniger mit der Wein-Einreibung zu tun hatte, mit der ihn seine Großmutter angeblich kurz nach der Geburt ins Leben geholt hatte, sondern eher mit der selbstverständlichen Verfügbarkeit des Weins und seinem gesellschaftlichen Stellenwert innerhalb der Familien Goethe und Textor.

Stefanie Feinert hatte bereits einen Cappuccino vor sich stehen. Als sie mich erblickte, stand sie auf. »Hallo, Herr Dr. Wilmut.«

»Hallo, Frau Feinert.«

»Können Sie mich bitte Steffi nennen? Das tun alle ...«

»Natürlich, gerne.«

»Sorry wegen der Adresse hier. Am Großen Hirschgraben. Habe vorhin gar nicht dran gedacht, dass ja direkt gegenüber das Goethehaus ist ...«

»Kein Problem. Möchten Sie auch etwas essen, Steffi, ich lade Sie ein!«

»Echt?«

»Ja, echt!«

»Das ist ja ... ich meine, toll, danke!« Sie bestellte ein großes Frühstück mit Spiegeleiern und Schinken, ich nahm ein Sandwich und einen Espresso.

»Ich möchte nicht lange um den heißen Brei herumreden ...«, begann ich. »Um Sie zu kontaktieren, musste ich in Ihrem Telefonregister blättern.«

»Ooch, das macht nichts.«

»Dabei fand ich zufällig den Namen Reinhardt Liebrich.«

Schlagartig veränderte sich ihr Gesichtsausdruck. Die Tasse zitterte in ihrer Hand. »Was ist denn mit dem …?«

Die Art, wie sie das Wort ›dem‹ aussprach, ließ keinen Zweifel daran, dass sie Reinhardt Liebrich am Liebsten auf den Mond wünschte.

»Entschuldigen Sie bitte, dass ich Ihre Privatsphäre berühren muss, aber es ist wichtig. Ich gehöre zu einem Team, das versucht, in Weimar einen Kriminalfall aufzuklären.« Ich wunderte mich selbst, wie locker mir diese Worte über die Lippen kamen.

»Einen Kriminalfall? Und Liebrich ist der Verdächtige?«

Sofort fiel mir Richards Ermahnung ein. »Tut mir leid, Steffi, aber das darf ich Ihnen nicht sagen, laufende Ermittlungen.«

»Ja, verstehe …«

Mein Sandwich kam, direkt danach ihr Frühstück. Das gab uns beiden Gelegenheit, über das Gesagte nachzudenken.

»Sie mögen Liebrich nicht?«, fragte ich.

»Ich hasse ihn!«

»Oh … könnten Sie mir bitte erzählen, wie es dazu kam?«

»Herr Dr. Wilmut …«

»Lassen Sie den Doktor bitte weg, das machen alle so.«

»Gut, Herr Wilmut, es ist so, äh … ich spreche eigentlich mit niemandem darüber, noch nicht einmal mit meinen Eltern. Nur mit Jan.«

Ich ließ ihr Zeit.

»Herr Liebrich war Intendant am Schauspiel, als ich

dort ein Praktikum machte. Ich kam in die Dramaturgie, der Chefdramaturg war ein netter Typ. Aber Herr Liebrich hat immer nach mir gefragt.« Es entstand eine Pause.

»Entschuldigen Sie bitte, ich muss Sie das fragen: Hat er Sie belästigt?«

»Sie meinen angegrabscht oder so?«

»Ja.«

»Nein, nein, der hat nichts für Frauen übrig, wahrscheinlich für keinen anderen Menschen, nur für sich selbst. Nein, es ging um etwas ganz anderes. Er hat es mit seinem bühnenreifen Gequatsche geschafft, Leute für sich einzunehmen, an sich zu binden. Leider ...« Sie zögerte.

»... leider auch Sie?«

Offensichtlich kam ihr ein klares Ja nicht über die Lippen. Noch nicht. Sie nickte betreten. Die Bedienung kam, ich bestellte einen weiteren Espresso und einen Orangensaft für Steffi.

»Ich nehme an, es war Ihnen peinlich, Ihren Eltern davon zu erzählen?«, fragte ich vorsichtig nach. »Besonders Ihrem Vater?«

»Herr Liebrich hat dauernd in unser Büro geschaut, nur um zu sehen, ob ich da bin, dann hat er mich mitgenommen zu den Proben, was ich am Anfang natürlich cool fand. Er hat mir Dinge erklärt, faszinierende Zusammenhänge, interessant, oft auch amüsant. Danach sollte ich jedes Mal ein paar Aufgaben erledigen, kleine Sachen, etwas auswendig lernen oder so 'n Kram, dann größere Dinge, aufwendig, langwierig, unsinnig. Ich habe ihm mehrmals Verbesserungsvorschläge gemacht, sodass ich auch selbstständiger hätte arbeiten können, aber die hat er komplett abgelehnt. Der Kernpunkt war:

Er persönlich wollte alles unter Kontrolle halten. Wissen Sie, Herr Wilmut, es ist schwer, so etwas zuzugeben, aber ich muss es irgendwann einmal sagen: Er hatte eine gewisse Macht über mich. Und zwar so, dass ich es zunächst gar nicht realisiert habe. Später ... wie soll ich es sagen ... konnte ich mich dem gar nicht mehr entziehen.«

Ich war beeindruckt. »Es ist gut, dass Sie mir das sagen, Steffi. Gut für unser Ermittlungsteam und gut für Sie selbst.«

Sie sah mich offen an. »Ja, das stimmt, da haben Sie recht, ich ... fühle mich echt schon besser.«

»Wie sind Sie von ihm losgekommen?«

»Jan. Er hat mir klargemacht, dass Herr Liebrich mich gar nicht unterstützte, sondern nur ausnutzte.«

»Das hat er gut gemacht, der Jan, grüßen Sie ihn bitte von mir.«

Sie warf mir einen dankbaren Blick zu.

»Noch eine letzte Frage: Wann hat sich das Ganze zugetragen?«

»2004. Das weiß ich noch genau. Im Sommer hatte ich mein Praktikum verlängert. Weil Herr Liebrich es so wollte. Später habe ich es dann abgebrochen, am 2. September, genau an dem Tag, als die Anna Amalia Bibliothek brannte.«

Oh ja, an diesen Tag erinnerte ich mich auch noch sehr gut.

»Ich danke Ihnen sehr. Wenn möglich, werde ich Ihren Namen aus den Ermittlungen heraushalten. Versprechen kann ich das aber nicht. Eventuell brauchen wir eine protokollierte Aussage, in diesem Fall wird sich Hauptkommissar Volk von der Kripo Frankfurt melden. Aber ich kann Ihnen versichern, dass niemand außerhalb unseres Ermittlungsteams etwas davon erfahren wird.«

»Danke. Sie sind echt ein cooler Typ ...« Sie bekam einen roten Kopf. »Entschuldigung!«

»Ist schon okay. Alles Gute für Sie!«

Seit Langem war ich nicht so aufgewühlt wie nach diesem Gespräch. Ich dachte über Steffi Feinerts Worte nach. ›Er hatte eine gewisse Macht über mich.‹ Der Herr Liebrich. Wie viel Macht er wohl bereits über Benno hatte?

15. WEIMAR, POLIZEIPRÄSIDIUM, BÜRO KHK DORST

Es war Mittwoch, der 31. Oktober 2007, fast eine Woche nach Jolanta Pajaks Entführung. Wie musste sie sich fühlen? In welcher Art von Versteck harrte sie aus? Unter welchen Umständen? Ob sie wohl genug zu essen und zu trinken hatte, eine Toilette, warme Kleidung? Während ich darüber nachdachte, lief ich auf der Suche nach Siggis Büro durch das alte Gebäude am Rathenauplatz. Es gehörte zu Hitlers ehemaligen Monumentalbauten, die heute außer dem Polizeipräsidium das Thüringer Landesverwaltungsamt beherbergten. Der daran anschließende

Koloss in der Friedensstraße war ursprünglich als Versammlungshalle für 20.000 Menschen geplant und diente mittlerweile als Einkaufszentrum. In manch anderer Stadt hätte man diese Insignien früherer Machthaber abgerissen, vertuscht und unter den Teppich gekehrt. Nicht so in Weimar: Die Zeichen waren noch da, groß und gegenwärtig, wie selbstverständlich, im täglichen Leben und im täglichen Sterben.

Kurz vor 9 Uhr. Endlich stand ich vor seinem Büro. Ein eher unscheinbares Schild verriet mir, dass ich am Ziel war: ›K1 – Kriminalhauptkommissar Siegfried Dorst‹. Ich hob die Hand, um zu klopfen. Doch ich zögerte. War es wirklich der richtige Schritt? Vor neun Jahren hatten Siggi und ich uns in diesem Zimmer kennengelernt, während des Goetheruh-Falls. Ironischerweise waren auch Hanna und ich uns in dieser Zeit nähergekommen. – Und unser erster Kuss, hier in diesem Gebäude. Wenn das kein Wink des Schicksals war … Ich klopfte.

»Herein!«

»Hallo, Siggi!«

»Oh, Hendrik, ja … komm rein!«

Ich blieb in der Tür stehen. »Störe ich dich? Kannst du ruhig sagen, ich habe mich ja nicht angemeldet, ein kurzer Entschluss sozusagen …«

Er zeigte hinter mich. »Du störst nicht, aber mach bitte die Tür zu.«

Ich tat, wie mir geheißen. »Eigentlich wollte ich nur meine Spielschulden einlösen. Hier!« Dabei wedelte ich mit Richards Bericht. »Habe heute früh noch einige handschriftliche Anmerkungen hinzugefügt, die können wir …«

»Setz dich bitte erst mal!«

Ich zog einen alten, jammervoll aussehenden Stuhl heran. »Was ist los?«

»Pass auf, ich hatte vor einer Stunde eine Besprechung mit Kriminalrat Lehnert und dem Polizeipräsidenten.«

»Adolf Göschke, das Fagott«, schnarrte ich und versuchte dabei dessen Stimme zu imitieren.

»Na, ja, auf jeden Fall hat er uns sehr deutlich gemacht, dass dies ein brisanter Fall ist.«

»Okay, das war dir sicher vorher schon klar.«

»Natürlich, aber weil Jolanta Pajak so eine bekannte Persönlichkeit ist, drehen jetzt alle durch. Ich kann froh sein, den Fall überhaupt behalten zu dürfen. Und das auch nur, weil ich vor zwei Jahren an einem speziellen Lehrgang zum Thema Entführungen teilgenommen habe. Jedenfalls hat der Kultusminister sich nach dem Fall erkundigt und Göschke erwägt die Einschaltung des LKA. Weil Frau Pajak ihren Hauptwohnsitz in Berlin hat, haben auch die Berliner Kollegen nachgefragt, ob wir Hilfe brauchen. Dazu noch die Presseanfragen, nicht nur aus Thüringen, von überall her, auch aus Polen, das kannst du dir ja vorstellen.«

»Na schön«, meinte ich gelassen.

»Eben nicht schön. Göschke hat eine hohe Geheimhaltungsstufe verhängt, die es auf keinen Fall gestattet, externe Berater hinzuzuziehen, es sei denn mit seiner persönlichen Genehmigung. Kriminalrat Lehnert ist deiner Mitarbeit gegenüber nicht abgeneigt, aber Göschke lehnt sie kategorisch ab. Derzeit jedenfalls.«

Einmal tief durchatmen. Immer wieder stand mir das Fagott im Weg. »Auch nicht als Experte, so wie vor sechs Jahren?«

»Nein, auch das nicht.«

»Na gut, dann kann ich den Bericht ja wieder ...«

Bevor ich die Papiere in meiner Jackentasche verschwinden lassen konnte, schnappte Siggi zu wie ein Alligator. »Die bleiben hier!«, grinste er.

»Ja, was willst du denn nun?«, fragte ich.

»Pass auf, ich brauche natürlich deine Ergebnisse, aber es darf niemand wissen. Klar? Wenn gleich jemand in diesen Raum kommen sollte, egal wer, lasse ich diesen Bericht verschwinden und wir unterhalten uns über ...«, er kramte in einer Schublade, »... hier, Urlaub im Thüringer Wald.«

Ich musste schmunzeln. »Noch näher ging es wohl nicht?«

»Egal.« Damit legte er einen dünnen Prospekt auf den Tisch. »Und demnächst müssen wir uns außerhalb des Präsidiums treffen. So, und nun leg los!«

Also legte ich los, ging Liebrichs gesamten Lebenslauf durch, merkte an, dass zum Verhältnis zwischen Liebrich und von Wengler in deren Leipziger Zeit Informationen fehlten. Siggi konnte vielleicht Kriminaloberkommissar Meininger dort hinschicken, im Recherchieren war er gut und wenigstens eine Zeit lang weit weg von mir. Dann schlug ich vor, den Grund für Liebrichs kurzes Engagement in Hamburg herauszufinden, das schien mir verdächtig, da Verträge mit Intendanten meistens längerfristig gemacht wurden. Vielleicht konnte man auch zu den zehn Jahren in Gießen einige Details finden, womit wir zum Kernpunkt kamen: seine Zeit in Frankfurt von 2002 bis 2007. Seit 2003 war er mit Dana Hartmannsberger liiert, 2004 die Sache mit Steffi Feinert und im gleichen Jahr die Anstellung von Joachim Waldmann als Sekretär. Was das für eine Sache mit dieser Steffi sei, wollte Siggi wissen. Ich erklärte ihm, dass sie die Tochter des Kamillentee-Regisseurs sei, und berichtete von dem Gespräch mit ihr im Café Karin.

Siggi war sich nicht sicher, was er davon halten sollte, brummte vor sich hin, machte mehrmals »Hmm« und »Ahh«. Dann fragte er mich nach einer persönlichen Einschätzung zu Reinhardt Liebrich. In diesem Punkt war ich mir inzwischen ziemlich sicher: Liebrich war ein klassischer Machtmensch. Er tat alles, um sein Ziel zu erreichen, war dabei vernünftigen Argumenten gegenüber nicht mehr offen, sobald diese seine Macht gefährdeten, und akzeptierte auch Stillstand, nur um seinen Machtbereich zu erhalten. Siggi wollte genauer wissen, was ich mit diesem Stillstand meinte. Allein die Tatsache, dass er Dana Hartmannsberger in die Rolle der Marie lancierte, führte zu einem künstlerischen Stillstand, wenn nicht sogar zu einem Rückschritt. Das störte ihn aber nicht. Siggi nickte und fragte, ob ich nun der Meinung sei, dass Liebrich die Pajak entführt hatte. Das konnte ich natürlich nicht behaupten, aber zumindest hatte er die Situation skrupellos ausgenutzt.

»Mit Unterstützung von Benno«, bemerkte Siggi.

»Musst du deswegen Benno als Tatverdächtigen einstufen?«, fragte ich zurück.

»Dazu kommen wir später. Wichtiger ist jetzt die Sache mit dem Machtmenschen, die ist mir noch unklar.«

»So etwas kann ich am besten mit Beispielen aus meiner Arbeitswelt erklären. In der Literatur gibt es Machtmenschen in unterschiedlichen Ausprägungen. Zum Beispiel König Philipp II. von Spanien, der Vater von Don Carlos in Schillers Drama. Bei ihm ging es verstärkt um die Ausübung sexueller Macht, bei Shakespeares Richard III.

hauptsächlich um Herrschaftsansprüche, die mit blutigen Mitteln durchgesetzt wurden. Wieder eine andere Art von Machtmensch war Diederich Heßling in Heinrich Manns ›Der Untertan‹: nach oben buckeln, nach unten treten.«

»Und welcher Typ ist Liebrich?«, fragte Siggi.

»Ich bin mir nur noch nicht klar darüber, wie sein Machtwahn – wenn wir es mal so nennen wollen – genau konstruiert ist. Das sollten wir herausfinden.«

In diesem Moment klopfte es an der Tür. Siggi ließ Richards Protokoll in eine offene Schublade fallen und schob sie leise zu.

»Ja, bitte!«

Meininger trat ein. »Herr Dorst ...« Er stockte, als er mich erkannte. »Herr Wilmut, Sie schon wieder!«

Ich erhob mich. Kriminaloberkommissar Meininger sah genauso aus wie bei unserem letzten Fall 2004: nach hinten gekämmte Gelfrisur, erstaunlicherweise immer noch ohne graue Schläfen, solariumgebräunte Aztekenhaut, Klamotten vom italienischen Modedesigner.

Ich gab ihm die Hand. »Wieso schon wieder? Zuletzt haben wir uns vor drei Jahren gesehen.«

Bevor er antworten konnte, sagte Siggi: »Was gibt's, Herr Kollege?«

»Kriminalrat Lehnert will uns sehen. Wegen der Pressekonferenz.«

»Gut, ich komme.« Er stand auf. »Herr Wilmut hat mir sowieso nur einen kurzen Besuch abgestattet, wir haben unseren Urlaub im Thüringer Wald besprochen.« Dabei zeigte er auf den dünnen Prospekt.

»Im Thüringer Wald«, erklang das Meininger-Echo.

»Ja, im Winter, Skiurlaub«, fügte ich hinzu. »Ciao, Siggi, bis heute Abend!«

»Wieso heute Abend?«

»Bei uns in der Humboldtstraße, wir wollen doch Hannas Geburtstag feiern, es gibt selbst gebackene Pizza und einen trockenen Rotwein ...«

»... ach ja, hatte ich ganz vergessen, danke, 19 Uhr?«

»Genau, 19 Uhr. Auf Wiedersehen, Herr Meininger!«

Im Hinausgehen hörte ich Meininger noch sagen: »Will der sich etwa schon wieder in unseren Fall ...?« Dann fiel die Tür ins Schloss.

16. IN EINEM KOPF

Erneut schlug Pierre das Buch auf. Er kannte den ›Clavigo‹ beinahe auswendig, aber immer wieder begann er von vorn. So, als suche er die Lösung in Goethes Worten. Die Lösung für all seine Probleme. Und tatsächlich fand er eine Stelle, die ihm die Augen öffnete. Endlich! Er hatte diese Sätze schon viele Male gelesen, aber bisher nie verstanden. Dabei waren sie doch so klar, so deutlich:

»*Geliebt von den Ersten des Königreichs! Geehrt durch meine Wissenschaften, meinen Rang! ... Hinauf! Hinauf!*

Und da kostet's Mühe und List. Man braucht seinen ganzen Kopf, und die Weiber, die Weiber! Man vertändelt gar zu viel Zeit mit ihnen.«

Schlagartig war ihm klar, welche Weiber Goethe damit gemeint hatte.

17. IN DER KÜCHE

Punkt 19 Uhr stand Siggi vor unserer Haustür. Hanna öffnete. »Für dich, herzlichen Glückwunsch zum Geburtstag!«, hörte ich ihn sagen. Ich lächelte. Typisch Siggi.

»Oh, die schönen Blumen«, rief Hanna, »aber du weißt doch, dass ich erst im Dezember Geburtstag habe.«

»Eigentlich schon, aber Hendrik hat behauptet, du feierst heute, deswegen bin ich hier, Pizza und Rotwein ...«

Beide gesellten sich zu mir in die Küche, wo ich gerade damit beschäftigt war, die reichlich belegte Pizza in den Ofen zu schieben. Siggi nahm auf der Eckbank Platz.

»Na ja, kleine Notlüge«, erklärte ich. »Meininger und Kriminalrat Lehnert dürfen nicht wissen, dass ich an dem Fall Pajak mitarbeite.«

»Aha, du bist also dabei«, sagte Hanna im deutlichen

Bemühen, einen neutralen Tonfall beizubehalten. »Ich dachte, du wolltest dich diesmal fernhalten?«

»Na ja ...«

Siggi lächelte. Ich drückte ihm eine Flasche Rotwein in die Hand und bedeutete ihm, sie zu öffnen.

»... eigentlich schon. Aber zum einen hatte ich Spielschulden zu begleichen ...« Hanna sah mich besorgt an. »... nichts Schlimmes, nur eine leichte Selbstüberschätzung beim Tennis.« Hannas Blick entspannte sich wieder. »Außerdem ist mir klar geworden, dass Siggis Fall irgendwie mit unserem zusammenhängt.«

»Du meinst der Fall Pajak mit dem Fall Benno?«, fragte Hanna.

»Genau.«

Siggi runzelte die Stirn. »Was denn für ein Fall Benno?«

Hanna unterrichtete Siggi mit kurzen Worten von Bennos Plänen.

»Und er will das tatsächlich durchziehen, ohne Rücksicht auf Sophie?«, fragte Siggi sichtlich beeindruckt.

Hanna nickte. »Ja, das will er.«

»Nicht zu glauben. Und mir hat er nichts davon erzählt.«

»Uns auch nicht«, sagte ich, während ich eine Flasche Riesling für Hanna aus dem Kühlschrank holte. »Wir erfuhren zunächst alles von Sophie, sie bat uns um Hilfe. Später habe ich dann Benno darauf angesprochen, am Montag in Offenbach. Er möchte endlich einmal eine eigene Entscheidung treffen, sagt er, unabhängig von seiner Familie oder anderen Personen. Das kann ich ja verstehen, aber deswegen Sophie alleinzulassen ...?«

»Hat er denn überhaupt eine Chance bei der OB-Wahl in Frankfurt?«

»Nach dem, was ich von meiner Mutter weiß, liegt er gut im Rennen, aber der eigentliche Wahlkampf hat noch gar nicht angefangen.«

Siggi schüttelte ungläubig den Kopf und füllte die Weingläser. »Und was hat das nun mit dem Fall Pajak zu tun?«

»Na ja, das ist mehr eine Ahnung ...«

Er forderte mich mit einer Handbewegung auf, weiterzusprechen.

»Benno erzählt seinen alten Freunden nichts mehr von seinen Plänen, dafür bespricht er alles mit Liebrich.«

»Mit Liebrich?«

»Ja, genau. Liebrich ist das Bindeglied zwischen beiden Fällen.«

»Hat er denn nur mit Benno geredet, über diese OB-Stelle?«, fragte Siggi. »Oder hat er ihn auch aktiv überzeugt, sich zu bewerben?«

»Du triffst genau den Punkt«, antwortete ich. »Es sieht alles danach aus, als hätte er ihn dazu überredet.«

»Wenn Liebrich ihn wirklich so stark beeinflusst«, meinte Hanna, »dann trifft Benno ja wieder keine eigene Entscheidung.«

Ich nickte nachdenklich. »Das stimmt. Jedenfalls weißt du jetzt, wie ich in den Fall Pajak reingerutscht bin.« Und mit einem Seitenblick auf Siggi ergänzte ich: »Halb zog er ihn, halb sank er hin ...«

Siggi grinste. »Jedenfalls ist es gut so. Vorläufig kannst du leider nur verdeckt mitarbeiten. Irgendwann werden Lehnert und Göschke einsehen, dass es richtig war, dich mit ins Boot zu holen, aber dazu ist es noch zu früh.«

»Hört sich nach Ärger an, oder?«, fragte Hanna.

»Haben wir schon jemals gekniffen, nur weil es Ärger geben könnte?«, warf ich ein.

Sie lächelte. »Ja, ich denke schon.«

Ich legte den Arm um sie. »Sei doch nicht immer so furchtbar ehrlich!«

»Neulich hast du gesagt, dass du genau das an mir liebst.«

Ich gab Hanna einen Kuss. »Und das gilt auch heute noch.«

Siggi schmunzelte. Mit einem Blick in den Backofen fragte er: »Dein Speiseplan ist ja sehr übersichtlich geworden in letzter Zeit. Thüringer Rostbratwurst und Pizza, das war's.«

Hanna lächelte, ich sah ihn erstaunt an.

»Als dein Freund muss ich dich warnen«, fuhr er fort. »Du stirbst irgendwann mal an Bratwurst- oder Pizza-Vergiftung.«

»Welch ein schöner Tod!«

»Bin mal gespannt, ob deine Pizza so gut schmeckt wie die von Cindy und John.«

»Ich gebe mir Mühe. Das Rezept haben die beiden mir überlassen, bevor sie aus Weimar weggingen. Sie wollten ja unbedingt zurück nach Dallas.«

Hanna und ich vermissten die Abende mit den beiden Texanern.

»Lass gut sein«, meinte Hanna, »dort ist eben ihre Heimat, so wie Weimar meine ist.«

»Und auch Sophies Heimat«, ergänzte ich.

»Ihr meint also, Sophie geht nicht mit nach Frankfurt?«, fragte Siggi.

»Nein, auf keinen Fall«, antwortete Hanna.

»Klingt nach Ärger.«

Ich hockte mich vor den Backofen und beobachtete die Pizza. Benno wollte mit Sophie reden. Gestern Abend.

Nur so war der Ärger abzuwenden. Besser gesagt: die Tragödie – klang zwar nach Theater, traf aber den Kern der Sache. Ich versuchte, mir eine Trennung der beiden vorzustellen, womöglich eine Scheidung. Nein, unvorstellbar. Ich musste mich von dem Gedanken losreißen.

»Gibt's etwas Neues von Jolanta Pajak?«, fragte ich.

»Sie ist nach wie vor verschwunden«, antwortete Siggi. »Der schriftliche Hilferuf stammt eindeutig von ihr, das haben die Grafologen bestätigt, ebenso die Fingerabdrücke auf dem Papier.«

»Woher hat die Daktylografie denn Vergleichsabdrücke bekommen?«

Siggi schmunzelte. »Von ihrem Zahnputzglas.«

Zahnputzglas! Meine Güte ... die bloße Erinnerung daran ließ mich schaudern. Was den Goetheglut-Fall betraf, der mir vor drei Jahren ein paar schreckliche Tage in Untersuchungshaft eingebracht hatte, wünschte ich mir eine selektive Amnesie.

»Damit ist eindeutig bestätigt, dass Jolanta Pajak entführt wurde«, fuhr Siggi fort. »Die SOKO ›Theater‹ hatte beschlossen, die Presse zu informieren, überall prangen Bilder von Jolanta Pajak in den Zeitungen, habt ihr sicher schon gesehen. Hunderte von Hinweisen sind eingegangen, jedoch ohne konkrete Spur. Die Rekonstruktion der Ereignisse nach der Generalprobe hatte ergeben, dass Frau Pajak gegen 22.40 Uhr das Theater mit einem kurzen Gruß an den Pförtner verlassen hat. Mehr konnte dieser nicht sagen. Ihr Ehemann, Adrian Pajak, hat zuletzt um 22.16 Uhr mit ihr telefoniert. Dabei hat sie gesagt, dass sie ins Theater-Café gehen wolle und gegen Mitternacht zu Hause sei. Herr Feinert hat versprochen, sie mit dem Auto nach Hause zu bringen. Sie meinte noch belustigt, der trinke ja sowieso keinen Alkohol, nur Kamillentee, darauf könne man sich verlassen. Als Herr Pajak sie um 22.49 Uhr erneut anrufen wollte, war ihr Handy ausgeschaltet. Er hat es noch zweimal versucht, wieder keine Verbindung. Danach rief er den Pförtner an und dieser Martin Feinert, der Rest ist euch ja bekannt.«

»Das Telefonat mit ihrem Mann und die Begegnung mit dem Pförtner waren also die letzten Lebenszeichen von Jolanta Pajak?«, fragte Hanna.

»So ist es. Seitdem scheint sie wie vom Erdboden verschluckt. Wir haben das komplette Programm zur Suche nach verschwundenen Personen anlaufen lassen. Meine Kollegen haben in der Thomas-Müntzer-Straße und im Bereich des Bühneneingangs alle Nachbarn befragt, keinem ist etwas aufgefallen.

Alle Bekannten und Freunde der Pajaks wurden kontaktiert, ebenso Busfahrer, die Weimarer Taxiunternehmen und die Angestellten der Restaurants in der Umgebung. Die Spurensicherung hat die Garderobe der Schauspielerin genau untersucht, ebenso die Wohnung der Pajaks, ihr privates Büro und ihren Laptop – ohne Ergebnis. Ihr Handy konnte nicht geortet werden. Selbst die Wälder in der Umgegend von Weimar wurden durchkämmt. Die SOKO hatte eine bundesweite Fahndung eingeleitet, alle Flughäfen wurden informiert, auch die Kollegen der polnischen Polizei und die polnische Presse. In Pajaks Wohnung ist eine Telefonüberwachung installiert worden, falls der Entführer anrufen sollte, um Forderungen zu stellen. Ein Beamter sitzt ständig dort. Kein einziger Anruf. Seit einer Woche.«

»Und wie sieht's mit den Alibis aus?«, fragte ich.

»Die haben wir natürlich alle überprüft. Adrian Pajak

war in der fraglichen Zeit zu Hause. Seine Anrufliste vom Festnetz und zwei persönliche Gespräche mit einer Nachbarin bestätigten das. Ich selbst habe mit der Nachbarin gesprochen, Nicoletta Berlinger, eine attraktive Frau mit einem interessanten Muttermal auf der Oberlippe. Adrian Pajak hat sich bei ›Nicki‹, wie er sie nannte, ein Päckchen Hefe geliehen, weil er einen Kuchen backen wollte. Auch Reinhardt Liebrichs Alibi ist hieb- und stichfest. Direkt nach der Generalprobe, noch im Zuschauerraum, hat er eine Regieassistentin gefragt, wie er ins Theater-Café kommt. Diese hat ihn ins Foyer begleitet und ihn an eine der Garderobieren übergeben, die so nett gewesen war, ihn vor den Eingang des Cafés zu bringen. Sie sah ihn auch hineingehen. Der Kellner des Theater-Cafés konnte sich an Liebrich erinnern – ein lückenloses Alibi. Bleibt noch Liebrichs Freundin, Dana Hartmannsberger. Sie hat Jolanta Pajaks Rolle bekommen, hätte also ein starkes Motiv. Jedoch befand sie sich am Abend der Generalprobe in Frankfurt, um zusammen mit Liebrichs Sekretär, Joachim Waldmann, Möbel bei dessen Mutter zu holen und einige abschließende Behördengänge zu erledigen. Beide kamen erst am folgenden Tag nach Weimar zurück. Meininger hat Jolanta Pajaks Freundin in Weimar befragt, Ewa Janowska, eine polnische Flötistin aus der Staatskapelle. Die beiden kennen sich aus Krakau. Frau Janowska konnte nichts Entscheidendes beitragen, sie hat Jolanta Pajak privat zuletzt vor drei Tagen getroffen, ihr Verhalten sei normal gewesen, wie immer, danach hätten sie sich nur kurz im Theater gesehen, denn während der letzten Wochen vor einer Premiere lasse sie Jolanta immer in Ruhe, um ihre Konzentration nicht zu stören. Am Tag der Generalprobe sei sie gar nicht im Theater gewesen, da kein konzertantes Stück auf dem Plan gestanden habe, weder auf dem Probenplan noch auf dem Spielplan.«

»Apropos Adrian Pajak, meinst du, es ist glaubwürdig, dass sich ein Ehemann, während seine Frau arbeitet, bei einer hübschen Nachbarin Hefe leiht, um nachts einen Kuchen zu backen?«, fragte ich.

Siggi zuckte mit den Schultern. »Warum nicht? Bei einer Frau hättest du nicht nachgefragt, Männer können doch auch backen, oder?«

»Also ich jedenfalls nicht.«

»Aber ich.«

»So richtig im Backofen?«

Siggi und Hanna lachten lauthals. »Wo denn sonst?«

»Gut zu wissen, ich mag am liebsten Streuselkuchen.«

»Kein Problem ...«

»Und was ist mit Liebrich? Das perfekte Alibi? Klingt mir ehrlich gesagt *zu* perfekt.«

»Mir auch«, bestätigte Siggi. »Aber bisher können wir ihm nicht das Gegenteil beweisen.«

»Hat sich mit diesem Klaus Felder etwas ergeben?«

»Ach ja, der Typ aus der Frankfurter Stadtkämmerei, zu dem Liebrich solch einen *guten* Kontakt hatte ... nein, bisher nicht. Wir müssen da umsichtig vorgehen, er ist immerhin Abteilungsleiter im thüringischen Finanzministerium.«

»Nanu, das wird dich doch nicht davon abhalten, die Wahrheit herauszufinden, oder?«

»Ich hoffe nicht, aber möglich wäre es schon ...«

Ich sah zwischen Hanna und Siggi hin und her. »Meine Güte, ihr beiden seid heute solche Realos, euch hätten sie bei den Grünen schon längst rausgeworfen!«

»Deswegen sind wir auch gar nicht erst eingetreten ...«

»Ja, ja ... also ist Felder nicht ins Kultusministerium gewechselt, sondern ins Finanzministerium?«

»Genau, dort beschäftigt er sich interessanterweise speziell mit dem Kulturetat ...«

»Aha!« Ich dachte an politisch-finanzielle Verflechtungen und Parteifreunde – auch eine Art Freundschaft.

Siggi ahnte wohl, was ich dachte. »Wir sind da dran«, sagte er. »Ich habe Kontakt mit LKA-Kollegen in Erfurt aufgenommen, die landesweit mit einem Staatsanwalt zusammenarbeiten, der auf Korruptionsfälle spezialisiert ist. Felder wird observiert.«

Siggi wusste, was er tat. Wie immer. Die Pizza war fertig und wir unterbrachen unsere Unterhaltung, ohne sie an diesem Tag nochmals wieder aufzunehmen. Denn ein paar Minuten später standen Sophie und Benno vor der Tür, gut gelaunt, mit Sektflaschen in der Hand und strahlten. Mir fiel bald das Weinglas aus der Hand. Ich wollte es kaum glauben, was ich dort sah, kniff mich in die Wange, sah erst Hanna, dann Siggi an, biss in die Pizza, verdammt – Mund verbrannt. Doch das war ein Zeichen, ein gutes Zeichen, ich spürte mich selbst, ich war in mir zu Hause. Benno hatte sich mit Sophie versöhnt. Normalerweise trank ich keinen Sekt, davon bekam ich immer Kopfschmerzen, aber heute war mir das egal. Benno hatte beschlossen, seine OB-Kandidatur zurückzuziehen. Er blieb in Weimar und er blieb bei Sophie. Sie hatte es geschafft. Sie oder ihre gemeinsamen Jahre. Vielleicht auch beides. Liebrich hatte jedenfalls nicht genug Macht, um solch ein Paar auseinanderzubringen – das war es, was mich wirklich begeisterte. Ich schwebte mit beiden Beinen fest über der Erde.

18. IM STUDIERZENTRUM
DER HERZOGIN ANNA AMALIA
BIBLIOTHEK

Auf dem Weg ins Büro dachte ich über den Fall Pajak nach. Nun, da ich Siggi offiziell mitgeteilt hatte, dass ich inoffiziell mitarbeiten würde, wollte ich auch etwas dazu beitragen, tatsächlich ermitteln. Dieser Gedanke ließ mich ungeduldig werden. Und nervös.

Einem unterschwelligen Gefühl folgend, lenkte ich den Passat von der Humboldtstraße kommend nicht wie üblich rechts in Richtung Wielandplatz, sondern bog links ab in die Steubenstraße. Ich wollte den Ort, an dem Jolanta Pajak entführt wurde, noch einmal sehen. Bei Ortsbesichtigungen kamen mir oft nützliche Gedanken. Ich bog rechts ab in die Gropiusstraße, folgte links abbiegend der Hauptstraße und fuhr langsam bis die Ampel rot zeigte. Damit stand ich direkt am Bühneneingang des Theaters neben dem Hummel-Denkmal. Wo konnte der Entführer Jolanta Pajak hingeschleppt haben? Richtung Innenstadt war definitiv zu gefährlich, zu viele Menschen in der Fußgängerzone, selbst mitten in der Nacht. Aber gegenüber befand sich der Wendehammer der Hoffmann-von-Fallersleben-Straße, mit dem Busbahnhof, vom belebten Sophienstiftsplatz aus nicht befahrbar. Dort war es ruhig und nachts wahrscheinlich relativ dunkel. Nebenan das Torhaus, ein kleines, sehr schön restauriertes Gebäude, das der großherzogliche Oberbaudirektor Clemens Wenzelslaus Coudray in den 20er-Jahren des 19. Jahrhunderts entworfen hatte. Im Herbst 2004, ich erinnerte mich noch gut daran, kam Alma Winter nach Weimar, eine mutige junge Frau, die es in beeindruckender Weise wiederaufgebaut hat. Ich beschloss, die Gegend um das Torhaus und die Fallersleben-Straße in den nächsten Tagen – oder besser Nächten – genauer zu erkunden.

Als ich an der Bibliothek angekommen war, wusste ich, was zu tun war: Ich wollte selbst recherchieren, statt auf das Ergebnis der lang andauernden Ermittlungen von KOK Meininger zu warten. Namen zogen durch meinen Kopf: Adrian Pajak, Nicoletta Berlinger, Klaus Felder, Hubertus von Wengler, Martin Feinert, Reinhardt Liebrich, Joachim Waldmann, Dana Hartmannsberger, Karin Kirschnig – wie ging es ihr eigentlich? – Harry Hartung, der Cognacschwenker, Franziska Appelmann, die journalistische Offenbarung … halt, halt! So kam ich nicht weiter. Während ich einparkte, beschloss ich, zunächst nach den neu hinzugekommenen Figuren des Falls zu recherchieren: Adrian Pajak, Nicoletta Berlinger, Ewa Janowska und Klaus Felder. Am liebsten hätte ich sofort angefangen, doch Albert Busche, mein ehemaliger Kollege mit dem bewegten Rentnerleben, wartete schon ungeduldig im Büro, um mit mir ins Tiefarchiv zu gehen. Wir kamen gut voran und gegen Mittag verabschiedete er sich. Der Anglerverein in Apolda beanspruchte seine Aufmerksamkeit. Ich bedankte mich und wir verabredeten uns wieder für nächsten Donnerstag. Beim Mittagessen traf ich die stellvertretende Bibliotheksleiterin Frau Knüpfer, sie nutzte die Gelegenheit, ein paar organisatorische Dinge mit mir zu besprechen. Nach einer Viertelstunde wurde ich unruhig, die Recherche wartete. Doch sie hielt mich weitere zehn Minuten fest, ohne dass ich eine Chance hatte, mich elegant zu verabschieden.

Endlich saß ich wieder an meinem Schreibtisch. Zuerst gab ich in das Internet-Suchfenster den Namen ›Adrian Pajak‹ ein. Es erschienen über zwei Millionen Einträge, die meisten in Polen, sowohl in Krakau, dem Geburtsort von Jolanta Pajak, als auch in anderen Städten. In Berlin existierte ein Immobilienbüro Adrian Pajak, Friedrichstraße 160 – noble Adresse. Ich verglich die Adresse mit den Eintragungen auf Jolanta Pajaks Webseite und fand dort einen Link zu APA Immobilien, Berlin, Friedrichstraße 160 – Treffer! In Weimar gab es keinerlei Einträge zu seinem Namen, auch nicht unter den Immobilienbüros. Wahrscheinlich organisierte er alles von seinem Berliner Standort aus. Mehr war nicht zu holen. Ein kurzer Anruf bei meiner polnischen Kollegin an der Uni Frankfurt bestätigte den Verdacht, dass der Name Adrian Pajak in Polen so gebräuchlich war wie in Deutschland etwa Thomas Braun. Auf diese Weise kam ich also nicht weiter. Nur eins interessierte mich noch: diese Adresse. Ich gab ›Friedrichstraße 160‹ ein und fand etwas recht Überraschendes. Dann führte ich zwei Telefonate, beide mit demselben Ergebnis. Es passte zusammen. Sehr interessant. Darüber musste ich unbedingt mit Siggi sprechen.

Jetzt war Ewa Janowska an der Reihe. Auch dieser Name war recht häufig, die Trefferzahl reduzierte sich auf 200.000, immer noch eine unüberschaubare Menge, doch da ich wusste, dass Ewa als Flötistin in der Staatskapelle Weimar arbeitete, fand ich sie schnell. Sie war ebenfalls in Krakau geboren und hatte zusammen mit Jolanta

Pajak die Schauspielschule in Warschau besucht. Ich wunderte mich, warum sie dann nicht Schauspielerin geworden war, sondern Musikerin. Das musste ich herausbekommen. Es dauerte fast eine halbe Stunde bis ich eine Spur fand: Einen Zeitungsartikel der ›Gazeta Robotnicza‹ aus dem fraglichen Jahr, der beide Namen enthielt, leider auf Polnisch, sodass ich Hilfe brauchte. Die Kollegin aus Frankfurt musste nochmals einspringen, was für sie kein Problem darzustellen schien. Mir fiel ein, dass sie mich schon immer mochte, kurze Blicke, unausgesprochene Fragen, nette Gesten, unbeantwortet. Das Ergebnis war äußerst verblüffend: Jolanta Pajak hatte Ewa Janowska im Kampf um den letzten Platz in der Warschauer Schauspielklasse ausgestochen – angeblich mit unfairen Mitteln, was Ewa selbst, der Betriebsrat und die Arbeiterzeitung gar nicht lustig fanden. Nachzuweisen war ihr jedoch nichts, also blieb das Ganze ohne Folgen. Beide waren mittlerweile 37 Jahre alt. Ein Racheakt nach 18 Jahren? Eher unwahrscheinlich, aber ich musste auch darüber mit Siggi reden.

Die Nächste war Nicoletta Berlinger. Nichts zu finden. Keinerlei Einträge, noch nicht einmal im örtlichen Telefonbuch. Seltsam. Wie hatte Adrian Pajak seine Nachbarin genannt? Nicki. Ich gab die Suchbegriffe Nicki und Weimar ein. Wieder nichts. Dann änderte ich die Schreibweise von ›Nicki‹ in ›Nikki‹. Treffer. Ein Callgirl in der Fuldaer Straße. Konnte das Frau Berlinger sein? Ich vergrößerte das Foto von Nikki und erkannte einwandfrei ein interessantes Muttermal auf der Oberlippe. Lieh man sich nachts Hefe bei einer Prostituierten? Vielleicht wohnte sie tatsächlich nur in der Thomas-Müntzer-Straße, neben Pajaks, ganz privat sozusagen. Wusste Adrian Pajak von ihrem Beruf? Fragen über Fragen. Immerhin: Der Fall nahm langsam Fahrt auf.

Klaus Felder. Ich fand fünf Personen in Deutschland mit diesem Namen, relativ schnell stellte sich heraus, dass es sich bei der für uns interessanten Person nur um Klaus Alexander Felder handeln konnte, geboren am 3. März 1964 in Bad Homburg bei Frankfurt, inzwischen also 43 Jahre alt. Er hatte eine Facebook-Seite, auf der ich seinen Geburtstag und Geburtsort fand, sonst nichts Verfängliches. Die Website seiner Partei zeigte einen Lebenslauf, der mit den Facebook-Daten übereinstimmte und ansonsten seinen beruflichen Werdegang als Volkswirtschaftler, Finanzpolitiker, Staatssekretär im Hessischen Kultusministerium und Abteilungsleiter im Thüringer Finanzministerium darstellte. Aus meiner Sicht nichts Bemerkenswertes.

Das Klingeln des Telefons unterbrach meine Gedanken. Es war Sophie. Sie war glücklich. Eigentlich wollte sie nur ein wenig plaudern, sie hatte Frühdienst gehabt und war gerade nach Hause gekommen. Benno war offensichtlich wieder der Alte, derjenige, den sie sich so sehnlich zurückgewünscht hatte. Sophies Krise schien größere Ausmaße gehabt zu haben, als ich mir vorgestellt hatte. Zwischen den Zeilen vernahm ich, dass sie sehr verzweifelt gewesen war, möglicherweise am Rand einer Depression. Sie hatte sich krank gefühlt, meinte sie. Wie schnell ein gestandener Charakter durch solch eine unüberlegte Aktion des Partners ins Wanken geraten konnte. Ich beschloss, mir das zu merken, und nahm mir vor, Hanna nie in eine ähnliche Situation zu bringen. Sophie wollte sich gerade verabschieden, als ihr noch etwas einfiel: »Ehe ich es vergesse ... gestern, als Benno und ich durch die

Humboldtstraße nach Hause gingen, leicht angeheitert, muss ich zugeben, aber ich habe es deutlich gesehen ...« Sie zögerte.

»Was hast du gesehen?«

»Na ja, da stand ein Auto, in der kleinen Seitenstraße bei euch, wie heißt die noch?«

»Scharnhorststraße«, antwortete ich.

»Genau, ein rotes Cabrio, ein Mann saß darin, sah aus wie ein Italiener.«

»Ein Italiener?« Ich dachte an Filippe aus dem Dolomiti, an Pepe, nein, unmöglich.

»Zumindest sah er aus wie ein Italiener, wenn du weißt, was ich meine.«

Langsam ging mir ein Licht auf. »Du meinst, er sah nur so aus?«

»Richtig.«

»Und du kennst ihn aus dem Goethehaus, vor drei Jahren?«

»So ist es!«

»Meininger?«

»Ich bin mir sicher«, sagte Sophie. »Kein anderer Mensch hat so eine schreckliche Gelfrisur.«

»Das hört sich nach Ärger an.«

19. IN DER WEIMARHALLE

Gerade hatte ich meinen Rechner heruntergefahren, als Frau Knüpfer an meine Bürotür klopfte.
»Kommen Sie heute Abend mit, Herr Wilmut?«
»Ich ... äh ...«
»Sie sind mal wieder nicht auf dem Laufenden, das dachte ich mir, deswegen komme ich vorbei.«
»Aber Frau Knüpfer!« Ich grinste leicht.
»Aber Herr Wilmut! Heute Abend spielt die Staatskapelle in der Weimarhalle, großes Konzert, Städtepartnerschaft ... Sie erinnern sich?«
»Oh ja, stimmt!«
Bereits im September hatten wir mehrere Eintrittskarten für dieses Konzert bekommen. Das 20-jährige Jubiläum der Städtepartnerschaft zwischen Weimar und Trier sollte gebührend gefeiert werden. Im Frühjahr hatten die Festivitäten in Trier begonnen, nun waren wir an der Reihe. Am zweiten Oktoberwochenende besuchte eine Trierer Abordnung den bekannten Weimarer Zwiebelmarkt, es folgten zahlreiche weitere Veranstaltungen und heute, am 1. November, bildete das große Konzert der Staatskapelle den feierlichen Abschluss.
»Nein, vielen Dank, ich hatte nicht vor, mitzugehen, bin auch ziemlich müde von gestern ...«
Sie sah mich fragend an.
»Na ja, Grillen im Garten mit ein paar Freunden.«
»Und ein paar Bierchen, oder?«
»Ja, stimmt.«

»Schade, ich wollte nicht so gern allein gehen, eine Karte ist noch übrig ...«

Ich zuckte mit den Schultern.

»Na gut, dann grüßen Sie bitte Ihre Frau, wie geht es ihr?«

»Gut, danke, sie ist heute und morgen unterwegs in Gera ...« Ich zögerte. Unschlüssig drehte ich meinen Kuli in der Hand. Nach Frau Knüpfers Gesichtsausdruck schien ihr der Kampf zwischen Couch und Konzertsaal nicht fremd zu sein.

Sie winkte ab. »Machen Sie sich einen gemütlichen Abend mit einem Buch vor dem Kamin«, sagte sie. »Ich erzähle Ihnen dann morgen, wie es war und wen ich alles getroffen habe.«

Sie würde jemanden treffen? Selbstverständlich. Schlagartig hatte ich eine Vision: Kleine Menschengruppen an Stehtischen mit Häppchen und Sektgläsern und einer davon war er. Genau der Mensch, den ich brauchte, um den Fall Benno zu einem inneren Abschluss zu bringen.

»Moment mal, ich ... ich komme doch mit. Hanna ist nicht zu Hause und das mit dem Kamin kann ich immer noch nachholen.«

Frau Knüpfer lächelte. »19.30 Uhr im Innenhof?«

»Alles klar!«

Wir standen neben dem Torbogen, der den Zugang zur Schwanseestraße bildete. Das Wetter war angenehmer, der kantige Novemberwind hatte sich beruhigt. Wir redeten eine Weile über die Bibliothek und das Goethe-Forschungsprojekt, mit dem ich derzeit beschäftigt war. Dann meinte Frau Knüpfer, wir hätten genug über die Arbeit gesprochen, und lud mich auf ein Bier ein. Das gläserne Restaurant, das sich im Westflügel der Weimarhalle befand, war mit Stehtischen ausgestattet, an denen sich bereits jede Menge Leute tummelten. Tagsüber hatte man von hier einen schönen Blick auf den Weimarhallenpark, jetzt waren nur einige von Laternen erhellte Flecken zu sehen. Ich entdeckte zwei Bekannte aus Trier und tauschte ein paar kurze Worte mit ihnen aus.

2005 hatte ich im Rahmen einer Bürgerfahrt zum ersten Mal Trier besucht und war begeistert von der interessanten Stadt mit der Porta Nigra und den römischen Thermen. Siggi war auch dabei gewesen und gleich am ersten Abend hatte er mich auf ein Weinfest geschleppt, auf dem wir dann die Einwohner Triers kennengelernt hatten. Und deren Herzlichkeit und Trinkfreude.

Wir saßen in der fünften Reihe, genau in der Mitte, hervorragende Plätze. Ich sah mich um. Es dauerte nicht lange, bis ich ihn entdeckt hatte. Er saß in der ersten Reihe – natürlich. Die Gelegenheit würde kommen, mit ihm zu sprechen. Dabei fiel mir ein, dass ich Benno noch nicht gesehen hatte. Na gut, zu jedem offiziellen Kulturereignis musste er wahrscheinlich nicht gehen.

Ohne Vorbereitung ein Konzert zu besuchen, ist eigentlich nicht meine Sache, aber diesmal blieb wirklich keine Zeit. Frau Knüpfer erklärte mir immerhin, dass Bruckners 9. Sinfonie gegeben wurde. Mit einem großen Bläsersatz, wie sie berichtete. Drei Flöten, Oboen, Klarinetten, Fagotte – hoffentlich war Göschke nicht dabei –, acht Hörner, drei Trompeten, zwei Posaunen und eine Kontrabasstuba. Ich musste sie wohl recht erstaunt angesehen haben, denn sie meinte, so wie ich mir Goethedaten merken könne, seien es bei ihr eben die Brucknerdetails. Drei Flöten. Da musste auch sie dabei sein: Ewa Janowska. Vielleicht konnte ich heute Abend zwei Fliegen mit einer Klappe schlagen.

Die Flötistinnen saßen direkt hinter der zweiten Violine auf der Empore, für mich also gut zu sehen. Welche der drei war Ewa Janowska? Diese Frage beschäftigte mich so sehr, dass ich von Bruckners Musik fast nichts mitbekam. Schade eigentlich. Von mir aus links saß eine brünette Flötistin, soweit im Sitzen erkennbar eher klein und leicht untersetzt. Sie bewegte sich beim Spiel ständig, den Kopf, die Arme, den gesamten Oberkörper, nach vorn bei den Solopassagen, nach hinten bei den Tutti. In der Mitte ihre schlanke, strohblonde Kollegin, die ich im ersten Blick mit einer Russin assoziierte. Sie trug, wie fast alle, eine langes schwarzes Kleid, darüber jedoch eine relativ auffällige weiße Stola und ein großes Collier, das in Relation zu ihrem schmalen Körper und dem relativ kleinen Kopf zu präsent war. Die rechte Flötistin hatte schulterlange dunkelblonde Haare und saß sehr gerade auf ihrem Stuhl, unnatürlich gerade, so als hätte sie einen Stock verschluckt. Sie bewegte ihren Körper überhaupt nicht, weder die Schultern noch die Arme. Nur die Finger. Ein gelebter Kontrast zu ihrer brünetten Kollegin linkerhand. Je länger ich die drei betrachtete, desto sicherer wurde ich, dass es nur die Strohblonde in der Mitte sein konnte. Russin, Polin, na ja, die Richtung stimmte schon mal. Ich überlegte krampfhaft, wie ich das herausbekommen konnte.

In der Pause ging ich mit Frau Knüpfer hinaus ins Foyer, wo sie eine Bekannte traf, sodass ich mich absetzen konnte, um nach ihm zu suchen. Endlich sah ich ihn in einer großen Runde von zehn bis zwölf Leuten stehen, im Westfoyer, ein Sektglas in der Hand, einen Kellner mit Häppchen neben sich stehend. Einige in der Runde gehörten zu der Trierer Abordnung, ich kannte sie vom Sehen. Ich umkreiste die Runde mehrmals langsam, aber er war so ins Gespräch vertieft, dass er mich nicht wahrnahm. Ich schnappte mir eine Sektflasche, die halb voll auf einem Büfettwagen stand, und stellte mich direkt neben den Häppchenkellner. Als er sich umdrehte, um nach einem Lachsbrötchen zu greifen, machte ich einen Schritt auf ihn zu und sagte: »Noch Sekt, Herr Oberbürgermeister?«

»Ja, gerne«, antwortete dieser. Der Häppchenkellner warf mir einen erstaunten Blick zu. Peter Gärtner bemerkte das und sah mich nun ebenfalls an. »Herr Wilmut, was machen Sie denn hier?«

»Sie ... haben mich gleich erkannt?«

»Aber natürlich, so schnell werde ich die Diebstähle aus dem Goethehaus sicher nicht vergessen. Und immerhin haben Sie uns damals sehr geholfen.«

»Oh, das ist nett, danke ...« Irgendwie stotterte ich blöd vor mich hin.

»Schenken Sie jetzt hier Sekt aus?«, fragte Peter Gärtner.

»Nein, äh, normalerweise nicht, aber ich müsste Sie dringend mal sprechen, wegen Benno ... also, ich meine wegen Herrn Kessler.«

Er stellte sofort das Sektglas ab und entschuldigte sich bei seinen Gesprächspartnern. »Kommen Sie, wir gehen ins Restaurant.« Er eilte voraus bis an einen Stehtisch in der hinteren Ecke des gläsernen Restaurants. Er sah auf seine Uhr. »Sie haben genau fünf Minuten, nutzen Sie sie!«

»Benno ist in letzter Zeit etwas, na ja, sagen wir ... durcheinander.«

»Das ist mir auch aufgefallen. Eher schon ... widerborstig!«

»Na ja, jedenfalls – ich möchte Sie bitten, das vertraulich zu behandeln ...« Er nickte. »Benno hatte Pläne, sich beruflich zu verändern, nach Frankfurt am Main zu gehen.«

»Nach Frankfurt? Warum das denn? In welcher Funktion?«

»Das weiß ich nicht.« Alles wollte ich nicht preisgeben.

Peter Gärtner schien beeindruckt. »Das verstehe ich überhaupt nicht. Wir haben uns immer gut verstanden, haben gleiche politische Ansichten und, was noch wichtiger ist, gleiche Ansichten von deren Umsetzung. Ich habe ihm vor ein paar Wochen angeboten, mein Nachfolger zu werden.«

»Tatsächlich? Ich dachte Kindermann ...«

»Unsinn, Kindermann hat doch keine Ahnung von Menschenführung. Was ist mit Kessler? Private Probleme?«

Ich wiegte den Kopf hin und her. »Ja, könnte man so sagen, das ist in fünf Minuten schwer zu erklären.«

Er nickte. »Ich ... also, ich meine, kann ich irgendwie helfen?«

»Im Augenblick nicht, aber ich wäre Ihnen dankbar, wenn ich Sie anrufen könnte, sobald ich Hilfe brauche.«

»Jederzeit, Herr Wilmut. Ich habe ein privates Kennwort, mit dem verbindet Sie meine Sekretärin sofort, Sie müssen verstehen, sonst komme ich nie zum Arbeiten.«

»Klar, verstehe ich gut.«

»Peter ist kein Schwerenöter!«

»Wie bitte?«

»Na, das Kennwort. Es lautet: ›Peter ist kein Schwerenöter!‹«

Ich musste lachen. »Gut, danke. Stimmt das denn?«

»Was meinen Sie?«

»Na ja, sind Sie wirklich kein Schwerenöter?«

Er grinste. »Ja, das stimmt!«

Er sah auf die Uhr. »Viel Glück!« Und schon war er weg.

Kaum war der Oberbürgermeister verschwunden, gesellten sich zwei Männer zu mir an den Stehtisch. Beide hielten ein Weinglas in der Hand. Der eine hatte einen leuchtenden Glatzkopf.

»Siggi«, rief ich erstaunt, »was machst du denn hier?«

»Ich war mit Ewald verabredet«, er verwies auf seinen Nebenmann. »Du kennst ihn doch sicher noch vom Weinfest in Trier?«

Natürlich kannte ich Ewald, ein lieber, netter, rundlicher Typ um die 40. Ich gab ihm die Hand.

»Außerdem habe ich ein Rendezvous im Foyer«, ergänzte Siggi.

Ich muss wohl recht irritiert geschaut haben, sodass er anfügte: »Ein Rendezvous mit Frau Berlinger!«

»Oh«, sagte ich nur. Dann klingelte es zum ersten Mal. »Über Frau Berlinger wollte ich sowieso noch mit dir reden, jetzt muss ich aber schnell noch zur Toilette, bevor es weitergeht. Treffen wir uns nach dem Konzert hier wieder?«

»Geht klar, bis später!«

Ich schlug mich ins Südfoyer durch, entgegen dem Strom der zurück in den Saal eilenden Besucher, und nahm die Treppe nach unten. Goethe und Schiller in Überlebensgröße ließ ich unbeachtet, ebenso das wunderschöne

Treppenhaus, komplett mit Holz verkleidet. Im Kellergeschoss war kaum noch Betrieb, die Garderobiere zeigte in den linken Gang, dort stand eine Tür offen, drinnen schien Licht auf weiße Kacheln, ich ging schnell hinein. Ehe ich bemerkt hatte, dass es gar nicht die Toilette war, fiel auch schon die Tür hinter mir ins Schloss. Der Schlüssel wurde herumgedreht. Für Sekundenbruchteile glaubte ich, eine blonde Frau in einem langen schwarzen Kleid gesehen zu haben. Ehe ich reagieren konnte, wurde ein dicker, stinkender Lappen kräftig auf meinen Mund gedrückt. Ich versuchte noch, Luft zu holen. Dann verlor ich das Bewusstsein.

20. IN EINEM KOPF

Pierre zuckte zusammen: ›*Sieh, wie ich deine Ruhestätte geweiht habe mit dem Blut deines Mörders! Schön! Herrlich!*‹

Er atmete schwer und schlug das Buch zu.

21. IM KELLER

Als ich wieder erwachte, war es dunkel. Und kalt. Mein Kopf pochte, ich hatte einen Riesendurst und wusste weder wo ich mich befand noch wie spät es war. Ich wusste lediglich, dass etwas Absonderliches passiert war – mehr nicht.

Panik überfiel mich. War jemand in meiner Nähe? Ich horchte angestrengt. Nichts war zu hören, außer einem leisen, kontinuierlichen Brummen. Musste ich mit Angriffen rechnen? War ich gefangen? Wollte mich vielleicht sogar jemand foltern? Mein Herz raste. Ich versuchte, mich zu beruhigen. Mein gesamter Körper schmerzte, so wie bei einem Muskelkater, aber ansonsten schien ich unversehrt. Auch war ich nicht gefesselt. Ich tastete den Untergrund ab. Offensichtlich lag ich auf einem kalten Steinboden, nein, eher auf Fliesen, ja … die weißen Kacheln fielen mir wieder ein. Ich nahm all meinen Mut zusammen und erhob mich langsam, zunächst auf alle viere. Wer weiß, was sich über mir befand. Nichts, soweit meine Hand reichte. Ich horchte. Immer noch dieses leise Brummen. Ein Elektromotor. Vielleicht von einem Kühlschrank. Ja, das konnte passen. Keine Geräusche, die auf die Anwesenheit eines anderen Menschen hinwiesen. Allmählich kam mein Kreislauf auf Touren. Mein Hals fühlte sich rau und trocken an. Ein kaltes Getränk wäre jetzt nicht schlecht gewesen. Oder ein Espresso. Innerlich lachte ich über mich selbst: Ich war an einem unbekannten Ort gefangen und dachte an nichts anderes als an Espresso.

Typisch Hendrik, hätte Hanna gesagt. Wo war Hanna? Wo waren Benno und Siggi? Ich zwang mich, nachzudenken. Erst einmal musste ich den Raum erkunden, herausfinden, ob mich etwas bedrohte. Dann wäre etwas Wärmendes an der Reihe, dann Hanna, Benno und Siggi. Du schaffst das schon ... Ich versuchte, mir Mut zu machen. Achtsam kroch ich ein Stück nach vorn und tastete mich in der Dunkelheit voran. Keine Gegenstände, keine Wand, kein Licht. Rechts und links: nichts. Weiter. Ich berührte eine gekachelte Wand. Zumindest ein Fixpunkt. Ich folgte der Wand, bis ich auf etwas stieß, das sich anfühlte wie ein ... nein, das war unmöglich! Tatsächlich: ein Bierkasten. Ich schüttelte ihn. Dann griff ich hinein – tatsächlich, volle Bierflaschen. Leider lauwarm und mit Kronkorken. Ein Bügelverschluss wäre im Dunkeln wesentlich einfacher zu öffnen gewesen. Ich zog eine zweite Flasche aus dem Kasten und versuchte, die beiden Kronkorken gegeneinander anzusetzen. Nach einigen Versuchen war eine der Flaschen geöffnet, wobei sich der halbe Inhalt über meinen Anzug ergoss. Der Durst war fast unerträglich. Ich nahm einen vorsichtigen Schluck. Nun ja – zumindest etwas Flüssiges. Kein Ehringsdorfer. Und dazu lauwarm. Ich nahm einen zweiten Schluck, um meinen Hals zu beruhigen. Das reichte, denn einerseits wollte ich meine Kopfschmerzen nicht verstärken, anderseits musste ich weiterhin klar denken.

Ich hatte eine Idee, nahm die zweite noch verschlossene Flasche, die mir als Hebel gedient hatte, legte sie auf den Boden und ließ sie in den Raum hineinrollen. Dem Geräusch zufolge war der Raum leer bis etwa drei, vier Meter vor mir. Weiterhin keine Hinweise auf die Anwesenheit anderer Menschen. Ich tastete mich an der Wand nach oben und kam endlich in den Stand. Der nächste Teilerfolg. Dann hangelte ich mich an der Bierkiste weiter, stellte fest, dass es noch mehr Getränkekästen gab. Verdursten würde ich also nicht. Befand ich mich in einem Getränkekeller? Ich schob mich weiter an der Wand entlang, vergeblich nach einem Lichtschalter suchend. Das Brummen des Elektromotors kam immer näher. Schließlich hatte ich ihn erreicht. Es war ein riesiger Kühlschrank, etwa viermal so groß wie ein normaler Haushaltskühlschrank. Ich spürte den Türgriff. Konnte da irgendwo eine Falle lauern? Nein. Ich zog die Tür auf. Gleißendes Licht ergoss sich in den Raum. Ich war so geblendet, dass ich die Augen schließen musste. Vorsichtiges Blinzeln. Ich befand mich in einem bis zur Decke gekachelten Raum, etwa vier mal sechs Meter, links von mir circa 20 Getränkekisten, rechts neben mir zwei weitere Kühlschränke, vor mir, am anderen Ende des Raums, eine Stahltür, die einzige Tür, daneben ein großes Regal mit Kisten, Gläser, ein Stapel Kartons mit Rotkäppchensekt. Der Trockene. Schlagartig fiel mir ein, wo ich war. Die Weimarhalle, das gläserne Restaurant, das Bier mit Frau Knüpfer, der Wein mit Siggi und Ewald, der Oberbürgermeister mit dem Sektglas. Und der Häppchenkellner. Hier unten hatte er seine Vorratskammer. Ich blickte in den Kühlschrank. Eine Batterie Schnapsflaschen und zwei Häppchenplatten, mit Zellophan abgedeckt. Mein Magen begann, sich zu heben. Daneben einige Flaschen Mineralwasser, gut gekühlt, ich schnappte mir eine – welche Wohltat! Als ich die halbe Flasche geleert hatte, stellte ich sie zurück und schloss die Kühlschranktür, um prompt wieder im Dunkeln zu stehen. Tür noch mal auf, umsehen, Lichtschalter neben der Tür entdecken, hingehen, einschalten –

das war eine Art Automatismus. Eine große Leuchtstoffröhre an der Decke erhellte nun den gesamten Raum. Ich rüttelte an der Stahltür. Sie war verschlossen. Ich trommelte gegen die Tür. »Hallo! Hilfe! Hier bin ich!« Keine Reaktion. Ich sah auf die Uhr: 5.20 Uhr. Es hatte keinen Zweck, länger gegen die Tür zu schlagen. So früh war niemand in der Weimarhalle. Langsam ging ich durch den Raum, schloss die Kühlschranktür und setzte mich auf die Sektkartons.

Suchte mich denn niemand? Siggi und ich waren nach dem Konzert verabredet gewesen. Was er wohl gedacht hatte, als ich nicht erschienen war? Wahrscheinlich: Hendrik hat wieder einmal eine Verabredung vergessen. Dafür war ich bekannt. Ich schüttelte den Kopf über mich selbst. Hanna? Hanna! Sie musste mich vermissen. Oh, wie schrecklich für sie ... Sie war in Gera im Hotel und hatte bestimmt schon viele Male versucht, mich anzurufen. Apropos – mein Handy ... ich kramte in der Hosentasche, ja, es war noch da. Ich schaltete es ein – kein Netz. Hier unten im Keller war der Empfang natürlich denkbar schlecht. Immerhin war es Freitag, ein normaler Arbeitstag, also war die Chance, dass jemand irgendwann im Laufe des Tages Vorräte aus diesem Raum holen würde, relativ hoch. Ich lief unruhig auf und ab.

Wollte mich da jemand warnen? Offensichtlich. Wenn ja, wer? Und würde mehr geschehen, wenn ich weiter an dem Fall arbeitete? Liebrich – kam diese Abmahnung von ihm? Eine andere Person fiel mir nicht ein. Er wusste sicher, dass ich Benno daran hindern würde, nach Frankfurt zu gehen. Aber es ging nicht um die Sache als solche. Es ging nur um seine Macht. Um Liebrichs Macht. Das Bild von gestern Abend kam mir in den Sinn, die Situation als ich diesen Raum betrat, die weißen Kacheln, der eklige Lappen, die Frau ... Ewa Janowska. Auch sie kam infrage. Aber woher sollte sie wissen, dass ich sie beobachtete? Und die blonde Frau im langen schwarzen Kleid war nicht allein gewesen. Die kräftige Hand, die den stinkenden Lappen in mein Gesicht gedrückt hatte, war eindeutig eine Männerhand. Leichte Übelkeit stieg in mir hoch. Ich blickte erneut auf die Uhr, kurz vor sechs. Geduld.

An dem Regal hing eine alte Arbeitsjacke, ich zog sie mir über und nahm ein paar Schlucke Cola, die meinen Magen beruhigten. Dann verschob ich die Sektkartons so, dass ich mich darauf legen konnte, die Füße im Regal und in der Gewissheit, noch einige Stunden warten zu müssen, fiel ich in einen tiefen, satten Schlaf.

»Hallo, Sie!«

Ich war sofort wach. Vor mir stand der Häppchenkellner.

»Ich finde es ja toll, dass Sie mir gestern Abend beim Sektausschank geholfen haben«, sagte er. »Aber deswegen brauchen Sie ja nicht gleich im Vorratsraum zu übernachten.«

Ich blinzelte. »Wie spät ist es?«

»Kurz vor zehn.«

»Jemand hat mich dazu gezwungen«, brummte ich.

Sein Mund blieb offen stehen. Im selben Moment hörte ich von oben laute Rufe und kräftige Schritte.

»Alles durchsuchen!«, rief eine mir bekannte Stimme. »Sie nehmen diesen Teil, ich gehe hier rechts!«

Ein Uniformierter erschien in der Tür. »Herr Hauptkommissar, wir haben ihn!«, rief er.

Sekunden später stand Siggi vor mir. Er sah mich

prüfend an. »Mann, Hendrik, was machst du denn für Sachen?«

»Danke der Nachfrage, mir geht's gut«, antwortete ich.

»Was ist passiert?«

Ich zuckte mit den Schultern. »Chloroform oder so was Ähnliches. Ein Mann und eine Frau, gestern Abend, direkt nachdem wir miteinander gesprochen haben.«

Er nickte. »Nichts anfassen«, befahl er, »auch Sie nicht!« Der Häppchenkellner verließ kopfschüttelnd den Raum. »Brauchst du einen Arzt?«

»Nein, danke.« Der Schlaf hatte mir gutgetan.

Siggi griff nach seinem Funkgerät: »Meininger, ich brauche die Spusi, im Keller links. Und dann übernehmen Sie hier bitte, ich muss weg.«

»Wo willst du denn hin?«, fragte ich.

»In den Ratskeller, bin zum Frühstück verabredet.«

»Mit wem?«

»Wirst du schon sehen.«

»Danke für die Einladung, hab einen Mordshunger.«

»Diese Worte benutzen wir im K1 nicht so gerne.«

»Welche Worte?«

»Mordshunger, Mordswetter, Mordsirgendwas ...«

»Verstehe. Lass uns gehen.«

Siggi hatte im Innenhof der Weimarhalle geparkt. Wir fuhren hinaus in die Schwanseestraße, mussten rechts abbiegen, weil die Kreuzung an der Hauptpost wegen einer Baustelle gesperrt war und nahmen den Umweg am Schwimmbad vorbei über die Friedensstraße, dann am Goethe- und Schillerarchiv entlang über die Kegelbrücke bis zum Schloss. So blieb mir noch Zeit, Hanna anzurufen. Sie hatte sich zwar Sorgen gemacht, vermutete aber, dass ich den Akku meines Handys mal wieder nicht aufgeladen hatte. Ich wollte ihr die wahre Geschichte nicht so nebenbei am Telefon erzählen, sondern persönlich, in Ruhe, zu Hause. Deswegen bestätigte ich kurzerhand die Akkuvariante – diese kleine Notlüge würde sie mir hoffentlich nicht übelnehmen – und freute mich auf einen gemütlichen Abend zu Hause.

Siggi stellte seinen Wagen in der Puschkinstraße nahe der Musikhochschule ab. Wir gingen die paar Schritte hinunter zum Marktplatz. In der Schillerstraße herrschte bereits reger Betrieb und die beiden Grillroste wurden angeheizt. Als wir die Treppe zum Ratskeller hinunterstiegen, bemerkte ich, dass ich verschwitzt und unrasiert war. Und ich meinte, nach Bier zu riechen.

»Stimmt!«, sagte Siggi lachend. »Dafür trägst du aber einen schwarzen Anzug.« Er musterte mich. »Zumindest waschen und kämmen könntest du dich. Ich warte hier.«

Ich nickte und verschwand in der Herrentoilette, nicht ohne mich vor dem Betreten des Raums zu versichern, dass es wirklich die Toilette war. Schon wieder in einem Keller. Aber diesmal war alles in Ordnung. Ich wusch mir ausführlich die Hände und das Gesicht, fuhr mir mit dem kleinen Taschenkamm durchs Haar und ordnete den Anzug.

Siggi nickte zufrieden. »Deutlich besser. Komm, Lehnert wartet sicher schon.«

Mit allen hätte ich gerechnet, mit Siggis Freundin Ella, mit Liebrich, Ewa Janowska oder Nicoletta Berlinger. Aber nicht mit Kriminalrat Lehnert. Schließlich war ich offiziell vom Fall Pajak ausgeschlossen worden.

Wir betraten die Gaststube. Tatsächlich: Dort saß Kriminalrat Lehnert, wie immer im Geschäftsanzug, weißes Hemd, rote Krawatte. Wir begrüßten uns. Ich war immer noch so verblüfft, dass ich stehen blieb und ihn anstarrte.

»Haben Sie Hunger, Herr Wilmut?«, fragte Lehnert.

»Ja, allerdings, ich habe einen Mor… also ich meine, einen mor…gendlichen Riesenhunger.«

»Dann sollten Sie sich setzen, sonst werden Sie nicht bedient.«

Kaum hatte ich Platz genommen, stand schon ein Espresso vor mir. Der Kellner lächelte. »Herr Kriminalrat hat mich vorgewarnt. Ohne Espresso seien Sie ungenießbar. Dieser hier kommt aus dem Central Valley, Costa Rica, sortenreiner Arabica, angereichert mit zehn Prozent vietnamesischem Robusta. Wohl bekomms. Alle anderen Frühstückszutaten entnehmen Sie bitte der Speisenkarte.« Damit drehte er sich stilsicher um und verschwand, ohne neugierig auf meine Reaktion zu warten.

Ich sah Lehnert überrascht an.

»Trinken Sie!«, meinte er. »Sonst wird er kalt.«

Ich folgte auch diesem Vorschlag. Langsam und heiß rann der Espresso meine Kehle hinab. Wärme, Kraft, Energie. All das spürte ich in diesem Moment.

»Gut?«

Ich nickte. »Sehr gut. Sogar besser als mein Espresso zu Hause.«

»Und das will was heißen!«, meinte Siggi.

»Richtig«, sagte ich. Und an Kriminalrat Lehnert gerichtet: »Was verschafft mir die Ehre?«

»Ich bin zwar nicht begeistert von Ihrer … Mitwirkung in diesem Fall. Aber offensichtlich sieht der Täter

Sie als wichtige Person an. Dann sollte die Polizei das auch tun.«

Der Kellner kam zurück und wir bestellten ein Frühstück. Ich entschied mich für Rühreier mit Speck, drei Brötchen, Salami und Mortadella, frische Ananas mit Joghurt, Orangensaft, einen großen Milchkaffee und ein kleines Marmeladen-Honig-Karussell.

»Das haben Sie sich verdient, Herr Wilmut«, kommentierte Lehnert meine Bestellung, »nach einer ganzen Nacht ohne Essen und Trinken.« Siggi lächelte in sich hinein. Ich schwieg. »Erzählen Sie uns bitte genau, was gestern Abend passiert ist.«

Ich berichtete im Detail von allen Vorkommnissen, von dem Raum mit den weißen Kacheln – wobei ich vergaß zu erzählen, dass es sich um den Vorratsraum des Restaurants handelte, na ja, das konnte mal passieren –, von der Männerhand mit dem ekligen Lappen, der blonden Frau im langen schwarzen Kleid, meiner Übelkeit, dem ruhelosen Schlaf auf den Sektkartons und von Ewa Janowska.«

»Wer ist diese Ewa Janowska?«, fragte der Kriminalrat.

Ich wollte gerade antworten, als Siggi mir zuvorkam: »Sie ist Polin, geboren in Krakau, 37 Jahre alt, erste Flötistin im Weimarer Staatsorchester, ledig, Eltern verstorben, Schulfreundin von Jolanta Pajak. Beide wollten die Schauspielschule in Warschau besuchen, aber nur Jolanta Pajak bekam einen Platz. Man munkelt, die Pajak hätte mit unlauteren Mitteln gearbeitet, die Kollegen in Warschau haben jedoch nichts gefunden und sind der Meinung, dass alles rechtsstaatlich zuging. Es deutet einiges darauf hin, dass die Gerüchte absichtlich von der Janowska in die Presse lanciert wurden. Sie scheint auch eine ... na ja, eine seltsame Person zu sein.«

»Was meinst du damit?«, fragte ich.

»Sie verhält sich teilweise recht ungewöhnlich. Bei der Befragung hat sie nach jedem zweiten Satz einen Kaffee verlangt, als der dann endlich kam, hat sie ihn überhaupt nicht angerührt. Und rein äußerlich: Sie läuft so steif und unbeweglich herum, als hätte sie einen Stock verschluckt. Statisch. Inflexibel. Selbst beim Flötenspiel bewegt sie nur das, was unbedingt notwendig ist: ihre Finger.«

Meine Hochachtung: Siggi hatte seinen Job gemacht. Damit war auch klar, dass Ewa Janowska die dunkelblonde Flötistin war, die im Orchester rechts saß.

»Was sagt Göschke eigentlich zu diesem konspirativen Treffen?«, fragte ich.

Lehnert hob die Schultern. »Der Polizeipräsident wird nicht begeistert sein, aber das nehme ich auf meine Kappe, keine Sorge. Überlegen Sie lieber, wer Ihnen diesen Warnschuss verpasst hat.«

»Eine blonde Frau und ein kräftiger Mann, mehr kann ich nicht sagen.«

»Blonde Frauen hätten wir genug zur Auswahl«, meinte Siggi, »Ewa Janowska, Dana Hartmannsberger, Nicoletta Berlinger, Karin Kirschnig, Franziska Appelmann ...«

»Ist die auch blond?«, fragte ich entsetzt.

»Ja, warum?«

»Ich wünschte mir möglichst wenig Übereinstimmungen zwischen dieser Frau und Hanna.«

»Bitte, meine Herren«, ging Lehnert dazwischen, »lassen Sie uns bei der Sache bleiben, Frau Hartmannsberger ist die Lebensgefährtin von diesem Liebrich, richtig?«

»Ja«, antwortete Siggi. »Mit Alibi.«

»Und wer ist Nicoletta?«

»Eine Nachbarin von den Pajaks, zugleich ein Edel-Callgirl, nennt sich Nikki, mit zwei K, führt ein Studio in der Fuldaer Straße. Ich versuche noch herauszubekommen, ob ihre Beziehung zu Adrian Pajak geschäftlicher Natur ist oder rein privat.« Auch hier hatte Siggi meine dilettantischen Amateurnachforschungen schnell überholt.

»Was meinen Sie mit privat?«

»Herr Pajak wollte sich angeblich bei ihr Hefe leihen, um einen Kuchen zu backen, abends um 22 Uhr.«

»Na ja, wer's glaubt wird selig!«

Der Kriminalrat machte sich Notizen. »Weiter mit den Blonden: Frau Kirschnig liegt mit einer schweren Grippe im Bett und Frau Appelmann hat bisher – zum Glück – noch nichts mit diesem Fall zu tun, richtig?«

»Korrekt«, antwortete Siggi.

Der Kellner kam mit unserem Frühstück, die Unterhaltung musste eine Weile warten.

Als ich gerade in mein Mortadellabrötchen gebissen hatte, sah Lehnert mich an und sagte: »Herr Wilmut, wenn Sie nun schon an dem Fall mitarbeiten, erwarte ich, dass Sie mich in vollem Umfang aufklären über alles, was die SOKO Theater auch nur im Entferntesten interessieren könnte.«

Ich nickte und zeigte auf meinen vollen Mund. Siggi wollte etwas einwenden, wurde jedoch durch eine Handbewegung seines Chefs zurückgehalten. In solchen Momenten scheint der Bissen im Mund immer größer zu werden. Ich spülte mit einem Schluck Kaffee nach. »Adrian Pajak besitzt ein Immobilienbüro in Berlin«, sagte ich, »APA-Immobilien. Das wäre zunächst nichts Ungewöhnliches.

Doch er ist sehr oft in Weimar, zusammen mit seiner Frau, hat hier jedoch kein Büro und niemand in der Immobilienbranche kennt ihn. Ich habe zwei Freunde aus der Branche befragt, sie sind beide sicher, dass Adrian Pajak in Weimar nicht aktiv ist.«

Siggis Gesichtsausdruck verriet, dass er noch nichts davon wusste. Wenigstens etwas, das ich beisteuern konnte. Lehnert zog die Stirn in Falten. »Etwas dünn für weitere Ermittlungen, finden Sie nicht auch, Dorst?«

Bevor Siggi antworten konnte, sagte ich: »Moment bitte, das ist noch nicht alles. Die Adresse seines Immobilienbüros in Berlin wurde mit Friedrichstraße 160 angegeben. Das ist aber unmöglich. Friedrichstraße 158 bis 164 gehört zum Westin Grand Hotel, eindeutig, ich hab es mehrmals überprüft. Meines Erachtens ist seine Adresse und die gesamte Firma eine Luftblase!«

Lehnert machte eine anerkennende Kopfbewegung, dann eine Handbewegung zu Siggi, der schrieb ›Observieren‹ auf seinen Block.

»Klaus Felder«, fuhr ich fort, »auch interessant, machte in Frankfurt angeblich gemeinsame Sache mit Liebrich in puncto Finanzen, 43 Jahre alt, seit sechs Wochen Abteilungsleiter im Thüringer Finanzministerium, davor Staatssekretär im Hessischen Kultusministerium.«

Siggi zuckte mit den Achseln. »Ich habe mit KHK Volk gesprochen, die angeblichen finanziellen Verstrickungen sind nur Gerüchte, nicht aktenkundig. Auch sonst nichts Besonderes ...«

»Das sehe ich anders«, fiel ihm Lehnert ins Wort. »Seit vier Wochen ist sein vermutlicher Kumpel Liebrich in Weimar, sagt jedenfalls Ihr Bericht, Herr Wilmut ...« Ich nickte. »Felder geht fast gleichzeitig nach Erfurt. Und mit 43 Jahren, sozusagen im aktivsten Alter, nach einem geradlinigen Lebenslauf vom Staatssekretär zum Abteilungsleiter zu wechseln, das ist ungewöhnlich. Ein klarer Abstieg.«

Siggi und ich sahen uns erstaunt an.

»Glauben Sie mir, ich kenne mich mit Karriereplanung aus!«

Das überzeugte uns. Siggi notierte sich die entsprechenden Daten und versicherte, dass Felder sowieso vom LKA observiert wurde. Er würde sich mit den Kollegen abstimmen.

Lehnert war offensichtlich in Fahrt. »Sonst noch etwas?«, fragte er in meine Richtung.

Ich sah den Kriminalrat überrascht an. »Was meinen Sie?«

»Ich meine, wenn Sie schon hier mitmachen, dann sollten Sie mir alle Details berichten.«

»Ja, sicher, das tue ich doch …«

»Nein, tun Sie nicht. Vorgestern haben Sie mit KHK Dorst, Ihrer Frau und dem Ehepaar Kessler im Garten Ihres Hauses in der Humboldtstraße gesessen und sich über den Fall Pajak unterhalten.«

Ich war vollkommen perplex. Dann fiel mir Sophies Hinweis wieder ein. Meininger – der Spion seines Chefs. Lehnert war mir als geradliniger, ehrlicher Mensch in Erinnerung. So konnte man sich täuschen.

»Woher wissen Sie das?«, fragte ich.

Er lehnte sich zurück. »Ich habe so meine Informationsquellen. Und ich muss mich absichern. Immerhin habe ich Sie gegen die ausdrückliche Anweisung des Polizeipräsidenten in die SOKO aufgenommen. Da muss ich sichergehen, dass ich alles unter Kontrolle halte. Meininger hilft mir dabei.«

Ich wusste nicht, was ich dazu sagen sollte.

»Sorry, Dorst«, sagte Lehnert mit einem kurzen Seitenblick zu Siggi, »ging nicht anders.« Und wieder zu mir gewandt: »Also, was hat Stadtrat Kessler mit dem Fall zu tun?«

Ich erschrak über diese direkte Frage. Lehnert wusste genau, wo sich der wunde Punkt befand. Ich war mittendrin in dem Fall, was ich ursprünglich gar nicht wollte. Doch Ausweichen war nicht mehr möglich. Ich erklärte Lehnert den Zusammenhang zwischen dem Fall Pajak und dem Fall Benno, so wie ich es Siggi bereits im Garten berichtet hatte, nur mit deutlich unangenehmerem Gefühl. Konnte ich Einzelheiten zu Bennos Innenleben einfach so weitergeben? Was würde er dazu sagen?

Als ich geendet hatte, fielen wir alle ins kollektive Nachdenken. So saßen wir eine Minute. Oder zwei. Lehnert setzte gerade an, etwas zu sagen, als mein Handy klingelte. Es war Sophie. Benno hatte sich gestern Abend mit Liebrich getroffen – deswegen hatte ich ihn also nicht im Konzert gesehen. Heute Morgen war er heimlich aufgebrochen. Alles, was Sophie gefunden hatte, war eine kurze Nachricht: ›Ich muss nach Frankfurt, bitte sei mir nicht böse.‹

22. WEIMAR, VON HUMBOLDT ÜBERS HORN BIS ZUR KARLSTRASSE

Liebe. Was bedeutete dieses Wort? Konnte Liebe so in den Hintergrund treten, dass man seinen Partner nach fast 15 Jahren Ehe einfach fallen ließ? Ohne Erklärung, ohne Rücksprache, ohne Perspektive.

Und Freundschaft. Wie ist dieser Begriff in Einklang zu bringen mit Bennos Verschwinden? Ohne Verabschiedung, ohne Entschuldigung, ohne den Freund ins Vertrauen zu ziehen.

Anderseits: Konnte man einen Freund immer in höchstprivate Dinge einweihen? Vielleicht gab es ja Umstände, die genau das verhinderten. Vielleicht wartete Benno sogar auf ein Zeichen von mir. Auf ein Hilfsangebot.

Über all das diskutierte ich mit Hanna abends am Kamin. Wir setzten uns mit allen möglichen Argumenten auseinander, stellten verschiedene, teils abenteuerliche Theorien auf, versuchten, uns in Bennos Welt hineinzudenken, ihn zu verstehen.

Schon den ganzen Tag über hatte ich gegrübelt, war kaum in der Lage gewesen zu arbeiten. Zum Glück war es Freitag und ich hatte mich zeitig ins Wochenende verabschieden können. Zu Hause angekommen, erfuhr ich, dass Sophie im Krankenhaus lag, sie hatte einen Nervenzusammenbruch erlitten. Ich muss gestehen, dass mir diese Nachricht selbst einen Schock versetzte. Ausgerechnet Sophie: attraktiv, selbstbewusst. Offensichtlich war ihre innere Stärke doch an eine funktionierende Partnerschaft gebunden. Und den Bruch einer langjährigen Beziehung hatte sie schon einmal erlebt. Mit einem arroganten Wessi, wie sie sich auszudrücken pflegte. Auch wenn Hanna solche Plattitüden nicht leiden konnte, musste sie Sophie in diesem Fall doch recht geben, sie kannte deren Exmann. Die Ärzte in der Psychiatrie hatten versucht, Sophie mit Medikamenten zu stabilisieren, sie war vorübergehend ruhiggestellt. Hanna hatte sie am Nachmittag besucht, hatte aber kaum mit ihr reden können.

Kurz vor Mitternacht gaben Hanna und ich auf. Wir schafften es nicht, Bennos Verhalten irgendetwas Sinnvolles abzugewinnen. Bevor Hanna das Schlafzimmerlicht löschte, überzeugte sie mich, dass wir eine gewisse taktische Planung benötigten. Auf diese Weise bekam ich die Aufgabe, mit ein paar Leuten zu sprechen, um Bennos Beweggründen nachzuspüren. Zum Beispiel mit Hubertus von Wengler, Bennos Sekretärin oder anderen Arbeitskollegen. Hanna wollte sich hauptsächlich um Sophie kümmern, ihr beistehen und versuchen herauszubekommen, ob Benno außer der kurzen Nachricht etwas Wichtiges hinterlassen hatte.

Und eine interessante Neuigkeit aus dem Krankenhaus wollte Hanna mir schnell noch mitteilen. Ich lag bereits schläfrig im Bett und mochte eigentlich gar nichts mehr hören, war jedoch unfähig, meine Frau zu stoppen. Heute sei ein Fall einer asiatischen Grippe in der Klinik diagnostiziert worden, berichtete sie. Das sei zunächst nicht ungewöhnlich, doch es handele sich um einen Erreger, Typ H17N-irgendwas, der bisher nirgendwo in Europa aufgetaucht sei. Und die betroffene Frau sei nicht in Asien und seit zwei Jahren gar nicht aus Weimar weggewesen. Die Symptome seien eindeutig. Interessanter Fall, meinte

Hanna. Ein weiterer Fall, dachte ich halb im Dämmerschlaf. Ob mich der Name der Patientin denn nicht interessiere, fragte Hanna aus der Ferne. Ich war nur noch in der Lage »Hmm« zu sagen. Als sie den Namen dann nannte, war ich sofort wieder hellwach.

Der nächste Tag war ein Samstag. Wir hätten eigentlich länger schlafen können, wachten aber beide um 7 Uhr auf. Ich musste unbedingt Siggi anrufen. Fairerweise wollte ich ihn nicht vor 8 Uhr stören. Während Hanna sich die Haare föhnte, deckte ich den Frühstückstisch, lief unruhig in der Küche umher und wartete, bis der Kaffee durchgelaufen war. Dabei fiel mir ein, dass ich gestern Abend einen wichtigen Punkt vergessen hatte, zu erwähnen: meine seltsame Übernachtung im Keller der Weimarhalle. Doch dazu hatte ich keine Kraft mehr gehabt. Ich beschloss, Hanna beim Frühstück alles zu erzählen. Doch dazu sollte es nicht kommen.

Denn gegen halb acht hielt ich es nicht mehr aus. Ich wählte Siggis Nummer. Er hob sofort ab: »Hendrik, gut, dass du anrufst, ich wollte mich schon melden, dachte aber, ihr schlaft noch. Du bist doch die ganze Zeit der Meinung, dass die beiden Fälle irgendwie zusammenhängen …«

Ich hatte das Gefühl, mich setzen zu müssen. »Ja, und?«

»Die Kollegen vom LKA haben festgestellt, dass Benno und Klaus Felder sich kennen.«

»Was? Du meinst Klaus Felder, diesen Finanzmenschen, der Kontakt mit Liebrich in Frankfurt hatte?«

»Genau. Und der jetzt in Erfurt arbeitet. Die beiden trafen sich in letzter Zeit regelmäßig, entweder in einem

Café in Erfurt oder im Ilmpark in Weimar. Bis das Ganze vor zwei Wochen schlagartig aufhörte.«

»Aha ... und wisst ihr, was die beiden besprochen haben?«

»Laut Aussage von Herrn Felder ging es um Möglichkeiten zur Finanzierung des Theaterbetriebs. Warum sie sich so oft getroffen haben, warum auf neutralem Gelände statt in ihren Büros und warum die Treffen dann so plötzlich endeten, all das konnte oder wollte er nicht sagen. Wir bleiben dran.«

»Kann ja auch etwas ganz Harmloses sein ...«

»Träum weiter ...«

»Na hör mal, glaubst du etwa, Benno hätte etwas mit der Entführung von Frau Pajak zu tun?«

»Du hast diesen Zusammenhang doch aufgebracht, nicht ich. Aber keine Sorge wir prüfen das.«

Meine Güte, was hatte ich da nur angerichtet? Womöglich die Polizei auf Benno gehetzt ...

»Und das war noch nicht alles«, fuhr Siggi fort. »Benno kennt auch Frau Berlinger.«

»Wieso denn das? Er wohnt doch gar nicht in ihrer Nähe.«

»Mensch, Hendrik, wach endlich auf, er kennt sie beruflich.«

»Ach so, du meinst, sie hat irgendetwas mit dem Kulturamt der Stadt zu tun?«

»Nein, Hendrik, es hat mit ihrem Beruf zu tun, nicht mit seinem. Benno ist Kunde bei ihr.«

Fast zog es mir den Boden unter den Füßen weg. »Das glaube ich nicht. Unmöglich!«

»Tut mir leid, Hendrik. Sie hat es bestätigt, er ist einer ihrer Stammkunden. Das allein ist natürlich nicht strafbar, aber ich werde KHK Volk in Frankfurt um Amtshilfe bitten, er muss Benno vernehmen.«

Ich hustete, war kaum in der Lage zu sprechen. »Habt ihr ... also, habt ihr Beweise dafür, dass er ihr Kunde ist?«

»Leider ja. Wir haben ihr einige Fotos gezeigt, sie hat Benno einwandfrei identifiziert. Und dann gibt es da noch ein Adressbuch mit den Telefonnummern von bekannten Leuten hier aus der Gegend. *Viele* bekannte Leute, fast wie eine Art Sammlung. Wenn ich dir sagen würde, wer da alles drinsteht ...«

»Nein. Das will ich nicht wissen.« Ich konnte nicht mehr. Ohne ein weiteres Wort legte ich auf.

Siggi rief sofort wieder zurück, aber ich hatte nicht die Kraft, erneut mit ihm zu sprechen. Zuerst benötigte ich einen Kaffee. Hanna kam aus dem Bad und sprach mit Siggi. Er berichtete ihr all das, was er mir zuvor bereits mitgeteilt hatte. Alles – außer den geschäftlichen Beziehungen zwischen Benno und Nicoletta Berlinger. Ich fragte mich, warum. Ein unausgesprochener Ehrencodex zwischen Männern? Die Gewissheit, dass Frauen so etwas weder akzeptieren noch nachvollziehen konnten? Oder die Sorge um Bennos Ansehen? Siggi erzählte ihr weiter, dass aufgrund der neuen Erkenntnisse das Alibi von Reinhardt Liebrich ein weiteres Mal geprüft worden war, nun bereits zum dritten Mal – erneut ohne Ergebnis. Das Alibi stand unerschütterlich. Und er machte sich Sorgen um mich, wollte mich unbedingt sprechen, heute noch. Hanna meinte, er sollte etwas warten, ich hätte ja das Handy bei mir.

Ohne Frühstück, lediglich mit drei Tassen Kaffee im

Magen, brach ich auf. Hanna stellte keinerlei Fragen, hielt mich nicht auf. Sie küsste mich zart auf die Wange und winkte mir nach. Nicht viele Frauen hätten das geschafft. Mit Wohlgefühl und Anerkennung für meine Frau sowie großer Wut auf meinen Freund Benno stieg ich ins Auto.

Als ich das steile Stück der Humboldtstraße hinunterfuhr, am Felsenkeller vorbei, in Richtung Innenstadt, wusste ich noch nicht, wohin ich eigentlich wollte. Auch am Sophienstift fuhr ich einfach ziellos geradeaus. Vielleicht beflügelten mich die vielen Bücher linkerhand in der Stadtbibliothek, wie mich Bücher eigentlich immer inspirierten, jedenfalls lenkte sich mein Auto am Ende der Humboldtstraße fast wie von selbst nach rechts zum Wielandplatz und weiter in die Belvederer Allee. Die Sonne schien. Nach vielen Tagen endlich wieder Sonne. Der Park an der Ilm leuchtete in herbstlichen Farben und ich wusste, wo mich meine Intuition hinführte. Hannas ›Auftrag‹. Ich sollte mit jemandem sprechen, der über Bennos Beweggründe Auskunft geben konnte. Der Einzige, der das vermochte – außer Benno selbst –, war dieser Mann. Hinter dem Weg zur Schaukelbrücke bog ich links ein, überquerte die Ilm und fuhr durch Oberweimar. Ich wusste nicht ganz genau, wo er wohnte, auf jeden Fall Am Horn. Benno hatte mir vor Kurzem sein Haus beschrieben. Eine Gründerzeitvilla mit zwei weißen Säulen an der Front. Ich hatte noch nicht einmal geprüft, ob er zu Hause war. Egal. Jetzt musste es sein. Genau jetzt.

Ich passierte das Versuchshaus der Bauhaus-Ausstellung 1923, das inzwischen architektonischen Kultstatus erreicht hatte. Mit dem Blick vom Ilmpark aus sah das Gebiet Am Horn dank der großzügigen Villen und Gärten noch imposanter aus. Doch auch dem Vorüberfahrenden nötigte es einen gewissen Respekt ab. Ein paar Grundstücke weiter bremste ich. Die weißen Säulen waren mit dem Wort ›Säulen‹ eigentlich schlecht beschrieben. Man hätte sie eher als Monumente bezeichnen müssen. Ich stieg aus und suchte nach der Klingel. Elegant geschwungene Buchstaben zeigten an, dass hier RL wohnte.

Bevor ich die Klingel drücken konnte, erscholl bereits eine Stimme aus der Sprechanlage. »Treten Sie bitte ein, Herr Wilmut!«

Ich erschrak und hob den Kopf. Über mir war eine Videokamera installiert. Der Türsummer erklang. Durch einen kleinen, torähnlichen Vorbau gelangte ich in den Garten. Buchsbaumhecken und Eiben säumten den Weg. Ich ging auf das Haus zu.

Reinhardt Liebrich stand auf der obersten Stufe der Eingangstreppe. Fest und gerade gewachsen wie eine seiner Eiben. »Herr Wilmut, was verschafft mir die Ehre?«

Ich blieb auf der untersten Stufe stehen. »Guten Tag, Herr Liebrich. Ich möchte gerne mit Ihnen reden.«

Er bewegte sich keinen Zentimeter. »Darf ich fragen, welches Themas wir uns befleißigen sollten?«

Für diesen blöden Satz hätte ich ihm am liebsten eine reingehauen. »Das Thema heißt Benno.«

»Benno?«

»Genau. Stadtrat Benno Kessler.« Ich versuchte, so neutral wie möglich zu klingen, um nicht gleich eine unnötige Schärfe in unser Gespräch zu bringen.

Liebrich schien einen Moment zu zögern, trat dann zur Seite. »Darf ich Sie hereinbitten?«

»Dürfen Sie«, antwortete ich.

Das Innere des Hauses war weniger spektakulär als das

Äußere. Liebrich führte mich in eine Art Herrenzimmer. Altmodische Möbel, möglicherweise Antiquitäten, davon verstand ich nichts, ein Kamin, auf dem ein Bild stand, das Liebrich, Dana Hartmannsberger und einen Hund zeigte. Er bot mir einen Sitzplatz an, fragte mich jedoch nicht, ob ich etwas trinken wolle, sondern setzte sich mit selbstsicheren Bewegungen mir gegenüber.

»Herr Liebrich, Sie haben sich in der letzten Zeit mit Benno angefreundet?«

»Ja, das ist korrekt.«

»Nicht dass Sie meinen, ich sei gegen diese Freundschaft ...«

»Dieser Gedanke lag mir bisher fern, aber nun, da Sie es erwähnen ...«

Ich musste aufpassen. »Nein, nein, keine Sorge. Freundschaft ist ja etwas Schönes.«

»Freundschaft, ja, ja, dieser Zustand, in dem jeder der beiden glaubt, dem anderen gegenüber eine leichte Überlegenheit zu haben.«

Ich sah ihn erstaunt an. »Reinhardt Liebrich?«

»Nein, Honoré de Balzac.«

»Überlegenheit, so, so ... wissen Sie, wo Benno ist?«

»Ich bin dessen nicht ganz sicher, aber soweit mir zugetragen wurde, befindet er sich in Frankfurt.«

Ich war erstaunt, dass er dies so freimütig zugab, versuchte aber, es mir nicht anmerken zu lassen. »Aha, wer hat Ihnen das denn zugetragen?«

»Herr Kessler persönlich.«

»Ich dachte, Sie duzen Benno.«

»Man kann Freundschaft auch in der Sie-Form pflegen. Die Inhalte sind entscheidend, nicht die Äußerlichkeiten. Können Sie mir da beipflichten, Herr Wilmut?«

»Natürlich, Herr Liebrich, natürlich kann ich Ihnen da beipflichten.« Clever. Sehr clever. Was auch immer passierte, später konnte ihm niemand eine anbiedernde Verbrüderung vorwerfen.

»Warum wollen Sie Benno unbedingt überreden, sich in Frankfurt zu bewerben?«

»Aber Herr Wilmut, sind Sie bitte so freundlich, nicht von ›überreden‹ zu sprechen. Das trifft nun wirklich nicht den Kern meiner Freundschaft mit Herrn Kessler. Ich habe ihn beraten, ihm Hilfestellung gegeben, wie es unter Freunden üblich ist. Er wollte Weimar schon seit geraumer Zeit verlassen, weil seine kreativen Entfaltungsmöglichkeiten hier eingeschränkt sind. Und – wenn ich das so formulieren darf – in unserem fortgeschrittenen Alter bleibt nur begrenzte Zeit, seine Träume zu verwirklichen. Also: Carpe diem!«

Ich nickte. »Das verstehe ich ...«

»Lieber Herr Wilmut«, unterbrach er mich, »ich möchte Sie bitten, sich an diese Worte zu erinnern, sie nicht aus dem Sinn und dem Herzen zu verlieren. Jetzt täuschen Sie vielleicht Verständnis vor, in der nächsten Szene haben Sie das möglicherweise wieder vergessen, so etwas irritiert das Publikum!«

Mir blieb fast die Spucke weg. Langsam begann ich zu begreifen, was manche Menschen an ihm faszinierte. Dieser Mann war ein literarischer Verbalerotiker. Ich lehnte mich ganz ruhig zurück und versuchte, gelassen zu wirken. Leute wie Liebrich beobachteten genau die Körpersprache ihres Gegenübers. »Dem Publikum gefällt es aber auch nicht, wenn der Held ein Heiratsversprechen abgibt«, antwortete ich, »dieses widerruft, wieder erneuert und sich von einem windigen Freund erneut davon abbringen lässt. Am Ende wird nämlich genau dieser Freund vom Publikum verbal an die Wand genagelt!« Mir war selbst nicht klar, wo diese Worte herkamen. Später, viel später, gewann ich den Eindruck, dass Goethes Werke und sein Genius, mit dem ich mich so oft beschäftigt hatte, in diesem Moment in mir wirkten. Liebrich war offensichtlich beeindruckt. Ich merkte das genau, denn ich hatte meinerseits beschlossen, auf seine Körpersprache zu achten. Er scharrte unruhig mit den Füßen auf dem Teppich. »Aha. Der Goetheexperte. Clavigo?«

»Natürlich«, erwiderte ich. »Und noch eins: Das Leben ist keine Theaterbühne. Bennos Frau … ihr geht es nicht gut, es wäre sehr wichtig, dass er zurückkommt. Vielleicht gibt es ja noch eine Möglichkeit, das Leben der beiden wieder zusammenzuführen.«

»Eine Entscheidung ist eine Entscheidung«, sagte er, »*seine* Entscheidung. Ich sehe mich nicht in der Lage, ihn zu beeinflussen.«

Mir platzte fast der Kragen, aber ich musste ruhig bleiben. »Nun stellen Sie Ihr Licht nicht unter den Scheffel, Ihr Einfluss ist größer, als Sie denken.« Wie konnte ich nur so einen Mist reden, während der Kerl Benno an der Angel hatte. Manchmal ist Diplomatie nahe an Selbstaufgabe.

»Wie schon zuvor erwähnt, Herr Wilmut, ich bin lediglich Herrn Kesslers Mentor, nicht sein Schulmeister. Zudem befindet er sich derzeit in Frankfurt, und ich bin hier in meiner Eigenschaft als Impresario …«

»Ja, ja, ich weiß.« Es war kaum auszuhalten mit diesem Mensch. »Übrigens, warum sind Sie damals so schnell wieder aus Hamburg weggegangen?« Zumindest hatte ich es geschafft, ihn zu überraschen.

»Sieh da, Herr Wilmut hat sich mit meinem Curriculum Vitae beschäftigt. Durchaus beeindruckend.«

»Man muss seinen Gegner ja kennen!«, sagte ich mit einem Lachen, das ironisch klingen sollte. Wir wussten beide, dass sich hinter der gespielten Ironie die Wahrheit verbarg.

»Eigentlich sehe ich keinen kausalen Zusammenhang zwischen Herrn Kesslers Entscheidung – derentwegen Sie hier zugegen sind – und Ihrer Frage, Herr Wilmut. Aber da ich nichts zu verbergen habe, bin ich geneigt, Ihnen entgegenzukommen.« Er stand auf, schaute aus dem Fenster und tat so, als gäbe es draußen etwas Interessantes zu sehen. Er musste sich sammeln. Ich empfand das als kleinen Triumph. »Unser damaliger Generalintendant war ein verbitterter Greis, weit über dem Pensionsalter, seit drei Jahren in kommissarischer Leitung, weil sich kein adaptierbarer Nachfolger fand. Meine Ideen waren wohl zu revolutionär für solch einen ... Menschen.«

»Das heißt, es gab Krach?«

»Ja, Herr Wilmut. Dieser Ausdruck trifft durchaus den Kern der Sache.«

»Und Sie sind dort hingegangen, weil Sie sich erhofft haben, der neue Generalintendant zu werden?«

»Würde es Sie wundern, wenn dies der Realität entspräche?«

»Nein«, antwortete ich, »das würde mich überhaupt nicht wundern.«

»Sehen Sie, Herr Wilmut, Ihre letzte Frage war also völlig unnötig. Ich hätte sie aus dem Drehbuch gestrichen.«

In meinem Mund machte sich ein galleartiger Geschmack breit. Und bei Liebrich war kein noch so kleiner Ansatzpunkt der Kooperation zu erkennen. Ich stand auf. Dabei fiel mein Blick erneut auf das Bild mit Dana Hartmannsberger und dem Hund, das auf dem Kamin stand.

»Wohnt Frau Hartmannsberger hier mit Ihnen?«
Auch er erhob sich. »Sie wohnt ebenfalls hier.«
»Sie hat wohl viel zu tun mit der Rolle der Marie?«
»Das ist korrekt.«
»Ich habe gehört, dass sie diese Rolle gar nicht in Frankfurt gespielt hat, so wie Sie im Theater-Café behauptet haben ...«
»Von wem sollte diese Information denn stammen?«
Ich lächelte. »Von einer gewissen Stefanie Feinert.«
Seine Augen wurden sehr schmal. Ich merkte, dass er Mühe hatte, einen festen Stand zu bewahren. »Da hat sich Frau Feinert offensichtlich geirrt. Außerdem ist das irrelevant, da Frau Hartmannsberger die Rolle inzwischen vollends inkorporiert hat!«

Ich fragte mich, ob er seine Lebensgefährtin auch mit ›Sie‹ anredete. Jedenfalls wollte ich diesem Menschen und seinen geschraubten Formulierungen nicht weiter zuhören und verabschiedete mich.

Er begleitete mich zur Tür. »Und denken Sie daran, Herr Wilmut, wir können zwar nicht ohne Weiber leben, aber mich hindern sie an gar nichts!«

Natürlich, als langjähriger Theaterregisseur kannte auch er den ›Clavigo‹ in- und auswendig. Ehe ich so richtig darüber nachdenken konnte, sah ich einen Mann aufs Haus zukommen, durchaus sportliche Figur, langsamer Schritt. Ich ging ihm entgegen, hauptsächlich in dem Bestreben, Liebrich zu entkommen. In der Mitte des Weges trafen wir uns. Es war Joachim Waldmann, Liebrichs Adlatus. Ich begrüßte ihn. Sein Blick strahlte etwas Seltsames aus. Es war kaum zu fassen für mich. Ich sagte nichts, sah ihn nur an, sah ihm direkt in die Augen. Gerade als er den Mund öffnen wollte, erklang hinter mir eine schneidende Stimme: »Joachim!«

Ich fuhr sofort los, denn ich wollte Liebrich so schnell wie möglich hinter mir lassen. Das Seitenfenster des Passat ließ ich trotz der kalten Novemberluft geöffnet, so als wollte ich selbst Liebrichs Geruch loswerden. Ich fuhr in Richtung Goethe- und Schiller-Archiv. Ich brauchte so schnell wie möglich einen Espresso. Kurzerhand bog ich links ab, fuhr über die Kegelbrücke, dann rechts in den Graben. Vor dem Dönerladen fand ich einen Parkplatz.

Etwa fünf Minuten später saß ich im Café-Laden. An der Theke, links um die Ecke, gab es einen kleinen versteckten Bereich, dort war mein Stammplatz. Nach zwei Minuten stand ein Espresso vor mir. Ich nahm eine Zeitung vom Ständer, um mich etwas abzulenken. Gaby hatte heute Dienst, sie ließ den zweiten Espresso durchlaufen. Mein Handy klingelte. Es war Siggi, er wolle mich sehen. Kaum hatte ich den Espresso getrunken, stand er neben mir. Er bestellte einen Cappuccino, setzte sich neben mich und hörte mir zu. Ich erzählte von Reinhardt Liebrich. Er nickte, wieder und wieder, als hätte er die Geschichte so erwartet. Genau so und nicht anders.

»Wieso nickst du denn dauernd, Mann?«

»Ganz locker bleiben, brauchst du noch einen Espresso?«

»Nein, ich hatte schon zwei …« Das Geräusch der Kaffeemühle unterbrach mich. »Also gut, Gaby, dann mach mir eben noch einen.«

»Ich habe Liebrich zweimal vernommen wegen seines Alibis«, sagte Siggi. »Er ist aalglatt und redegewandt.

Abgesehen davon ist sein Alibi nicht zu widerlegen. Ich habe Meininger auf seinen Lebenslauf angesetzt, die Information aus Hamburg stimmt mit dem überein, was Liebrich dir erzählt hat. In Gießen wurde er nur ›Der Imperator‹ genannt, wurde aber toleriert, bis er selbst gekündigt hat, um nach Frankfurt zu gehen. Das hat in Gießen niemanden gewundert, passiert dort häufig. Ein Stadttheater als Karrieresprungbrett. Interessant ist die Geschichte aus Leipzig, damals, mit Hubertus von Wengler. Die beiden müssen sich dort mächtig in die Wolle bekommen haben. Viele Zeugen konnten sich nicht mehr so genau daran erinnern, aber es ging um die Führungskompetenz. Regisseur gegen Intendant.«

»Also ging es um Macht?«

Siggi wiegte seinen kahlen Kopf unschlüssig hin und her. »Ich denke schon. Aber alles legal, keine Ansatzpunkte für uns. Ich habe Herrn von Wengler auch dazu vernommen, er hat das weitgehend so bestätigt. Er hat angedeutet, dass er Liebrich nicht besonders gut leiden kann, dass dieser ein ›übermäßiges Selbstbewusstsein‹ besitzt, wie er sich ausdrückte. Er hat aber mit einem deutlichen Nein geantwortet, als ich ihn fragte, ob er Liebrich kriminelle Machenschaften zutrauen würde. Trotzdem … irgendwie habe ich das Gefühl, dass Reinhardt Liebrich mit in dem Fall drinsteckt, mindestens als Nebenfigur.«

»Oder als Katalysator?«

Siggi sah mich erstaunt an. »Das verstehe ich nicht so ganz. Ist aber auch egal …« Er winkte ab, als ich etwas sagen wollte. »Wir brauchen den oder die Drahtzieher. Frau Pajak ist nun seit zehn Tagen verschwunden und wir haben noch keine Spur. Göschke macht gewaltig Druck.«

»Mist!«

»Kann man so sagen. Und mittlerweile hat sich auch die Presse auf uns eingeschossen.«

»Frau Appelmann?«

»Genau die!« Er verdrehte die Augen. »Bei ihr muss man sehr aufpassen, jegliche Kritik wird gedruckt. Verständnis für die Polizeiarbeit gleich null. Manchmal habe ich den Eindruck, dass es ihr mehr um das eigene Profil geht als um die Sache ...«

»... oder um die verschwundene Frau Pajak.«

»Richtig.«

»Was ist denn eigentlich mit Adrian Pajak?«

»Hat sich alles geklärt, er ist hoffnungslos verliebt. In seine eigene Frau. Er wollte ihr an dem bewussten Abend tatsächlich einen Kuchen backen. Sie hatten am Tag darauf den 20. Hochzeitstag und er hoffte immer noch, sie käme bis dahin zurück. Frau Berlinger hat das bestätigt. Sackgasse.«

»Und seine Immobilienfirma?«

»Ach ja, die existiert nicht. Er hat sich wohl geschämt, zugeben zu müssen, dass seine Frau den Lebensunterhalt der beiden verdient und er den Hausmann mimt. Die Adresse in Berlin hat er sich einfach geklaut. Wir haben das Westin Grand Hotel darüber informiert, der Rest ist deren Sache.«

»Hat die Spusi eigentlich etwas im Keller der Weimarhalle gefunden?«

»Ja, blonde Haare auf dem Boden. Die DNA-Analyse in Jena ergab, dass es Frauenhaare sind, mehr können die ohne Vergleichsmaterial nicht sagen, du erinnerst dich an den Vortrag von Professor Kübler an der Uni Jena damals?«

»Natürlich erinnere ich mich. Ist ein Vergleich mit den Verdächtigen geplant?«

»Ja, bisher ohne Ergebnis.«

»Klaus Felder?«

»Nichts Neues seit heute früh. Meininger hat ihn noch mal in die Mangel genommen, er will zu den Gesprächsinhalten aber nicht mehr sagen, als wir sowieso schon wissen. Es habe sich um geheime berufliche Themen gehandelt. Ich kann ihn nicht zwingen, auszusagen, das kann nur der Richter in einem eventuellen Prozess.«

»Du solltest übrigens Joachim Waldmann vernehmen, mir wollte er nichts erzählen. Besser gesagt: Er durfte nicht.«

»Wieso?«

»Liebrich hat ihn zurückgepfiffen. Ich glaube, er weiß etwas.«

»Männliche Intuition?«

Ich lachte. »Genau. Und dann habe ich noch etwas Interessantes ...« Er sah mich erwartungsvoll an. »Möglicherweise«, ergänzte ich.

»Na, was denn?« Siggi klang leicht genervt.

»Karin Kirschnig, die mit der Grippe ...«

»Ja, ich weiß, die Zweitbesetzung.«

»Sie wird inzwischen im Krankenhaus behandelt.«

»Wieso denn das? Wegen einer normalen Grippe?«

»Nicht wegen einer normalen Grippe, sondern wegen einer schweren asiatischen Grippe. Auch das wäre nicht wirklich etwas Besonderes, aber die Ärzte haben festgestellt, dass es sich um einen völlig neuen Virenstamm handelt, $H17N32$, der in Europa bisher nirgendwo aufgetaucht ist.«

»Na, dann war Frau Kirschnig eben in Asien.«

»Nein. Sie hat Weimar in den letzten zwei Jahren nicht verlassen, sagt ihr Ehemann.«

»Und die Diagnose steht zweifelsfrei fest?«

»Das Zentrallabor im Klinikum hat inzwischen die B-Probe ausgewertet, gleiches Ergebnis. Typisch für diese Art der Grippe ist der periodische Verlauf: Drei Tage Fieber, ein Tag fieberfrei, dann wieder drei Tage Fieber und immer so weiter. Genau die Symptome von Frau Kirschnig.«

»Und was schließt du daraus?«

»Ich bin überzeugt, dass Frau Kirschnig absichtlich von jemandem infiziert wurde.«

»Aha ...« Siggi legte seine hohe Stirn in Falten. »Aber wo sollte dieser *Jemand* den Erreger herbekommen?«

»Hanna meint, da kämen nur die tropenmedizinischen Institute infrage, das ist die einzige Möglichkeit. Solche Institute gibt es zum Beispiel in Leipzig, Dresden, Heidelberg oder Frankfurt.«

»Jena?«

»Nein.«

»Motiv?«

»Frau Kirschnig so nachhaltig aus dem Verkehr zu ziehen, dass sie die Marie nicht spielen kann.«

»Spräche für Liebrich als Täter oder zumindest Drahtzieher, aber solange er und seine Clanmitglieder ein Alibi haben, kommen wir da nicht weiter. Trotzdem: Gut gemacht!«

»Danke.«

Siggis Handy klingelte. Er hörte einem Moment zu, während sich sein Gesicht aufhellte. »Es gibt noch etwas Neues«, sagte er, nachdem er das Telefonat beendet hatte. »Die blonden Haare aus dem Keller konnten zugeordnet werden.«

»Tatsächlich?« Endlich ein Teilerfolg.

»Ja. Sie stammen von Ewa Janowska.«

»Ach! Die Blonde mit dem verschluckten Stock. Also habe ich *sie* im Keller gesehen. Na, die kann was erleben, die blöde Kuh!«

»Hendrik, bitte! Sie ist bisher nur eine Verdächtige, mehr nicht. Und du hältst dich da gefälligst komplett raus, sonst ist deine Mitarbeit an dem Fall sofort beendet, klar?«

»Ja, ist ja gut.« In diesem Moment klingelte mein Handy. Ich sah den Namen auf dem Display. »Hallo, Hanna-Schatz!«

»Hendrik, ich bin's.« Ihre Stimme klang merkwürdig fremd. Ein Schauer lief mir den Rücken hinab.

»Hanna, ist alles in Ordnung? Wo bist du?«

»Mit mir ist alles in Ordnung. Kannst du bitte herkommen? Ich bin im Krankenhaus.«

»Aber dir geht's gut?«

»Ja, sag ich doch, mir geht's gut.« Sie hörte sich an, als würde sie jeden Moment anfangen zu weinen. »Und wenn's geht, bring Siggi mit.«

Ich sprang auf und schrie ins Telefon: »Hanna, sag mir jetzt sofort, was los ist!«

»Sophie ist tot«, sagte sie langsam. »Und ich glaube, da hat jemand nachgeholfen.«

23. WEIMAR, IM KRANKENHAUS

Siggi hatte im Café-Laden sofort Meininger angerufen, um ihn mit zwei weiteren Kollegen und dem Team der Spurensicherung ins Klinikum zu beordern. Zudem sollte er den Staatsanwalt informieren.

Während der Fahrt ins Krankenhaus sprachen wir kein Wort. Ich wäre auch nicht in der Lage gewesen, irgendetwas zu sagen. Ich fühlte nur Leere. Wir fuhren durch Weimar, durch mein Weimar, Sophies Weimar. Und sie würde es nie wieder sehen, nie wieder betreten können. Auf einmal kam mir die Stadt unwirklich vor, wie eine Marslandschaft. Ehe ich auch nur annähernd in der Lage war, meine Gefühlswelt in den Griff zu bekommen, erreichten wir das Klinikum. Als ich aus dem Auto steigen wollte, hielt mich Siggi am Arm fest.
»Ganz kurz, Hendrik: Du bist in einer schwierigen Situation, ich möchte gern vermeiden, dass du einen Fehler machst ...«

Ich wollte protestieren.

»Nein, bitte hör mir zu, ich bin dein Freund und meine es ehrlich. Du bleibst vorläufig bei Hanna. Sie braucht dich jetzt. Ich verschaffe mir einen Überblick, etwa eine Stunde, dann hole ich dich ab und wir ermitteln zusammen weiter, einverstanden?«

Ich nickte. »Danke!« Dann rannte ich los. Hanna saß im Foyer des Krankenhauses auf einem der Plastesitze. Tränen liefen ihre Wangen hinab. Sie hatte keine Kraft, aufzustehen, ich kniete vor ihr auf dem Boden und nahm sie in die Arme. So saßen wir eine Weile, stumm, uns Wärme und Nähe gebend.

»Mir ist schwindlig, holst du mir bitte einen Kaffee?«

»Na klar«, antwortete ich.

Als ich aus dem Bistro zurückkehrte, lag Hanna auf dem Boden. Zwei junge Männer kümmerten sich bereits um sie. Eine Krankenschwester schnappte sich einen Rollstuhl, der zusammengeklappt neben dem Eingang stand, und kam auf uns zu. Sie untersuchte Hanna kurz und fühlte ihren Puls. Hanna öffnete die Augen.

»Wie heißen Sie?«, fragte die Schwester.

»Sie ist meine Frau und heißt Hanna Wilmut«, antwortete ich.

»Ich habe Ihre Frau gefragt, nicht Sie, das ist wichtig!«

Hanna hob den Arm. »Hanna Büchler«, sagte sie.

Die Krankenschwester sah mich fragend an.

»Das ist ihr Mädchenname.«

»Gut, helfen Sie mir!«

Wir hoben Hanna in den Rollstuhl und brachten sie in die Ambulanz. Sie wurde auf eine Trage gelegt, ausführlich untersucht und an einen Überwachungsmonitor angeschlossen. Ich hielt ihre Hand. Das EKG lief regelmäßig über den Monitor, das Kontrollsignal piepste laut. Trotzdem schlief Hanna fast augenblicklich ein.

»Sie ist okay«, sagte ein Arzt. »Schwächeanfall, Sie brauchen sich keine Sorgen zu machen. Wir behalten sie trotzdem noch eine Nacht hier, sie braucht Ruhe.« Und an einen Krankenpfleger gewandt ergänzte er: »Station M3, hier sind die Unterlagen, sie bekommt ein Beruhigungsmittel, Herr Wilmut kann mitgehen.«

Wir brachten Sie in den dritten Stock, ich half ihr in ein

Krankenhaus-Nachthemd und gab ihr eine Tablette. »Ruf Benno an!«, war alles, was sie herausbekam, dann schlief sie wieder ein. Ich saß bei ihr und hielt ihre Hand.

Benno … ja, ich musste ihn anrufen, obwohl ich keinerlei Lust dazu verspürte, nach all den Ereignissen, die uns doch recht weit voneinander entfernt hatten. Ich ging ans Fenster, um Hanna nicht zu stören, und wählte Bennos Handynummer. Die Mailbox meldete sich, ich versuchte, etwas Sinnvolles draufzusprechen, stotterte aber wirr herum, mit dem abschließenden Satz, er solle bitte zurückrufen, es sei wichtig. Vielleicht wusste Benno noch gar nichts von Sophies Tod, ich konnte ihm solch eine Nachricht schließlich nicht über einen Anrufbeantworter mitteilen.

Dann setzte ich mich wieder zu Hanna. Sie schlief unruhig, aber immerhin: sie schlief. Ich nahm vorsichtig ihre Hand. Ein Gefühl der Zusammengehörigkeit überkam mich. Ein Gefühl, das ganz tief in mir wohnte, das mir sagte, dass ich diese Frau um alles auf der Welt schützen wollte.

Zugleich überfiel mich eine Ahnung. Ich musste auf uns aufpassen. Unser gesamtes Leben war in Bewegung, in einer Art Abwärtsspirale, die sich immer schneller drehte. Diese Ahnung hatte ich schon einmal vor drei Jahren, als ich einige Tage in Untersuchungshaft verbringen musste. Doch diesmal hatte das Ganze eine andere Dimension angenommen, denn ein mir nahestehender Mensch war ums Leben gekommen.

Es klopfte leise. Siggi. Ich ging zu ihm hinaus auf den Flur.

»Ist Hanna in Ordnung?«

»Ja, schon«, antwortete ich, »ein Schwächeanfall.«

Siggi nickte. »Kein Wunder.«

»Und Sophie?«

»Sie ist wahrscheinlich an der Überdosis eines Medikaments gestorben. Jedenfalls ist die Konzentration in ihrem Blut extrem hoch. Genaues wissen wir erst nach der Obduktion. Parallel untersuchen wir, wie es dazu kommen konnte. Auf der Station P2 ist die Hölle los. Der Chefarzt der Psychiatrie beschuldigt eine Krankenschwester, die falsche Dosierung am Infusionsgerät eingestellt zu haben. Die ist völlig aufgelöst, pendelt zwischen Weinen und Widerstand, droht mit dem Rechtsanwalt und so weiter. Meininger und die beiden anderen Kollegen vernehmen alle Beteiligten. Ich muss in die Medizintechnik, kommst du mit?«

»Ich weiß nicht … immerhin läuft hier ein Mörder frei herum und Hanna ist in den Fall involviert.«

Eine Krankenschwester mit streng nach hinten gekämmten Haaren kam vorbei. »Schwester Elke«, stellte sie sich vor, »ich bin die Stationsschwester. Gehen Sie ruhig, Herr Wilmut. Ihre Frau schläft jetzt, wahrscheinlich bis morgen früh. Ich passe auf sie auf.«

»Woher …«

Sie hob entschuldigend die Schultern. »Hat sich schnell im Haus rumgesprochen.«

Ich zögerte.

»Wenn du möchtest, postiere ich einen Kollegen vor ihrem Zimmer«, sagte Siggi.

»Haben Sie ein Handy?«, fragte Schwester Elke. Sie machte einen vertrauenswürdigen Eindruck.

Ich gab ihr meine Visitenkarte. »Wenn Ihnen irgendetwas verdächtig vorkommt, rufen Sie mich bitte an!«

»Geht klar!«

Ich öffnete noch einmal kurz die Tür zu Hannas Zimmer. Sie schlief fest. Dann folgte ich Siggi zum Aufzug.

»Was willst du in der Medizintechnik?«

»Es geht um den Infusionsapparat«, antwortete Siggi und drückte im Aufzug auf ›K‹. »Der spielt möglicherweise eine entscheidende Rolle.«

Im Kellergeschoss angekommen mussten wir zweimal fragen, wo sich die Medizintechnik befand. Kahle Gänge, blanke Rohre, Stahltüren. Endlich hatten wir die Abteilung erreicht. Hinter einer schmucklosen Tür breiteten sich zu meinem Erstaunen mehrere große Räume aus, zwei Werkstätten, Labore, ein Lagerraum und ein Großraumbüro. Ich hatte nicht damit gerechnet, dass die Medizintechnik in einem mittelgroßen Klinikum solch eine Bedeutung hatte. Ich folgte Siggi in das große Büro. »Wo bitte finde ich Herrn Richter?«, fragte er in den Raum hinein. Eine Frau lugte hinter ihrem Bildschirm hervor und zeigte nach links. Durch eine Glaswand hindurch konnte ich ein abgetrenntes Büro erkennen, in dem ein junger Mann in dunklem Anzug telefonierte und dabei aufgeregt mit den Armen ruderte. Siggi öffnete die Tür.

»Was soll …?« Siggi zeigte seine Polizeimarke, der Anzugträger legte sofort auf. »Oh, entschuldigen Sie, mein Name ist Richter, Diplomingenieur Michael Richter, Leiter der Medizintechnik.«

Wir stellten uns vor. Mich sah er leicht irritiert an, weil ich mich nur mit Namen, jedoch ohne Funktionsbezeichnung vorgestellt hatte.

»Herr Wilmut ist einer unserer … Experten«, sagte Siggi. Ich merkte, dass Herr Richter gern weitergefragt hätte, dennoch kam er sofort aufs Thema.

»Der Infusomat, mit dem Frau Kessler therapiert

wurde, ist bereits unterwegs in Ihr kriminaltechnisches Labor. Hier steht das gleiche Modell von einer anderen Station.« Er deutete auf ein etwa 10 mal 20 Zentimeter großes hellgrünes Gerät, das auf seinem Schreibtisch stand. »Beide haben die gleiche Softwareversion, ich habe das überprüft.«

Siggi runzelte die Stirn. »Das klingt ja so, als wären Sie dabei gewesen ... ich meine, als Sophie Kessler starb?«

Er holte tief Luft. »Ja, man hat mich während der Reanimation gerufen, weil der Oberarzt vermutete, dass mit dem Infusomaten etwas nicht in Ordnung sei.«

»Aha, er ist also nicht der Meinung, dass Schwester Silvia eine falsche Dosis eingestellt hat.«

»So ist es.«

»Im Gegensatz zum Chefarzt?«

»Richtig.«

»Und was meinen Sie?«

»Ich meine gar nichts, ich halte mich an die Fakten. Der Oberarzt kennt Schwester Silvia gut, sie arbeiten schon lange zusammen, er kann sich vielleicht ein Urteil bilden. Ich kenne sie nur flüchtig.«

»Und was sind die Fakten?«

»Nach einer sofortigen Überprüfung des Infusionsgeräts ...«

»Haben Sie das Gerät angefasst?«, unterbrach ihn Siggi.

»Nur mit OP-Handschuhen.«

Siggi nickte zufrieden. »Entschuldigung, berichten Sie bitte weiter.«

»Nach der Prüfung des Logfiles habe ich festgestellt, dass die Dosis zunächst korrekt eingestellt war, auf zwei Milliliter pro Stunde. Das geschieht über ein vordefiniertes Programm für bestimmte Medikamententypen. Genau 41 Minuten später hat jemand die Dosis manuell auf das Dreifache erhöht.«

»Das können Sie alles dem Logfile entnehmen?«, fragte ich.

»Ja, es gibt uns eine exakte Auflistung aller Bedienschritte innerhalb der letzten 24 Stunden. Wir benutzen diese Logfiles üblicherweise, um Fehlfunktionen der Geräte nachvollziehen zu können.«

»Und das Gerät bei Frau Kessler ... das funktionierte einwandfrei?«

»Ja, einwandfrei.«

»Das heißt, die Dosiserhöhung nach 41 Minuten hat jemand absichtlich herbeigeführt?«, fragte Siggi.

»So ist es«, bestätigte Richter, »jemand hat absichtlich das Standardmenü verlassen und die Dosis manuell erhöht. Das kann kein Versehen sein. Ich habe das soeben an diesem Gerät hier«, er zeigte auf seinen Schreibtisch, »einwandfrei nachvollziehen können.«

»Das spricht Schwester Silvia trotzdem nicht frei ...«, meinte Siggi.

Michael Richter hob die Schultern. »Das herauszufinden ist Ihre Aufgabe, nicht mehr meine.«

»Natürlich. Immerhin ist damit ein versehentliches Verändern der Medikamentendosis ausgeschlossen. Dann müssten wir Schwester Silvia Absicht unterstellen.«

»Könnte sich jemand ins Zimmer geschlichen haben, als Silvia draußen war?«

»Ich denke schon«, antwortete Richter, »aber das sollten Sie eher mit der Stationsleitung klären, die kennen die Organisationsabläufe besser. Auf jeden Fall muss derjenige profunde Kenntnisse über die Bedienung des Infusomaten haben.«

Siggi nickte nachdenklich. »Danke, Herr Richter, Sie haben uns sehr geholfen, dieses Logfile …?«

»Habe ich Ihren Kollegen auf einem USB-Stick übergeben.«

»Okay«, sagte Siggi, »wir müssen los, hier ist meine Karte, falls sich noch etwas Neues ergibt, rufen Sie mich bitte an.«

»Klar.«

»Vielen Dank für Ihre Hilfe!«

Wir verabschiedeten uns und kämpften uns wieder hoch in den dritten Stock. Ich wollte noch einmal nach Hanna sehen. Sie schlief weiter fest und ruhig. Ich winkte der Stationsschwester zu. Hanna schien in guten Händen zu sein.

Siggis Kollegen hatten sich auf der Station P2 im Aufenthaltsraum ein Vernehmungszimmer eingerichtet. Die meisten Patienten und Angestellten waren bereits befragt worden. Siggi holte Meininger zu sich.

»Guten Tag, Herr Meininger«, sagte ich. Der Kriminaloberkommissar antwortete nicht. Siggi informierte ihn über Herrn Richters Erkenntnisse.

Meininger überlegte. »Interessant«, sagte er und fuhr sich mit der flachen Hand über seine Gelfrisur. »Wenn wir die Aussage von Herrn Richter und die aller Personen auf der Station P2 zusammennehmen, gibt es meines Erachtens nur zwei Möglichkeiten: Entweder war es Schwester Silvia während ihrer normalen Pflegetätigkeit. Sie ist die einzige Pflegekraft, die mit Frau Kessler allein im Zimmer war. Alle anderen Pflegekräfte oder Ärzte waren immer mit ihr zusammen im Zimmer. Dann fehlt uns allerdings ein Motiv. Oder es war eine unbekannte Person, die sich auf die Station geschlichen und die Infusionspumpe verstellt hat. Dazu müsste diese Person einen günstigen Moment abgepasst haben, wozu man sich hier schon gut auskennen muss, meint jedenfalls die Stationsschwester. Und besagte fremde Person bräuchte Kenntnisse über die Bedienung von Infusionspumpen.«

»Klingt plausibel«, sagte Siggi, »ich möchte gleich selbst mit Schwester Silvia sprechen. Wurden denn irgendwelche Fremde auf der Station gesehen?«

»Ja, in der Tat. Nach übereinstimmender Aussage von drei Zeugen, einem Krankenpfleger und zwei Patientinnen, handelt es sich dabei um eine blonde Frau. Niemand kannte sie und sie schlich seltsam auf der Station umher, so als suchte sie etwas.«

»War sie eher kleingewachsen oder groß?«, fragte ich.

»Was will der denn überhaupt?«, fragte Meininger seinen Chef.

»Meininger, hören Sie mit dem Blödsinn auf. Herr Wilmut ist von Kriminalrat Lehnert offiziell ins Ermittlungsteam aufgenommen worden ...«

»Aber nicht vom Polizeipräsidenten!«

»Das interessiert mich nicht. Also, antworten Sie ihm!«

Er sah mich nicht an. »In einer Aussage heißt es, die Frau sei ziemlich groß gewesen, in einer anderen klein und gedrungen, der dritte Zeuge kann sich nicht mehr erinnern.«

Das brachte uns also nicht weiter.

»Ich möchte jetzt Schwester Silvia sprechen«, sagte Siggi zu Meininger.

»Muss der auch dabei sein?«, knurrte der Kriminaloberkommissar auf mich zeigend.

»Nein. Hendrik, du gehst am besten wieder zu Hanna, wir beide vernehmen noch einmal die Krankenschwester!«

Ich protestierte nicht. Denn ich hatte eine andere Idee. Ich musste jemanden sprechen, der für mich wichtiger war als Schwester Silvia.

24. IN EINEM KOPF

Soeben kam Pierre von der Bühne. Als er gerade die Tür schloss, sah er ihn den Gang hinuntergehen. Pierre konnte ihn zwar nur von hinten sehen, doch er wusste sofort, dass es Hendrik Wilmut war. Der schlaksige Mann, der beim Gehen immer so seltsam den linken Arm schwenkte. Unverkennbar. Was wollte der schon wieder hier im Theater? Hatte ihm der Denkzettel im Keller der Weimarhalle nicht genügt?

Vorsichtig folgte er ihm. Wilmut suchte offensichtlich eine bestimmte Garderobe, ging den Gang entlang und betrachtete alle Türschilder, bis er endlich sein Ziel erreicht zu haben schien, anklopfte und den Raum betrat.

Pierre schlenderte wie zufällig an der Tür vorbei, hinter der Hendrik Wilmut verschwunden war. ›Christoph Heckel‹ stand auf dem Schild. Er wusste, dass Heckel ein

Mitglied des ständigen Schauspielensembles war, bereits seit vielen Jahren, dass er sich hier im Deutschen Nationaltheater gut auskannte, auch Mitglied des Betriebsrats war. Wilmut und Heckel. Langsam, aber sicher beschlich ihn das Gefühl, dass diese Kombination gefährlich für ihn werden konnte.

25. ÜBER DER BÜHNE

Der Pförtner am Bühneneingang hatte Christoph Heckel angerufen, doch da dieser bereits geschminkt wurde, ließ er mir ausrichten, direkt in die Maske 3 zu kommen. Den Garderobengang fand ich problemlos, dahinter sollten sich die Maskenräume befinden. Ich musterte jedes Türschild, eines nach dem anderen, bis ich endlich fündig wurde. Ich klopfte. Ein kräftiges »Herein!« ertönte.

Fast hätte ich Christoph Heckel nicht wiedererkannt. Seine vollen, welligen Haare waren kurz geschnitten, schwarz gefärbt und in einer Art, die mich fatal an Meininger erinnerte, flach an den Kopf geklebt. Er trug ein weißes Hemd mit weit geöffnetem Kragen, die Maskenbildnerin bearbeitete gerade seine Gesichtshaut mit Creme und Make-up. Heckel gab mir ein Handzeichen zu warten, wahrscheinlich konnte er nicht sprechen, bis die Gesichtskünstlerin ihr Werk vollendet hatte. Mehr und mehr verwandelte sich Christoph Heckel in einen Lebemann, der erfolglos versuchte, dem Alterungsprozess entgegenzuwirken. Faszinierend.

»Die Verschwörung des Fiesco zu Genua«, sagte er endlich. »Friedrich Schiller. Ich spiele den Sacco, einen der Verschwörer. Die Vorstellung beginnt um 19.30 Uhr, wir haben noch etwas Zeit. Mögen Sie einen Tee?« Die Maskenbildnerin packte stumm ihre Sachen und verließ den Raum. »Sie ist immer sauer, wenn man sie bei der Arbeit stört«, erklärte Heckel. »Aber keine Sorge, alles in Ordnung, die Maske des Sacco ist nicht so aufwendig. Mögen Sie also einen Tee?«

»Alles außer Kamillentee«, antwortete ich.

Er lächelte. »Da habe ich ja Glück gehabt, Schafgarben-Tee, gut für Magen und Nerven. Bei Schauspielern sehr beliebt.« Er goss mir aus einer Thermoskanne ein.

Ohne wirkliche Begeisterung nahm ich die heiß dampfende Teetasse entgegen. »Danke, dass Sie mir helfen«, sagte ich. »Es geht um Joachim Waldmann, den Adlatus von Reinhardt Liebrich, ich muss ihn unbedingt sprechen.«

»Hmm ...« Er überlegte. »Nicht so einfach, ich kenne ihn kaum, er ist ja erst seit einer guten Woche hier im Theater. Außerdem ist der *Impresario*«, er verdrehte die Augen, »mit seinen Leuten über dieses Haus hergefallen wie ein Schwarm Heuschrecken.«

Ich lächelte. Der Tee schmeckte grausam.

»Sie haben das gesamte Ensemble aufgewirbelt, und Herr von Wengler lässt sie gewähren. Na ja, immerhin haben sie den ›Clavigo‹ gerettet.«

»Tatsächlich?«

»Ja, die Premiere war zwar unterirdisch, die Hartmannsberger hat in Frankfurt garantiert nicht die Marie gespielt, jedenfalls nicht kürzlich, vielleicht vor zehn Jahren. Aber danach hat sie sich schnell eingearbeitet, die zweite Vorstellung letzten Mittwoch war erstaunlich gut. Ich denke, grundsätzlich ist sie eine gute Schauspielerin ...« Er zögerte.

»Aber?«

»Na ja, sie hat etwas Seltsames an sich. Ich kann es nicht genau erklären. Etwas ... nein, mir fällt kein passender Begriff dazu ein. Vielleicht später. Sie wollten ja auch nicht mit *ihr* sprechen, sondern mit Herrn Waldmann. Ich glaube, er liebt das Theater. Ich habe ihn einmal auf dem Schnürboden gesehen, wie er ganz fasziniert ein Theaterstück verfolgt hat. Der Beleuchter sagt, er hätte ihn dort letzte Woche mehrmals beobachtet. Vielleicht treffen Sie ihn nachher. Ich habe Ihnen ja gezeigt, wie Sie hinkommen.«

»Sie meinen, ich kann während des Fiesco auf den Schnürboden gehen?«

»Ja, ja, können Sie, ich sage dem Beleuchter Bescheid. Nur ... Sie wissen ja: Absolute Ruhe!«

Ich nickte. »Vorstellungsbeginn ist 19.30 Uhr?«

»Genau.«

Ich erhob mich. »Vielen Dank, Herr Heckel, falls uns das hilft, Frau Pajak zu finden, werde ich Sie lobend erwähnen.«

Er sah mich ernst an. »Danke, Herr Wilmut, aber das ist nicht nötig. Wichtig ist nur, dass Frau Pajak nichts passiert. Und ich glaube, Sie können etwas dazu beitragen.«

Ich verließ das Theater durch den Bühneneingang, nicht ohne dem Portier mitzuteilen, dass ich zur Vorstellung wiederkommen wollte. Es hatte zu regnen begonnen, der Scheibenwischer zog hässliche Schlieren über die Frontscheibe des Passat und die Scheinwerfer der entgegenkommenden Autos blendeten mich. Zum Glück war Weimar keine Großstadt, in der man eine Stunde von einem Ende zum anderen benötigte oder jederzeit mit unmotivierten Staus rechnen musste. Ich parkte direkt vor dem Studierzentrum der Anna Amalia Bibliothek, ein kurzer Blick zur Uhr: 18.55 Uhr. Es war Samstagabend, niemand war in der Bibliothek, keiner konnte mich ansprechen oder fragen, was ich so spät noch hier wollte. Wenige Minuten darauf hatte ich das kleine schwarze Gerät aus meiner Schreibtischschublade geholt und in meiner Jacke verstaut. Ich schloss sorgfältig alle Türen, schaltete die Alarmanlage wieder ein und fuhr zurück. Diesmal parkte ich in der Hoffmann-von-Fallersleben-Straße nahe dem Busbahnhof. Genau um 19.25 Uhr grüßte ich den Pförtner am Bühneneingang, der mich sofort durchließ. Schnell stieg ich die Treppen hoch, immer zwei Stufen auf einmal nehmend, und schaffte es rechtzeitig vor dem Vorstellungsbeginn, die Tür zum Schnürboden hinter mir zu schließen.

Es war dunkel. Ich hielt mich von innen am Türgriff fest und versuchte, meinen Atem zu beruhigen. Ich wartete. Noch immer konnte ich nichts erkennen. Dann öffnete sich der Vorhang und die Scheinwerfer warfen ihr forderndes Licht auf die Bühne unter mir. Das Spiel begann.

Während die Schauspieler agierten und deklamierten, versuchte ich, mir einen Überblick zu verschaffen. Ich erinnerte mich an Christoph Heckels Worte, als er uns während der Theaterbegehung den Schnürboden gezeigt hatte: ›Dies ist ein vom Publikum nicht einsehbarer Bereich viele Meter über der Bühnenfläche. Hier werden große Dekorationsteile an Stahlseilen heruntergelassen beziehungsweise nach oben gezogen, auch zusätzliche Beleuchtungselemente und Zwischenwände, manchmal sogar lebende Personen. Mit den vielen Zugseilen, den eingerollten Prospekten und Zuglatten vermittelt der Schnürboden einen maschinellen, fast industriellen Eindruck. Doch in seiner lautlosen Präzision strahlt er für mich zugleich eine Art mystische Schönheit aus.‹ Damals, bei der Theaterbegehung, fand ich diese Worte etwas zu pathetisch. Hier und heute, im Halbdunkel stehend, trafen sie genau meine Empfindungen. Soeben wurde ein Zwischenvorhang heruntergelassen, präzise, computergesteuert und absolut geräuschlos. Während vor diesem zusätzlichen Trennvorhang der Fiesco weiterlief, wurden dahinter, von oben teilweise einsehbar, Möbel gerückt, Dekoteile ausgetauscht, zwei zusätzliche Scheinwerfer herabgelassen und Schauspieler in Position gebracht. Als ich dies beobachtete, erinnerte ich mich daran, wie Heckel darauf hingewiesen hatte, dass die Bühne der einzige Ort sei, an dem sich Personen ohne Schutzhelm unter frei schwebenden Lasten aufhalten dürfen. Dementsprechend galten hier erhöhte Sicherheitsbedingungen. Minuten später bewegte sich der Zwischenvorhang wieder nach oben und der neugestaltete Raum konnte bespielt werden.

Im gedämpften Licht des Schnürbodens sah ich in einigen Metern Entfernung drei personengleiche Schatten. Einer davon befand sich direkt neben einem großen Scheinwerfer, den er von Zeit zu Zeit justierte, ein anderer schien mischpultähnliche Schieberegister zu bedienen. Der dritte Schatten hockte nur da, völlig bewegungslos. Es war ein Mann. Er schien auf die Bühne zu starren, als sei diese ein außerirdisches Faszinosum. Allein seine Körperhaltung verriet mir, dass ich den Mann unmöglich stören konnte. Außerdem befand sich zwischen ihm und mir ein schmaler, freitragender Metallsteg mit Geländern rechts und links, den ich niemals geräuschlos hätte überqueren können. Ich beschloss zu warten. Vorsichtig tastete ich nach dem kleinen Gerät in meiner Jackentasche. Alles in Ordnung.

Endlich fiel der Pausenvorhang. Das Licht im Zuschauerraum erstrahlte, und hinter der Bühne begann eine kontrollierte Offensive zur Vorbereitung des nächsten Akts.

Joachim Waldmann bemerkte mich nicht. Er war völlig in sich gefangen. Ich wartete eine Weile, vielleicht würde er ja zu mir herübersehen. Aber nichts dergleichen, er starrte weiter auf die Bühne. Ich löste mich von der Tür und betrat den Metallsteg. Wie zu erwarten, klangen meine Schritte hart in die Leere des Schnürbodens. Ich stand neben Waldmann, dennoch nahm er keinerlei Notiz von mir.

»Herr Waldmann?«

Er hob langsam den Kopf, wie ein erwachender Träumer. »Herr Wilmut, was machen Sie denn hier?«

»Entschuldigen Sie die Störung, ich wollte gern mit Ihnen reden, haben Sie vielleicht ein paar Minuten Zeit?«

»Ja«, sagte er und stand auf, »bis zum Ende der Pause, mehr nicht.«

»Das reicht, vielen Dank.« Er sah mich auffordernd an. Ich schätzte ihn auf Mitte 30, er hatte gut frisierte Haare, war mittelgroß, leicht untersetzt, sein Pullover spannte etwas über dem Bauch. »Herr Waldmann, ich möchte gerne mit Ihnen über Benno Kessler sprechen.« Sein Gesicht zeigte keinerlei Reaktion. »Und über Herrn Liebrich.«

Waldmann nickte. »Um was geht es denn?«

Ich ließ meine Hand wie zufällig in die Jackentasche gleiten und fuhr fort: »Die beiden sind ja seit einiger Zeit eng befreundet ...«

»Ich weiß«, antwortete er.

Ich benutzte absichtlich das Wort ›eng‹, um zu testen, ob er etwas gegen diesen Begriff einzuwenden hatte. Nein, hatte er nicht. »Stört Sie das?«

Er sah mich entrüstet an. »Na, hören Sie mal, Herr Liebrich ist mein Arbeitgeber, mit wem er befreundet ist, geht mich überhaupt nichts an!«

Natürlich, blöde Frage, ich musste aufpassen. Ich zögerte.

»Was wollen Sie eigentlich, Herr Wilmut?«

»Entschuldigen Sie, das war eine unnötige Frage, es geht darum, dass Herr Kessler nach Frankfurt gehen will. Seine Frau ist hier verwurzelt, sie möchte nicht mitgehen.« Es fiel mir sehr schwer, so zu tun, als sei Sophie noch am Leben, aber ich wollte herausbekommen, ob Waldmann etwas darüber wusste. »Es ist möglich, dass die beiden sich trennen, verstehen Sie ... und das möchte ich gerne verhindern.«

»Ich weiß«, antwortete er.

»Sie wissen, dass die beiden sich trennen wollen?«, hakte ich nach.

»Ja, und auch, dass Sie das verhindern wollen. Ist ja sehr offensichtlich.«

Entweder wusste Waldmann wirklich nichts von Sophies Tod und war damit auch nicht an ihrem Mord beteiligt oder er war ein völlig abgebrühter Mensch. Ich versuchte, mich vorsichtig weiter voranzutasten. »Ich hoffe, Sie können das verstehen ... ich meine, dass ich es verhindern will.«

»Na ja ... irgendwie schon«, sein Blick schien Verständnis zu signalisieren.

»Ich habe den Eindruck, dass Herr Liebrich es gut findet, wenn Benno, also Herr Kessler, nach Frankfurt geht.«

»Sie glauben doch nicht ernsthaft, dass ich Herrn Liebrichs Entscheidungen kommentiere.«

Aha, dachte ich. Eine Entscheidung war das also. Kein freundschaftlicher Rat, sondern eine unantastbare, nicht zu kommentierende Entscheidung.

»Das habe ich auch nicht erwartet«, sagte ich, »allerdings bin ich ziemlich verzweifelt, um ehrlich zu sein. Ich würde einen Freund verlieren. Das ist schwer, nicht wahr?«

»Ja, das stimmt.«

Einer Eingebung folgend fragte ich: »Haben Sie schon einmal Ähnliches erlebt?«

Er sah zur Bühne hinunter. »Ja, es ist schwer, jemanden zu verlassen. Besonders, wenn man es eigentlich gar nicht selbst will ...«

Die Fanfare zum nächsten Akt unterbrach uns.

»Herr Waldmann, bitte nehmen Sie Ihren Platz ein«, rief der Beleuchter, und zu mir gewandt: »Wer sind *Sie* eigentlich?«

»Hendrik Wilmut, Herr Heckel hat mich angekündigt.«

»Ach ja, bleiben Sie noch?«

»Nein, danke. Ich wollte nur kurz mit Herrn Waldmann

sprechen. Auf Wiedersehen!« Mit der zweiten Fanfare fiel die Tür zum Schnürboden hinter mir ins Schloss. Ich griff in die Tasche und schaltete das Diktiergerät aus.

Zwei Minuten später saß ich in meinem Auto in der Hoffmann-von-Fallersleben-Straße. Geradezu begierig spulte ich das Band des Diktiergeräts zurück. Die Aufnahme war nicht von besonderer Qualität, aber größtenteils gut zu verstehen. Ich hörte mir das Gespräch mehrere Male an. Es gab zwei Knackpunkte. Der eine war mir bereits während der Unterhaltung mit Waldmann aufgefallen: Kein Ratschlag, sondern eine Entscheidung. Der Zweite fiel mir erst beim Abhören des Bandes auf: ›Es ist schwer, jemanden zu verlassen. Besonders, wenn man es eigentlich gar nicht *selbst* will.‹ Eine seltsame Formulierung. Üblicherweise würde man sagen: … wenn man es gar nicht will. Wozu dieses fast künstlich eingeflochtene *selbst*. Langsam, wie ein aufziehender Kopfschmerz, den man erst bemerkt, wenn er krakenartig den gesamten Kopf umklammert hat, kam mir die Erkenntnis: Nicht Benno wollte es, sondern Liebrich. Auch Waldmann wollte es nicht, sondern Liebrich. Beide, Benno und Waldmann, wurden von diesem Machtmenschen im Griff gehalten. Schon im Offenbacher ›Tafelspitz‹ hatten Richard Volk und ich über das seltsame Verhältnis von Waldmann und Liebrich gesprochen. Jetzt war mir klar, was dieses *seltsam* bedeutete: Abhängigkeit. Und als ich den Lebenslauf von Reinhardt Liebrich noch einmal gedanklich durchging, fiel mir etwas Wichtiges auf: Genau zu dem Zeitpunkt, als Steffi Feinert sich mithilfe ihres Freundes Jan von Liebrich lossagte, holte dieser sich Waldmann als neuen Sklaven. Er brauchte offensichtlich immer jemanden, der an ihn gebunden war. Wie eine Art Sucht? Zu gerne hätte ich den Polizeipsychologen befragt, den ich während der Zusammenarbeit in einem früheren Fall kennengelernt hatte. Aber der Kontakt zu ihm war komplett abgebrochen, auch Siggi wusste nicht, wo er sich aufhielt.

Jedenfalls hatte mir Waldmann – bewusst oder unbewusst – mitgeteilt, dass Liebrich eine Entscheidung für Benno getroffen hatte, die dieser tief in seinem Inneren gar nicht wollte. Und diese Aussage war auf dem Band gespeichert. Das sollte für meine Zwecke genügen. Sophie war tot, vielleicht schaffte ich es, wenigstens Benno zu retten.

26. WEIMAR, BUSBAHNHOF

Bevor ich losfuhr, wollte ich noch das erledigen, was ich mir am Donnerstag auf der Fahrt in die Bibliothek vorgenommen hatte: die Erkundung der Gegend um das Hummel-Denkmal, dem Ort des letzten Lebenszeichens von Jolanta Pajak. Mein Blick fiel auf das kleine, schäbige Wartehäuschen am Busbahnhof. Es lag in der Mitte des Wendehammers am Ende der Hoffmann-von-Fallersleben-Straße. Dahinter erstreckte sich der Sophienstiftsplatz, der von der Rückfront des Theaters mit dem

Bühneneingang abgeschlossen wurde. Hier, am Wendehammer, war es recht dunkel, weite Baumkronen schirmten das Mondlicht ab, teilweise auch das Licht der Straßenlaternen. Konnten die Entführer Jolanta Pajak hierher geschleppt haben? Eher unwahrscheinlich, ein Busbahnhof ist üblicherweise sehr belebt, auch abends, nicht eben die geeignete Kulisse für eine Entführung. Dennoch stieg ich aus, ging mehrmals um das kleine Wartehäuschen herum, maß Entfernungen ab, versuchte mir vorzustellen, wie ein Entführer wohl handeln würde.

Schließlich ging ich in das Häuschen hinein. Es war leer, im Halbdunkel konnte ich nichts Nennenswertes erkennen, Sitzbänke, vollgeschmierte Wände wie in Berlin, Frankfurt oder Offenbach.

Mir fiel ein, dass ich eine Taschenlampe im Kofferraum hatte. Wieder zurück im Wartehäuschen begann ich, den Fußboden abzusuchen. Nichts. Dann die Wände. Eine nach der anderen. Nur blöde Sprüche und mehr oder weniger witzige Zeichnungen. Doch da: ›Hilfe‹. Mitten in einen Cartoon-Kopf hineingemalt. Ich ging näher heran, leuchtete direkt auf das Wort. Die gleiche Handschrift. Jolanta Pajak. Und eine Uhrzeit: ›22.52 Uhr‹.

Zwölf Minuten nachdem Frau Pajak das Theater verlassen hatte. Das könnte passen. Ich zog mein Handy aus der Hosentasche, meine Hand zitterte. Keine Viertelstunde später stand Siggi vor mir, der Platz wurde hell erleuchtet, die Spurensicherung begann ihre Arbeit. Zum Glück war Meininger nirgends zu sehen. Siggi studierte den Busfahrplan und telefonierte mehrfach. Schließlich fluchte und schimpfte er ins Telefon, so wie ich es bisher selten erlebt hatte.

Ich hob erstaunt die Augenbrauen, als er auf mich

zukam. »Ich habe eine Spur, kommst du mit?« Natürlich kam ich mit.

Der Streifenwagen brachte uns nach Oberweimar. Auf der Fahrt dorthin berichtete Siggi, dass seinen Kollegen ein folgenschwerer Fehler unterlaufen war. Sie hatten zwar die Busfahrer der Stadtbusse befragt, die in der Nähe des Theaters verkehrten, aber nicht die Fahrer der Regionalbusse, die eben von diesem Busbahnhof in die Region um Weimar fuhren, nach Erfurt, Buttelstedt oder Mellingen. Der nächste Bus, der direkt nach 22.52 Uhr hier abgefahren war, ging in Richtung Bad Berka. Den Busfahrer hatte Siggi ermitteln können, er wohnte in der Bodelschwinghstraße, wir waren auf dem Weg dorthin.

Es war kurz nach halb zehn, als wir klingelten. Der Mann war nicht begeistert, denn er musste um 5 Uhr wieder aufstehen, um die Sonntagsfrühschicht zu übernehmen.

»Ist Ihnen etwas aufgefallen, am Mittwoch voriger Woche auf Ihrer letzten Fahrt nach Bad Berka?«, fragte Siggi.

»Nee, nichts«, antwortete der Busfahrer, »kann mich auch nicht an alles erinnern, ist ja schon über eine Woche her und überhaupt, ich bin jetzt müde, lassen Sie mich in Ruhe.«

Wir hatten uns bereits verabschiedet, als Siggi meinte, ob er sich vielleicht an zwei Frauen und einen Mann erinnern könne, die sich merkwürdig verhalten hätten.

Schlagartig wurde der Mann ganz aufgeregt. »Na klar, ich hab am Busbahnhof gewartet, an der Berkaer Haltestelle, paar Meter vom Wartehäuschen entfernt, ich hab während der Pause immer das Licht am Bus ausgeschaltet, um bisschen zu dösen. Da hielt ein dunkelblauer Wagen, ein Mann stieg aus, ging ins Wartehäuschen und kam mit zwei Frauen wieder raus. Die eine Frau ist total besoffen gewesen, der Mann musste sie stützen, sonst wär sie gar nicht bis zum Auto gekommen.«

Siggi und ich sahen uns an. Sie hatten Jolanta Pajak ein Betäubungsmittel gegeben. Zumindest lebte sie zu diesem Zeitpunkt noch.

Siggi hakte sofort nach. »Können Sie sich an die Haarfarbe der beiden Frauen erinnern?«

»Nee, die hatten beide Mützen oder Hüte oder so was Ähnliches auf.«

»Die Statur? Klein oder groß, untersetzt oder schlank?«

»Wie soll ich das denn erkannt haben, war ja ziemlich dunkel, hab ich doch schon gesagt!«

»Und das Auto, welche Marke? Farbe?«

»Da hab ich nicht drauf geachtet, aber ein Teil des Kennzeichens hab ich erkannt. Ein ›F‹.«

»Frankfurt?«

»Ja, genau, ein Wagen aus Frankfurt.«

Im selben Moment klingelte mein Handy. Eine unbekannte Nummer.

»Herr Wilmut, hier ist Patrick Meininger.«

Ich stutzte.

»KOK Meininger«, schob er hinterher.

Was wollte *der* denn?

»In Ihrem Haus in der Humboldtstraße wurde eingebrochen …«

»Wie bitte?«

»Ja, ein Nachbar hat uns gerufen, die Terrassentür stand offen, aufgebrochen, es ist unklar, ob etwas gestohlen wurde, soweit oberflächlich zu sehen, fehlt nichts. Aber …«

»Was aber?«

»Ihre Frau ist nicht da, ich meine, hoffentlich ist alles in Ordnung mit ihr?«

»Ja, sie ist im Krankenhaus ... zur Beobachtung.«

Hatte das etwas mit dem Fall Pajak zu tun? Wenn tatsächlich nichts gestohlen worden war, konnte es der Einbrecher nur auf Hanna abgesehen haben. Panik überfiel mich. Irgendwo lief ein Mörder herum und ich ließ den Menschen, der mir am meisten bedeutete allein in einem Krankenhausbett liegen. »Ich fahre sofort zu ihr.«

»Okay, so lange bleibt ein Kollege von der Schutzpolizei hier in Ihrem Haus.«

»Ah, sehr gut. Und Herr Meininger ...«

»Ja?«

»Danke, dass Sie angerufen haben!«

27. IM KRANKEN-GOETHE-HAUS

Der Streifenwagen raste mit Blaulicht und Sirene durch das nächtliche Weimar. Siggi hatte mich ohne Zögern begleitet. Ich dachte nicht mehr an meinen Passat, der am Busbahnhof stand, auch nicht mehr an unser Haus in der Humboldtstraße, in das eingebrochen worden war, nein, ich dachte nur an Hanna. Tränen stiegen mir in die Augen.

Zum zweiten Mal an diesem Samstag hielten wir vor dem Krankenhaus. Kurz vor 23 Uhr. Die Station M3 lag ruhig da. Kein Mensch auf dem Flur. Siggi und ich schlichen uns in Richtung Stationszimmer. Hell erleuchtet, aber leer. Keine Nachtschwester. Ich winkte Siggi zu und zeigte in Richtung von Hannas Zimmer. Er zog die Waffe. Die Tür stand eine Handbreit offen. Wir lugten hinein. Hanna lag mit dem Rücken zu uns. Von der anderen Seite des Betts beugte sich eine blonde Frau über sie.

»Halt, Polizei!« Siggi stürzte mit gezogener Pistole ins Zimmer, ich hinterher.

Schwester Elke hob den Kopf. In der Hand hielt sie ein Blutdruckmessgerät. Ihr Gesicht war aschfahl. Hanna drehte sich um. Als sie uns sah, Siggi mit der Waffe im Anschlag, zu allem bereit, mich mit wutverzerrtem Gesicht, den Tränen nahe, meinte sie nur: »Ihr seid wohl auf Schwesternjagd.«

Eine halbe Stunde später hatten sich alle wieder beruhigt. Siggi und ich entschuldigten uns mit hochrotem Kopf bei Schwester Elke. Zwar hatte ich sie nur einmal gesehen, hätte jedoch schwören können, sie sei dunkelhaarig. Natürlich nahm sie unsere Entschuldigung an, aber wahrscheinlich würde sie so schnell nicht vergessen, in den Lauf einer Waffe geblickt zu haben.

Siggi war danach schnell verschwunden, er musste sich um den Wagen mit Frankfurter Kennzeichen kümmern und KHK Volk anrufen, denn durch die Aussage des Busfahrers lag es nahe, dass Jolanta Pajak nach Frankfurt entführt worden war.

Hanna ging es körperlich gut, ihren mentalen Zustand konnte ich nur erahnen. Als ich berichtete, dass in unserem Haus eingebrochen worden war, begann sie sofort zu weinen.

»Was läuft denn plötzlich schief in unserem Leben?«, schluchzte sie. »Wir haben doch niemandem etwas getan, oder?«

»Nein«, antwortete ich und nahm sie in den Arm, »aber wir haben versucht, Benno und Sophie zu schützen, und irgendjemandem gefällt das nicht.« Ich trocknete ihre Tränen. »Benno hat sich den ganzen Tag über noch nicht gemeldet. Ich habe eine Nachricht auf seiner Mailbox hinterlassen.«

Hanna schüttelte den Kopf. »Kaum zu glauben. Was macht der denn nur in Frankfurt? Will er von Weimar gar nichts mehr wissen?«

Ich zuckte mit den Schultern. »Wahrscheinlich ist er in einem Sog von Zukunftsplänen und Anerkennung geraten, der sein altes Leben verblassen lässt.«

Hanna sah mich an. »Du hast immer so viel Verständnis für andere Menschen, auch dann, wenn ich sie schon längst aufgegeben habe …«

Wir küssten uns, lange, zärtlich, inniglich. Dann ließ sie sich in ihr Kissen zurückfallen und ich deckte sie sorgfältig zu.

»Wie spät ist es?«, fragte sie.

»Halb zwölf.«

»Oh, was hast du denn den ganzen Abend gemacht?«

Mir wurde plötzlich klar, dass der gesamte Tag mit all seinen Ereignissen und Erkenntnissen an mir vorbeigerauscht war, ohne dass ich die Gelegenheit hatte, Hanna davon zu erzählen. »Ja, weißt du, ich habe tatsächlich mit jemandem gesprochen, der etwas über die Beweggründe von Benno wissen könnte, derjenige wohnt in Oberweimar, genauer gesagt Am Horn ...« Als ich bei dem Klingelschild mit dem geschwungenen ›RL‹ ankam, war Hanna eingeschlafen.

Lange stand ich am Fenster, sah hinaus in den dunklen Krankenhauspark und dachte nach. Beim ersten Fall hatte Hanna mich inspiriert. Ich brauchte nur an die Szene im Ilmpark zu denken, in der sie mich aufgefordert hatte, den ›Erlkönig‹ zu rezitieren, der uns dann auf die Spur des Täters führte. Jahre später, beim zweiten Fall, hatte sie mir den entscheidenden Gedankenanstoß zum Auffinden des ›BB618c‹ in der Uni Jena gegeben. Doch diesmal war alles anders. Diesmal war sie niedergeschlagen, mental angezählt, kampfunfähig. Das musste ich akzeptieren, auch wenn es mir schwerfiel, weil ich das Bild einer starken Hanna, einer Gefährtin durch dick und dünn in mir trug. Diesen Fall musste ich allein lösen. Mit Siggis Hilfe natürlich. Aber meine wankende Freundschaft mit Benno wieder auf feste Füße zu stellen, das war nun meine Aufgabe. Ich sah mein Spiegelbild schemenhaft in der Fensterscheibe und sprach mir Mut zu: *Du* wirst die Freundschaft mit Benno retten.

Diese finale Erkenntnis verschaffte mir Ruhe und Kraft. Bevor ich die Aufgabe angehen konnte, musste ich jedoch sicherstellen, dass Hanna geschützt und geborgen war. Und ehe ich diesen Gedanken überhaupt zu Ende gedacht hatte, lag die Lösung vor mir: Karola. Karola mit K. Denn schließlich heißt es ja K-Rola und nicht C-Rola. Mit diesem Spruch hatte sich Hannas Halbschwester vor drei Jahren vorgestellt. Nach der Beerdigung von Hannas Vater. Skurril. Heute konnte ich darüber lächeln.

Hanna und Karola waren sich immer nahe gewesen, selbst in schwierigen Zeiten. Und außer Karolas Vater war ihre Halbschwester die einzige Verwandte, zu der Karola noch Kontakt hatte. Deswegen war ich mir sicher, dass ich sie selbst um Mitternacht anrufen konnte.

Klonschaf-Wilmut. Diesen Beinamen hatte sie mir damals gegeben, weil sie herausgefunden hatte, dass der britische Wissenschaftler Ian Wilmut für das Klonschaf Dolly verantwortlich war. Und als Halbbiologin mit abgebrochenem Studium hasste sie alles, was mit Gentechnik zu tun hatte. Das Telefonat dauerte nicht lange. Sie wollte sofort ein paar Sachen packen und den Frühzug nach Weimar nehmen, im Zug könne sie ein bisschen schlafen, sie kenne die Verbindung, kurz vor acht ab Dresden, 10.46 Uhr in Weimar. Sie würde direkt ins Krankenhaus fahren und Hanna abholen. Ich erzählte ihr von dem Einbruch, aber auch das konnte sie nicht abhalten. Ich stammelte etwas wie: »Bin so erleichtert, Hanna freut sich, danke, Karola!«

Darauf erwiderte sie nur: »Schon gut«, und legte auf. Halbschwester und Halbbiologin – aber wenn es darauf ankam, konnte man voll auf sie zählen.

Ich musste vor meiner Fahrt nach Frankfurt noch etwas Schlaf finden, hatte aber keine Lust, nach Hause zu gehen und dort allein zu sein, in einem Haus, dessen Integrität verletzt worden war. Also löschte ich das Licht in Hannas Krankenzimmer bis auf eine kleine Wandleuchte und setzte mich in den Besuchersessel neben ihrem Bett. Draußen regnete es ununterbrochen, ein kräftiger Wind fegte um die Fenster. Ich döste vor mich hin, ohne wirklich schlafen zu können, aber ich fühlte mich wohl, denn ich war bei Hanna.

Hoffentlich würde sie mir nicht auch einmal so brutal

entrissen wie es Benno mit seiner Frau passiert war. Als ich an Sophie dachte, überfiel mich ein starkes Gefühl der Trauer. Den ganzen Tag über hatte ich, abgelenkt von all den Aktivitäten, keine Gelegenheit dazu gehabt. Jetzt war die Zeit gekommen. Und die Tränen befreiten. Auch wenn ich kaum glauben konnte, sie niemals wiedersehen zu können.

Johann Wolfgang von Goethe hatte sich in einer ähnlichen Situation, nach dem Tod seines Gönners und Freundes Carl August, in die Dornburger Schlösser zurückgezogen, um, wie er sagte, angesichts des schmerzlichen Zustands seiner inneren Sinne wenigstens seine äußeren Sinne zu schonen. So tat es auch mir gut, in diesem abgeschlossenen Zimmer, nur die schlafende Hanna neben mir, die restliche Welt für einige Stunden auszuschließen. Ich hielt ihre Hand und schlief langsam ein.

Irgendwo auf dem Weg vom Wachsein zum Schlaf sah ich das Goethehaus vor mir. Ich hatte es in letzter Zeit sehr vernachlässigt. Üblicherweise streifte ich einmal die Woche durch die ehrwürdigen Räume. Ich sah mich durch Goethes Gelben Saal gehen, die zehn kolorierten Radierungen von Nicolas Dorigny über mir schwebend, Venus, Psyche, Amor, die Grazien, Jupiter. Die Gesichter wandelten sich zu menschlichen Antlitzen, die blonde Ewa Janowska, Hubertus von Wengler mit den buschigen Augenbrauen, Liebrich, wie ein Fels in der Brandung stehend, der schleichende Waldmann, Benno am Mainufer mit Sophie ... halt!

Ich fuhr hoch. Sophie konnte nicht mehr am Main spazieren gehen. Sie war tot. Ich ließ mich wieder in den Sessel fallen. Meine Augen fielen erneut zu.

Träumend stand ich im Großen Sammlungszimmer, das

Bildnis von Herzog Carl August in meinem Rücken, und blickte die berühmte Zimmerflucht entlang, die Majolika-Sammlung, das Deckenzimmer und den Gelben Saal streifend, längs durchs Juno-Zimmer bis hin zu der lichtblauen Wand, die diesen einmaligen Blick abschloss und in ihrer Mitte ein gewaltiges Kunstwerk trug: Das Bildnis des Francesco Maria II. Della Rovere, genannt Herzog von Urbino. Ich sah mich langsam auf das Bild zugehen. Dieser Francesco war eine tragische Person gewesen. Er stammte aus der berühmten Familie della Rovere, die zwei Päpste stellte und deren Erbe er mangels eines männlichen Nachfolgers nicht halten konnte. Er blieb in erster Ehe kinderlos, seine zweite Frau gebar ihm einen Sohn, der jedoch jung verstarb, wodurch sein Herzogtum an den Vatikanstaat fiel. Federico Barocci hatte ihn porträtiert, mit einer besonders fein dargestellten Hand, einem schlank geschnittenen Gesicht, das mich magisch anzog, es kam auf mich zu, es verzog sich zu einer Fratze und die Fratze war … Liebrich!

Ich schrie auf. Schweiß rann mir den Hals hinab. Hanna schlief zum Glück weiterhin, üblicherweise, wenn ich aus meinen Albträumen hochschreckte, wachte sie auf und beruhigte mich. Nicht so heute. Die Schlaftabletten taten ihre Wirkung.

Ich ging ins Bad und wusch mir das Gesicht mit kaltem Wasser. Dann stand ich erneut am Fenster. Halb sechs, draußen lag alles im Dunkeln. Was war dies für ein seltsamer Traum? Es war nicht mein üblicher Albtraum, den ich kannte, in dem ich an einer hohen Felskante stand, hinter mir dunkler Wald, unten ein gemütliches, hell erleuchtetes Dorf, das mich so magisch anzog, dass ich die Arme ausbreitete … Immer wieder durchlebte ich diesen Traum, gefühlte tausend Mal bereits. Doch heute war es anders. Liebrich, immer wieder dieser Liebrich. So als wollte mein Unterbewusstsein mich zwingen, mehr über diesen Mann nachzudenken. Ich fand es schwer, mich in eine unsympathische Person hineinzuversetzen. Unser Gespräch in seinem Haus fiel mir wieder ein.

Er duzte Benno nicht. Vielleicht war das weniger Cleverness als mehr ein inneres Abstandhalten. Das würde passen zu meiner Theorie des Machtmenschen – nicht Freundschaft, sondern Abhängigkeit zu erzeugen. Er hatte Honoré de Balzac erwähnt: ›Freundschaft, dieser Zustand, in dem jeder der Freunde glaubt, dem anderen gegenüber eine leichte Überlegenheit zu haben.‹ Auch das passte. Wenn jemand Freundschaft mit Überlegenheit paarte, dann war aus meiner Sicht die freundschaftliche Verbindung zwischen diesen Menschen zu Ende. Dann fing Beeinflussung an und führte zu Ausnutzung bis hin zur Machtausübung.

In dem Krankenhausflügel neben uns gingen die ersten Lichter an. Ich sah auf die Uhr, viertel vor sechs. Bald würde die Frühschicht auch die Station M3 wecken.

Und dann seine Worte – ich konnte sie nicht mehr wiederholen –, mit denen er versucht hatte, meinen kleinen, unbedachten Einwurf ›Das verstehe ich ...‹ so gegen mich zu verwenden, dass ich ein schlechtes Gewissen bekam, mich fast schuldig fühlte. Da war sie wieder, seine Dominanz. Aber ich hatte dagegenhalten können, hatte ihm gesagt, dass er aufpassen musste, sich nicht so zu verhalten, wie Clavigos Freund Carlos, so windig und einschmeichelnd, und dass das Leben keine Theaterbühne war ...

Der Gedanke fiel wie ein Stein in mein Bewusstsein. Die Lösung lag in meinen eigenen Worten. In den Worten, die ich mit unbedachtem Hintersinn ausgesprochen hatte, um Liebrich Einhalt zu gebieten. Denn dieser Mann wollte immer mehr, vielleicht war er süchtig nach Macht, quasi eine Abhängigkeit von der Abhängigkeit. Er wollte nicht nur Waldmann als seinen versklavten Sekretär, sondern auch Benno als Marionette. Und sein Vorbild war Carlos, der seinen Freund Clavigo dazu überredete, die geliebte Marie zu verlassen. Seine Vorlage war der ›Clavigo‹, nicht die Figur selbst, nein, das Theaterstück, die gesamte Handlung. Sie sollte von Goethes Kreativitätszentrum über Liebrichs Machtgedanken bis in Bennos Unterbewusstsein strömen. Der verhinderte Generalintendant in seiner größten Leistung: Ein Schauspiel, das nicht auf der Theaterbühne, sondern auf der Lebensbühne stattfand. Benno war Clavigo. Sophie hatte die Marie gegeben. Was geschah mit ihr am Ende des Schauspiels: Sie starb.

Mich schauderte.

Ich sah die schlafende Hanna an. Sie musste nach Liebrichs Spielanleitung Maries Schwester sein. Keine Gefahr.

Langsam straffte sich mein Rücken. Selten hatte ich mich so stark gefühlt. Mit diesem Wissen würde ich Liebrichs Pläne durchkreuzen. Da war ich mir ganz sicher. Und – Alibi hin oder her – ich würde herausbekommen, ob er auch Jolanta Pajak entführt und Sophie umgebracht hatte.

28. IN EINEM KOPF

Pierre hatte beschlossen, Hendrik Wilmut zu beobachten. Das war nicht einfach, denn der Kerl war kaum zu Hause, ständig unterwegs. Offensichtlich hatte er im Krankenhaus übernachtet, jedenfalls kam er erst am Sonntag gegen 6 Uhr morgens wieder heraus. Pierre hatte die Nacht in seinem Auto verbracht. Nun folgte er Wilmut, quer durch Weimar, so früh an einem Sonntag war das nicht einfach, weil er sich nicht hinter anderen Autos verstecken konnte. Zunächst nahm Wilmut ein Taxi bis zum Busbahnhof, stieg dort in sein Auto, einen VW Passat Kombi, und fuhr dann in Richtung Oberweimar. Zu Pierres größtem Erstaunen bog Wilmut in die Straße Am Horn ein, wo er schließlich an Liebrichs Villa klingelte.

Pierre zitterte.

29. NICHT IN HOLLYWOOD

Einen Moment, beim Überqueren der Kegelbrücke, hatte ich das Gefühl, von einem roten Fahrzeug verfolgt zu werden. Doch dann war es verschwunden. Ich parkte vor Liebrichs Anwesen. Zu meinem Erstaunen brannte Licht im ersten Stock der Villa. Ich klingelte. Ohne Verzögerung öffnete sich die Tür. Ich nickte zufrieden. Er erwartete mich. Schlaflos. Mit schlechtem Gewissen – hoffentlich.

Liebrich stand wieder auf der obersten Treppenstufe, nicht mehr so imposant wie gestern, eher abwartend. Er sah aus, als sei er die gesamte Nacht über nicht ins Bett gekommen, in voller Kleidung, die Haare in Unordnung, gerötete Augen. Ich ging einfach an ihm vorbei, ohne zu fragen, ob ich eintreten dürfe. Er tolerierte es und kam mir nach in sein eigentümliches Herrenzimmer. Eine Cognac-Flasche stand auf dem Tisch.

Mir war nicht danach, lange um den heißen Brei herumzureden. »Ich weiß, was Sie hier abziehen, Herr Liebrich. Eine Clavigo-Realityshow. Sie hätten damit besser auf der Theaterbühne bleiben sollen.«

Er sah mich an, mit einer Mischung aus Anerkennung und Spott. In jedem Hollywood-Film wäre jetzt der Satz gefallen: ›Ich habe Sie wohl unterschätzt.‹ Doch Weimar war eben nicht Hollywood.

»Sie kommen immer direkt zum Wesentlichen. Das gefällt mir.«

»Schön. Dann bleiben wir beim Wesentlichen: Haben Sie Sophie getötet?«

»Sophie Kessler«, antwortete er, »das wollte ich nicht, also ... was ich sagen will: Das war nicht vorgesehen.« Zum ersten Mal bemerkte ich einen Ansatz von Unsicherheit in seiner Stimme.

»Aha, und was *war* vorgesehen?«

»Nun ja, wenn ich das so sagen darf ...«

»Sie dürfen!«

»... ich wollte nur, dass sie Herrn Kessler in Ruhe lässt.«

Ich spürte Wut in mir aufkommen. »Eine Frau soll den Mann, den sie liebt, in Ruhe lassen? Sie haben vielleicht Vorstellungen!«

»Liebe? Pah!«

»Und, wie wollten Sie es bewerkstelligen, dass sie ihn in Ruhe lässt?«

»Na ja«, er drehte sich um und sah aus dem Fenster. Die Morgendämmerung hatte das Zimmer in ein unangenehmes Zwielicht gehüllt.

»Nun reden Sie schon, Mann!«

»Sie sollte nur einen kleinen Denkzettel bekommen, mehr nicht ...«

Offensichtlich redete er heute ganz normal, ohne seinen geschraubten Bühnenjargon, vielleicht brauchte er dazu erst eine Flasche Cognac.

»Aha, einen *Denkzettel*, so wie ich im Keller der Weimarhalle?«

»Ja.«

»Und, was ist schiefgegangen bei Sophie?«

»Ehrlich gesagt, Herr Wilmut, ich weiß es nicht. Joachim Waldmann sollte ihr nur drohen, sie einschüchtern, mehr nicht. Aber als er ins Krankenhaus kam, war sie bereits tot. Das ist schlimm ...« Er stockte einen Moment.

»Trotzdem haben wir damit nichts zu tun, weder Joachim noch ich.«

»*Waldmann* hat das alles für sie gemacht?«

Er nickte.

»Allein?«

»Ja, allein. Ich habe ihn gebeten, das für mich zu erledigen, nun, da ist ja nichts dabei, ein kleiner Scherz, verstehen Sie?«

»Nein«, rief ich, »das verstehe ich ganz und gar nicht. Es war nicht witzig, die ganze Nacht eingeschlossen im Keller zu verbringen, Sie … Sie Möchtegernintendant!«

Er kam langsam auf mich zu. »Sagen Sie so etwas nie wieder, Herr Wilmut!« Seine Augen traten weit hervor. »Nie wieder. Verstanden!«

Ich wich keinen Schritt zurück. Zwar war ich schmaler als er, dafür fast einen Kopf größer. Und ich hatte keine Angst vor ihm. »Es ist mir egal, was Sie wollen, Herr Liebrich. Waldmann haben Sie ja offensichtlich im Griff, Benno teilweise auch, aber mich nicht. Verstanden!«

Seine Augen funkelten mich an. »Ich habe Herrn Kessler *voll* im Griff, nicht *teilweise*.«

»Das werden wir ja sehen«, funkelte ich zurück. »Und jetzt werde ich Hauptkommissar Dorst Bericht erstatten.«

»Tun Sie das. Mir können Sie nichts anhaben, auch nicht Ihr glatzköpfiger Bullenfreund. Sie haben es nicht geschafft, mich zurückzuhalten, und das werden Sie auch weiterhin nicht können. Ich habe nicht nur Herrn Kessler im Griff, sondern alle. ALLE!«

»Sie brauchen deswegen nicht zu schreien …«

»Eines Tages werde *ich* Generalintendant des Weimarer Theaters sein. Und ich werde nicht so schnell aufgeben wie mein Vorgänger, der Herr von Goethe, der nur wegen eines blöden Pudels ...«, er zeigte auf das Bild am Kamin mit Dana Hartmannsberger und dem Hund, »einen Rückzieher gemacht hat, egal ob die Dame Jagemann, Hartmannsberger oder sonst wie heißt, verstehen Sie!«

Ich hatte Mühe, die Ruhe zu bewahren. ›Der Herr von Goethe, mein Vorgänger‹ – lächerlich!

»Ich habe sogar die Besetzungsliste des ›Clavigo‹ im Griff, wie Sie gesehen haben«, rief er, »nicht Hubertus, der Schwachkopf!«

»Sieh da, Ihre Sprache hat sich ja von der Bühne in die Gosse verlagert.«

»Es reicht.« Er atmete tief durch. »Die Zeit ist gekommen, da Sie mein Haus verlassen sollten.«

»Mit Vergnügen. Nur ein Punkt noch: Kennen Sie eine Ewa Janowska?«

Er zögerte keinen Moment. »Ja.«

»Woher?« Ich war ehrlich überrascht.

»Das ist die kleine, uninspirierte Blonde aus meines Nachbarn Haus.«

»Sie wohnt hier nebenan?«

»Ja, bei dem Musikprofessor, er hat ihr ein Mietzimmer zur Verfügung gestellt. Soweit ich mich erinnere, spielt sie leidlich gut Querflöte. Mein Interesse an solch durchschnittlichen Personen hält sich jedoch in Grenzen.«

»Das werden wir noch prüfen. Offensichtlich haben Sie die Sache inzwischen nicht mehr unter Kontrolle.« Er blickte mich geringschätzig an. »Den Überfall im Keller der Weimarhalle«, fuhr ich fort, »den hat Waldmann nicht allein durchgezogen. Eine blonde Frau war dabei. Ich habe sie gesehen.«

»Was? Dieser ungehorsame Lümmel ...!« Er schrie so

laut, dass ich für einen Moment dachte, er könnte handgreiflich werden. Aber das war nicht sein Stil, er würde sich nicht die Hände schmutzig machen, das überließ er anderen. Die Szene zeigte mir jedoch deutlich, wo sein empfindlicher Punkt lag: im Ungehorsam seiner Lakaien. »Da sehen Sie, er folgt Ihnen nicht mehr. Und glauben Sie nur nicht, dass Ihr Clavigo-Schmierentheater so weitergeht!«

Er war jetzt wieder ganz ruhig. »Das werden wir ja sehen. Und denken Sie einmal über *Ihre* Rolle in dem Stück nach, Herr Wilmut. Bisher haben Sie diese hervorragend ausgefüllt. In der Tat – eine schauspielerische Meisterleistung. Ich bin höchst erfreut!«

Die Tür fiel hinter mir mit einem lauten Knall ins Schloss. Ich ertrug diesen Mann nicht mehr.

Das Adrenalin pulsierte durch meinen Körper. Dieser Tag konnte eine Entscheidung bringen. Zunächst musste ich dringend nach Hause, denn der Polizist, den Meininger für unser Haus abgestellt hatte, wartete immer noch. Ich wollte sehen, ob ich die Terrassentür reparieren konnte, duschen, frische Sachen anziehen und einen kleinen Koffer packen. Dann musste ich Siggi aus dem Bett klingeln und ihm von dem Gespräch mit Liebrich berichten, er würde seine Schlussfolgerungen ziehen. Danach ging es auf die Autobahn Richtung Frankfurt.

Auf dem Weg in die Humboldtstraße fiel mir siedend heiß ein, dass ich Liebrich überhaupt nicht auf Jolanta Pajak angesprochen hatte. Egal, er hätte sich wohl mit seinem angeblich so wasserdichten Alibi herausgeredet, an das ich sowieso nicht glaubte. Aber das war Siggis Aufgabe, ich musste mich um Benno kümmern.

Ich dankte dem Polizisten, ging durchs Haus und stellte fest, dass nichts gestohlen worden war. Den alten Fensterladen vor der Terrassentür sicherte ich mit einer Kette und einem Vorhängeschloss. Auf dem Küchentisch hinterließ ich einen Zettel für Hanna und Karola mit einem kleinen Gruß und der Adresse des Handwerkers, der ein neues Sicherheitsschloss einbauen sollte. Dann packte ich meinen Koffer.

Gegen 8 Uhr klingelte ich bei Siggi Sturm. Sein Haus in der Windmühlenstraße lag unbeleuchtet im grauen Morgennebel. Ich klingelte erneut. Endlich öffnete sich ein Fensterladen im ersten Stock. Ellas Wuschelkopf kam zum Vorschein. Ich winkte ihr zu.

»Es ist Hendrik«, rief sie nach hinten ins Schlafzimmer.

»Hätte ich mir ja denken können«, kam es von drinnen zurück. Eigentlich wollte ich zum Mittagessen bei meiner Mutter sein, doch die Unterredung mit Siggi dauerte länger als geplant. Ich musste das Gespräch mit Liebrich exakt wiederholen und hatte meine liebe Mühe, ihn von der Realityshow-Theorie zu überzeugen. Ella hörte uns zu. Sie verstand sofort, was Liebrich vorhatte: Er wollte uns seine persönliche Version des ›Clavigo‹ überstülpen, um zu beweisen, dass er der bessere Intendant und Regisseur war. Jedenfalls besser als Hubertus von Wengler.

Liebrichs Aussage zu Joachim Waldmann musste ich mehrmals wiederholen. Siggi machte sich Notizen und überlegte. Schließlich rief er Meininger an und beauftragte ihn, die Fahndung nach Waldmann einzuleiten. Dann führte er ein kurzes Gespräch mit Lehnert, mit dem er sich gegen Mittag im Präsidium treffen wollte, um einen

Haftbefehl gegen Waldmann wegen Freiheitsberaubung zu erwirken und um zu klären, ob dieser auf Mord ausgeweitet werden konnte. Nach Siggis kurzer Schilderung wollte der Kriminalrat versuchen, einen Haftbefehl gegen Liebrich zu bekommen, wegen Beihilfe zur Freiheitsberaubung. Vorläufig. Vielleicht fänden sich weitere Straftaten.

Das Kripoteam unter Siggis Leitung hatte mittlerweile einige neue Erkenntnisse gewonnen. Ein Zeuge in der Hoffmann-von-Fallersleben-Straße hatte die Beobachtungen des Busfahrers bestätigt. Dem Frankfurter Kennzeichen fügte er sogar die Mittelbuchstaben hinzu: F-ZE. An die Zahlen konnte er sich nicht mehr erinnern, die Farbe des Wagens hatte er mit dunkelblau angegeben. Richard Volk war bereits informiert. Nach dem DNA-Ergebnis der blonden Haare im Keller der Weimarhalle hatte Siggi die Flötistin Ewa Janowska vorläufig festgenommen. Sie konnte nicht erklären, wie ihre Haare in den Keller gekommen waren, und hatte natürlich ein hervorragendes Alibi: Zu der Zeit, als ich im Keller betäubt und eingeschlossen wurde, saß sie auf der Bühne und spielte Bruckner. Ihr Vermieter, der Musikprofessor, konnte nur Positives über Frau Janowska berichten und eine sonstige Querverbindung zu Reinhardt Liebrich – außer der Nachbarschaft – gab es nicht. Siggi musste sie wieder freilassen. Sie durfte Weimar allerdings nicht verlassen und ihr Telefonanschluss wurde überwacht, denn sie gehörte wegen der seltsamen Geschichte mit der Warschauer Schauspielschule weiterhin zu den Verdächtigen. Auch von Klaus Felder, dem Finanzmann aus Erfurt, gab es nichts Neues, er schwieg beharrlich. Siggi selbst hatte die heikle Aufgabe übernommen, noch einmal mit Nicoletta Berlinger, dem Edel-Callgirl, zu sprechen. Nachdem er ihr mit einer Aussage vor Gericht gedroht hatte, erklärte sie schließlich, dass Benno nur ein einziges Mal bei ihr war und gar keinen Sex wollte, sondern nur reden. Offensichtlich hatte sie das geärgert, sodass sie den Kontakt mit dem Stadtrat gegenüber der Polizei hochspielte. Siggi verzichtete daraufhin, Benno von Richard Volk in Frankfurt vernehmen zu lassen, und die Akte Berlinger verschwand im Archiv. Die Ärzte im Krankenhaus waren sich nicht mehr ganz einig in der Frage, ob Karin Kirschnig wirklich absichtlich mit dem Grippevirus $H17N32$ infiziert worden war. Einige äußerten Zweifel, deswegen war die C-Probe unterwegs ins Institut für Tropenmedizin in Dresden, mit einem Ergebnis war nicht vor Ende der Woche zu rechnen. Jolanta Pajak blieb verschwunden.

Siggi wollte zunächst in Weimar bleiben, erst wenn KHK Volk einen validen Hinweis auf den Verbleib von Frau Pajak bekam, würde er nach Frankfurt kommen. Siggi und Ella wünschten mir viel Glück für mein Gespräch mit Benno. Gegen 11 Uhr verabschiedete ich mich von den beiden.

»Hast du Benno inzwischen erreicht?«, fragte Siggi an der Tür.

»Nein«, antwortete ich, »immer nur seine Mailbox, ich habe hinterlassen, dass er mich dringend zurückzurufen soll.«

»Wir sind natürlich verpflichtet, ihn über den Tod seiner Frau zu informieren, außerdem wäre es nicht gut, wenn er es aus der Zeitung erfahren würde. Aber auch ich habe es nicht geschafft, Kontakt zu ihm aufzunehmen, musste deswegen Richard einschalten, ganz offiziell. Benno hat sich zurückgezogen, fast habe ich den Eindruck, er will sich von Weimar ... distanzieren.«

Ich nickte.

»Immerhin hat Richard einen Mitarbeiter der Oberbürgermeisterin gebeten, Benno zu informieren, dass es sich um eine dringende Familienangelegenheit handelt«, fuhr Siggi fort, »einen Herrn Braun ... Braunlich oder so ähnlich.«

Der Gedanke, dass Benno im Polizeipräsidium Weimar anrief und ein völlig fremder Beamter ihn vom Tod seiner Frau unterrichtete, bereitete mir großes Unbehagen. Ein Grund mehr, schleunigst nach Frankfurt zu fahren.

»Ich muss los!«

»Einen Moment noch, Hendrik.« Siggi strich sich mit der flachen Hand über den Kahlkopf. »Ich muss abschätzen, was Liebrich vorhat. Welchen Eindruck hattest du von ihm?«

»Ich denke, er wird selbst nicht aktiv werden, er steuert die Geschehnisse, dagegen können wir wohl nichts unternehmen. Entscheidend ist meines Erachtens, was Waldmann und Benno unternehmen.«

»Und deine Theorie vom Machtmenschen?«

»Hat sich bestätigt. Liebrich hat sogar Ansätze von Größenwahn gezeigt. Er ist sich sicher, irgendwann einmal Intendant des Nationaltheaters zu werden und hat Goethe als seinen *Vorgänger* bezeichnet.«

»Mein Gott!«, entfuhr es Ella.

»Und was ich noch schlimmer finde, er hat ihn als Weichei tituliert!«

»Wieso das denn?«

»Das bezog sich auf Goethes Streit mit Caroline Jagemann, Herzog Carl Augusts Geliebte«, antwortete ich. »Sie wollte unbedingt ihren dressierten Pudel auftreten lassen, was Goethe ablehnte. Gegen den Herzog hatte er allerdings keine Chance, sodass er folgerichtig die Intendanz abgab. Die ›jage man‹ war sein Lieblingsspruch in dieser Zeit. Die Literaturwissenschaftler haben dies als konsequentes Verhalten interpretiert, als Verteidigung von Goethes Theaterverständnis, nicht als Schwäche. Liebrich sieht das anders, er hätte seine Theateridee zugunsten seines Postens geopfert. Typisch Machtmensch. Rückschritt zugunsten der eigenen Macht.«

Siggi nickte nachdenklich.

»Aber in einem sind sich Goethe und Liebrich einig: Sie können nicht ohne Frauen leben, ›lassen sich aber von Ihnen an nichts hindern‹: So steht es geschrieben im ›Clavigo‹ und so handeln beide. Goethe konnte die Jagemann nicht leiden und hat das auch öffentlich bekundet, obwohl seine Frau Christiane von Jugend an mit ihr befreundet war. Liebrich macht sich von der Hartmannsberger ebenfalls unabhängig, wahrscheinlich ist er nur mit ihr zusammen, weil sie beide das gleiche Ziel haben.«

Siggi erhob sich. »Liebrich hat dich gefragt, welche Rolle *du* in seinem ›Clavigo‹ spielst. Ich frage dich dasselbe.«

»Wie bitte?« Ich stand ebenfalls auf.

»Es ist sein Spiel, ein makabres Spiel, aber wir müssen unseren Gegner einschätzen können. Also: Benno sieht er als Clavigo, Sophie als Marie. Welche Rolle spielst du dabei?«

Es fiel mir sehr schwer, überhaupt nur darüber nachzudenken. »Ich verteidige Sophie.«

»Und?«

»Bei Goethe ist das die Rolle von Maries Bruder, aber ich bin ja nicht Sophies Bruder.«

»Egal, du verteidigst sie jedenfalls, und genau deswegen wurdest du im Keller eingesperrt. Wie heißt der Bruder?«

»Beaumarchais.«

»Und was passiert mit ihm am Ende des Stücks?«

Meine Knie fühlten sich weich an. »Nichts.«

Siggi und Ella sahen mich fragend an. Es dauerte einen Moment, bis Siggi die entscheidende Frage stellte: »Was *tut* dieser Beaumarchais am Ende?«

»Er tötet Clavigo.«

30. FRANKFURT, SÜDBAHNHOF, GLEIS 2

Bis zum Hattenbacher Dreieck hatte ich keine Ahnung, wie ich Benno, der nach wie vor nicht an sein Mobiltelefon ging, überhaupt finden sollte. Dann kam mir eine Idee: Ich fuhr zum Kiosk an der Raststätte Berfa und kaufte mir die Frankfurter Rundschau. Vielleicht gab es bereits eine Ankündigung seiner Partei. Auch wenn der Wahltermin noch weit weg war, so liebten es die Parteien doch, frühzeitig ihre Kandidaten ins Rampenlicht zu rücken. Zumal ja schon überall von dem geheimnisvollen Nachfolger der Oberbürgermeisterin gesprochen wurde.

Und tatsächlich, kaum hatte ich den Frankfurter Lokalteil aufgeschlagen, prangte ein großes Bild mitten auf der Titelseite: Benno neben der strahlenden Pia Ross, die ihrem potenziellen Nachfolger zulächelte. Darunter eine fette Schlagzeile: ›Benno Kessler, aus dem Osten für den Westen?‹ Wieder einmal wurden Menschen auf die Ost-West-Thematik reduziert. Noch dazu mit einem Fragezeichen versehen, was ich sofort als Infragestellung von Bennos Kompetenz interpretierte. Vielleicht war ich da aber nur zu empfindlich. Ich ertappte mich dabei, politisch für Benno Partei zu ergreifen. Doch das war nicht mein Ziel. Ich musste ein privates, ein heikles Gespräch mit ihm führen. In dem zugehörigen Artikel stand etwas, das mir weiterhalf: Heute, Sonntagabend um 19 Uhr, sollte Benno im Südbahnhof der Öffentlichkeit vorgestellt werden. Der Bahnhof beherbergte ein Bürgerhaus, in dem häufig politische Veranstaltungen und Konzerte stattfanden. Für die südlichen Stadtteile Oberrad, Sachsenhausen und Niederrad war es der zentrale Veranstaltungsort. Es würde nicht leicht sein, dort an Benno heranzukommen, aber ich musste es versuchen.

Ich fuhr grübelnd weiter und wälzte meine Gedanken zu den vergangenen Ereignissen im Kopf hin und her. Auf der Höhe von Gießen rief Siggi an, um mir mitzuteilen, dass Waldmann verschwunden war. Weder in seiner Wohnung noch bei Liebrich oder im Theater war er zu finden. Außerdem fuhr Waldmann kein dunkelblaues Fahrzeug mit Frankfurter Kennzeichen, sondern einen roten Opel Astra mit Weimarer Zulassung.

Als ich am Homburger Kreuz das erste Hinweisschild nach Offenbach sah, fiel mir ein, dass auch meine Mutter nichts von Sophies Tod wusste. Die Zeit würde reichen, ich bog ab und lenkte den Passat auf die A 661 in Richtung Südosten. In Mutters Senioren-WG in Klein-Amsterdam herrschte Hochbetrieb. Der Kaffeetisch war gedeckt, Kerzen brannten, die Spielkarten lagen bereit, aus dem Hintergrund erklang klassische Musik, ein Päckchen Lebkuchen wurde geöffnet. Es tat richtig weh, Mutter aus dieser Idylle zu reißen. Ich bugsierte sie in ihre kleine Wohnung im ersten Stock, um in Ruhe mit ihr zu reden.

Sophie war zwar nur ihre angeheiratete Nichte, aber die beiden hatten von Anfang an ein sehr gutes Verhältnis. Fast konnte man von einer Art geistiger Verwandtschaft sprechen. Auf jeder Familienfeier hatten die beiden zusammengesessen, getratscht und gelacht. Besonders die Liebe zu Weimar war ein Bindeglied zwischen Sophie und Tante Heddalein. So durfte sie nur Sophie nennen.

Der Schock saß tief. Möglicherweise nahm der Mensch im höheren Alter das Thema Tod schwerer, weil es ihm näherstand als den Jüngeren. Nervös lief sie im Zimmer umher, wusste nicht, wohin mit sich selbst, zog Schubladen auf und schloss sie wieder. Endlich fand sie eine Mappe, die ich kannte. ›Testament‹ stand auf dem Einband. Sie nahm einen Zettel heraus und hielt ihn mir hin.

Eines Morgens wachst du nicht mehr auf.
Die Vögel aber singen, wie sie gestern sangen.
Nichts ändert diesen neuen Tageslauf.
Nur du bist fortgegangen –
Du bist nun frei und unsere Tränen wünschen dir Glück.

Ich nahm sie in den Arm. Sie weinte.

Gegen 17.30 Uhr fuhr die S-Bahn von Offenbach nach Frankfurt. Mit dem Auto zu fahren wäre glatter Unsinn gewesen, denn am Südbahnhof waren Parkplätze absolute Mangelware, außerdem hielt die Bahn direkt unter dem Ort des Geschehens. Zuvor hatte ich zu Hause angerufen und mit Karola gesprochen. Hanna gehe es besser, sie sei aber sehr müde und liege schon im Bett. Während des Umstiegs in die U-Bahn klingelte mein Mobiltelefon. Es war klar, dass sich heute einiges bewegen würde. Richard Volk war am Apparat. Er teilte mir mit, dass zu dem Kennzeichen F-ZE vier dunkelblaue Autos passten und las mir die Namen der Fahrzeughalter vor: Heinrich Oberländer, Eva Büchner, Hermine Schlierbach und Almuth Heuser. Er fragte, ob mir eine der Personen bekannt vorkomme. Ich überlegte, ließ mir die Namen ein zweites Mal vorlesen und war mir dann ganz sicher: Keine dieser Personen löste auch nur irgendeine Assoziation in meinem Hirn aus. Richard klang enttäuscht, wollte aber weitersuchen.

»Nächster Halt: Südbahnhof!«, erscholl es aus den Lautsprechern. Ich verließ die U-Bahn und nahm die lange Rolltreppe nach oben. Bisher schien sich der Andrang auf den neuen OB-Kandidaten in Grenzen zu halten, aber immerhin war noch eine Stunde Zeit bis zum Veranstaltungsbeginn. Mein Plan bestand darin, einen der vorderen Sitzplätze zu ergattern, um irgendwann mit Benno Blickkontakt aufzunehmen. Wenn er mich erst einmal gesehen hatte, würde er ein Treffen sicher nicht ablehnen. Pia Ross kannte ich nur flüchtig, hatte einmal kurz mit ihr während einer Ausstellungseröffnung im Goethehaus am Großen Hirschgraben gesprochen und hatte sie als umgängliche Person kennengelernt.

Der Saal war bereits geöffnet, überall liefen Leute

herum, die Vorbereitungen trafen, die Lautsprecher justierten, Prospekte auslegten, Stühle rückten und Getränke bereitstellten. Benno war nirgends zu sehen. Ich überlegte einen Moment, ob ich versuchen sollte, ihn vor der Veranstaltung zu kontaktieren, verwarf den Gedanken dann aber schnell, denn es kam mir äußerst unfair vor, ihm direkt vor seiner ersten Wahlkampfveranstaltung mitzuteilen, dass seine Frau gestorben war. Anderseits konnte diese Nachricht seine gesamte Wahlkampagne umkrempeln, vielleicht sogar beenden. Inzwischen war mir Benno so fremd geworden, dass ich nicht mehr einschätzen konnte, wie er reagieren würde. Vielleicht würde er sich auch nur kurz schütteln und weitermachen. Benno, unser Benno. Mein Freund Benno. Tief im Inneren hoffte ich inständig, dass es nie so weit kommen würde.

Inzwischen hatte sich ein ganzer Pulk Fotografen vor der Bühne aufgebaut, die ihre Teleobjektive und Blitzgeräte vorbereiteten. Der Saal wurde immer voller. Transparente wurden geschwenkt: ›Pia, wir danken dir!‹ Überall an den Eingängen standen Ordner, die Organisation war perfekt. Ein blonder Schönling erschien auf der Bühne und meinte, es gehe jetzt bald los, alle sollten ordentlich applaudieren, wenn Pia Ross hereinkäme. Ein Jubelsturm brach los, als ihr Name fiel. Dann erschien sie. Zunächst allein. Frenetischer Applaus, Jubelrufe, einige skandierten ihren Namen. Ich war verwundert, wie beliebt Pia Ross in Frankfurt war, auch wenn viele der Anwesenden Sympathisanten aus ihrer Partei waren. Ihre streng frisierten Haare und ihre dunkle Stimme überraschten mich, so hatte ich sie nicht in Erinnerung. Sie konnte reden. Sie konnte das Publikum ansprechen, für sich einnehmen, sprach von den schönen Jahren in Frankfurt, erzählte sogar von den

Problemen, dankte ihren Helfern, ihren Parteifreunden und ihren Fans, die erneut aufheulten. Dann fiel zum ersten Mal der Name Benno Kessler. Höflicher Applaus. Die amtierende Oberbürgermeisterin betonte, wie froh sie sei, Herrn Kessler als Kandidat gewonnen zu haben, dass sie ihn nach Leibeskräften unterstützen wolle, dass die Frankfurter Bürger in guter demokratischer Tradition jedoch das letzte Wort hätten. Schließlich werde ein Oberbürgermeister ja direkt vom Volk gewählt.

Benno erschien. Ich hielt die Luft an. Er sah gut aus. Sein Gesicht strahlte, er trug einen hellgrauen Anzug, ein blaues Hemd ohne Krawatte, was ihm eine jugendliche Note verlieh. Seine Figur füllte die Bühne, er strahlte eine Präsenz aus, die im gesamten Saal spürbar war. Sofort fiel ein Blitzlichtgewitter über ihn hernieder. Mit einem kräftigen »Hallo, Frankfurt!« holte sich Benno den ersten tobenden Applaus. Dann bedankte er sich artig bei Pia Ross – zweiter Applaus. Die herausragende Bedeutung Frankfurts in Hessen, Deutschland und der Welt zu stärken, ohne die Menschen dabei zu vergessen, das war sein Credo. Damit nahm er die Leute für sich ein. Zumindest diejenigen im Saal. Selbst ich war begeistert. Gleichzeitig verkrampfte sich mein Magen, wenn ich daran dachte, dass ich Bennos Traum gleich zerstören musste.

Ich saß in der zweiten Reihe und versuchte mehrfach, mich bemerkbar zu machen. Doch er sah mich nicht. Immer wieder blickte er von seinem Rednerpult in die Menge, quasi über mich hinweg. Dann stand ich auf, was von den Leuten hinter mir mit wütenden Protesten quittiert wurde. Ich winkte und winkte, wie verrückt, bis eine Frau neben mir fragte, ob ich noch richtig im Kopf sei. Ich meinte, dass ich das manchmal selbst nicht mehr wüsste.

Daraufhin sagte sie: »Wink weiter, Schatzi!« Ich lachte und sie lachte ebenso.

Schließlich war Bennos Rede zu Ende und er zog sich schnell zurück, weil er einen Pressetermin habe, wie er sagte. Ich verließ den Saal und versuchte, in den hinteren Teil des Gebäudekomplexes zu gelangen. Es war nicht einfach, den richtigen Weg zu finden, obwohl ich vor vielen Jahren schon einmal mit dem Schulchor hier war. Ich kam an Büros vorbei, Garderoben, Technikräumen und Teeküchen. Ausführlich betrachtete ich jedes Türschild.

»Halt!« Vier kräftige Hände packten mich an den Armen. Blaue Uniformen, Sicherheitsdienst. »Was machen Sie hier?«

»Ich möchte zu Herrn Kessler …«

Der eine lachte gehässig. »Zu dem möchten viele. Sie haben hier hinten nichts zu suchen, verlassen Sie sofort das Gebäude!«

Es war nahezu unmöglich, mich aus der Umklammerung zu befreien. Wie Schraubstöcke spannten sich die Hände der beiden Wachleute um meine Oberarme und hoben mich hoch.

»Autsch, Sie tun mir weh, Mann!«

»Ach tatsächlich, na, so ein Pech!«

»Ich bin der Cousin von Herrn Kessler, ich muss ihn unbedingt sprechen, es ist wichtig!«

»Na klar, und ich bin sein Onkel!« Der Zweite lachte laut.

Ich nahm meine ganze Kraft zusammen und trat dem Lachenden gegen das Schienbein. Kurzfristig ließ er locker, ich konnte mich losreißen und rannte. Doch die Jungs waren schnell. Ehe ich den nächsten Flur erreicht hatte, stellte mir der eine von hinten ein Bein und ich landete der Länge nach auf den Fliesen. Mein Kinn tat weh, ich schmeckte Blut.

Klack, klack, schon schlossen sich die Handschellen. Ich wusste bis dahin gar nicht, dass private Sicherheitsdienste auch Handschellen benutzen durften. Einer der beiden Sicherheitsleute rief über sein Handy die Polizei an.

»Ich heiße Hendrik Wilmut, ich bin wirklich sein Cousin, meine Güte, fragen Sie ihn doch. Bitte!«

Die beiden sahen sich unsicher an. »Ruf den Bräunlich an«, sagte der eine. Der andere telefonierte erneut.

Eine Minute später bog der blonde Schönling um die Ecke, gefolgt von Pia Ross. Sie schüttelte den Kopf. »Du liebe Zeit, Herr Wilmut, wie sehen Sie denn aus?«

»Hallo, Frau Ross, ich bin äußerst erfreut, Sie zu sehen.«

»Das glaube ich«, sagte sie, und an die Uniformierten gewandt: »Machen Sie ihn los, Herr Wilmut ist ein bekannter Literaturwissenschaftler von der Uni, ich kenne ihn, und nur weil er aus Offenbach kommt, müssen Sie ihn ja nicht gleich festnehmen!«

»Er hat uns angegriffen«, entgegnete einer der Sicherheitsleute.

»Stimmt das, Herr Wilmut?«

»Nein, ich habe lediglich Benno gesucht, bin zugegeben hier eingedrungen, habe aber niemanden angegriffen, mich nur gewehrt.«

»Stimmt das, meine Herren?«, fragte die Oberbürgermeisterin streng. Die beiden nickten. »Also, Handschellen öffnen!«

Die Sicherheitsleute gehorchten. »Er behauptet, der Cousin von Herrn Kessler zu sein.«

Pia Ross sah mich erstaunt an. »Und, sind Sie sein Cousin?«

»Ja, allerdings.«

»Gut, ich glaube Ihnen, kommen Sie mit. Aber zuvor sollten Sie sich etwas ... restaurieren.«

Ich lächelte. Vor dem Gebäude erklang ein Martinshorn. Pia Ross zeigte auf die beiden Uniformierten. »Sie erklären der Polizei, dass das Ganze ein Irrtum war. *Ihr* Irrtum. Und erwähnen Sie keine Namen, weder meinen noch den von Herrn Wilmut, klar?« Die Angesprochenen verzogen das Gesicht in einer Weise, die Schadenfreude in mir aufkommen ließ.

Nach einer kurzen Restaurationsphase in der Herrentoilette führte mich Pia Ross in den Presseraum. Benno befand sich mitten in einem Interview. Als er mich im Hintergrund erblickte, zögerte er kurz, sprach dann aber geschmeidig weiter.

»Er macht das sehr gut«, flüsterte mir die Oberbürgermeisterin zu. Ich nickte. Mein Magen verkrampfte sich immer mehr. »Ich muss jetzt gehen, Herr Wilmut, dies ist Herr Bräunlich, unser Wahlkampfmanager, er wird sich um Sie kümmern.« Der blonde Adonis stand neben mir.

»Danke, Frau ...« Schon war sie verschwunden.

»Sie sind der Cousin von Herrn Kessler?«, fragte Herr Bräunlich.

»Ja, das stimmt.«

»Aus Weimar?«

»Ja.«

»Aha ...« Er sah mich verunsichert an.

»Die Polizei hat Sie doch angerufen, oder?« Er rang um Worte, wurde jedoch erlöst. Das Interview war beendet. Benno kam auf mich zu.

»Hallo, Hendrik!«

Ich gab ihm die Hand. »Hallo, Benno, schön, dich zu sehen.«

»Verfolgst du mich seit Neuestem?«

»Nein, Benno, ich muss mit dir reden, bitte, es ist wirklich wichtig.«

»Wieder wegen Sophie?«

»Ja, nein, also ...«

Benno sah den Wahlkampf-Adonis an. »Herr Bräunlich, wir gehen einen Moment auf den Flur.«

Der zögerte. »Also gut, aber bitte nur fünf Minuten, dann geht's hier weiter!«

»Kein Problem, zwei Minuten reichen mir«, sagte Benno. Dann drängte er mich hinaus. Wir gingen ein paar Schritte in einen Seitenflur. »Ich weiß, Hendrik, du willst wieder unsere Ehe retten, aber die ist nicht mehr zu retten. Das Thema ist durch. Also, lass mich bitte in Ruhe!«

Als ich ihm zuvor die Hand gegeben hatte, dachte ich für einen kurzen Moment, er sei wieder der Alte. Mein Freund Benno. Weit gefehlt.

»Ja, Benno, deine Ehe ist in der Tat zu Ende. Sophie ist tot.«

»Verdammte Scheiße«, schrie Benno mit rotem Gesicht, »jetzt erzählst du mir solchen Mist, nur um mich nach Weimar zurückzuholen, hör endlich auf damit!«

Ich sah ihm in die Augen. »Es tut mir leid, aber Sophie ist wirklich tot. Damit macht man keine Scherze. Sie wurde ermordet.«

Seine Mimik erstarrte. Dann drehte er sich um und sah aus dem Fenster, die Hände fest um den Griff geklammert. Wahrscheinlich wollte er vermeiden, dass ich sein Gesicht sah.

»Ist das wirklich wahr?«, flüsterte er.

»Ja, es ist wahr.«

»Wer war das?«, fragte er.

»Wir wissen es nicht, Siggi ist dran, Richard auch, ich helfe den beiden. Sophie lag im Krankenhaus. Ihr Mörder hat sie mit einer Medikamentenüberdosis getötet, mehr wissen wir noch nicht.«

Er nickte.

»Ich möchte gern in Ruhe mit dir weiterreden«, sagte ich. »Können wir uns später irgendwo treffen?«

Er nickte erneut, sagte aber nichts.

»Im ›Kanonesteppel‹?« Etwas Besseres fiel mir nicht ein. Das ›Kanonesteppel‹ war eine Apfelweinkneipe, vielleicht nicht das Beste für eine ernsthafte Unterhaltung, aber relativ nah, in der Textorstraße, dort, wo ich bis vor einigen Jahren eine Wohnung hatte.

»Gut.«

»Wann?«

»Ich beeile mich. Geh schon mal hin.« Er starrte weiterhin aus dem Fenster. Ich drehte mich wortlos um und verließ den Südbahnhof.

Ich saß seit etwa einer Stunde im ›Kanonesteppel‹ und hatte bereits ein Rippchen mit Kraut gegessen, dazu zwei Sauergespritzte getrunken, als Benno hereinkam. Hinter ihm erschien Herr Bräunlich. Sie traten an meinen Tisch.

»Reicht eine halbe Stunde?«, fragte Benno. Ich war sprachlos. »Also, was ist?«

»Nein, eine halbe Stunde reicht nicht«, antwortete ich.

Benno wandte sich an seinen Wahlkampfmanager.

»Gut, dann eine dreiviertel Stunde, das muss reichen.« Der Schönling nickte und verschwand. Benno hing seine Lederjacke über die Stuhllehne und setzte sich. »Was trinkst du?«

»Apfelwein mit Wasser«, antwortete ich.

»Nee, euren komischen Apfelwein mag ich nicht.«

»Da wirst du dich als Oberbürgermeister aber dran gewöhnen müssen.«

Er zögerte. »Könnte sein, dann muss ich wohl mal probieren. Wie fängt man am besten an?«

»Mit Süßgespritztem, Apfelwein mit Limo.«

Der Kellner sah uns entgeistert an. Süßgespritzter war in echten Apfelweinlokalen als Weicheigetränk verpönt, das zudem den ursprünglichen Geschmack des Apfelweins veränderte.

»Ist schon okay, Rudi«, sagte ich, »der Mann kommt aus Thüringen, Eingewöhnungsprogramm.« Rudi nickte wissend und schlurfte davon. »Wollen wir unsere wertvolle Zeit mit Gesprächen über Apfelwein vergeuden?«, fragte ich.

»Nein«, entgegnete er, »du wolltest doch etwas mit mir besprechen, also?«

»Nimmt dich das gar nicht mit, die Nachricht von Sophies Tod?«

»Doch«, sagte er und fuhr sich mit der Hand durch den Bart, »es hat mich sehr geschockt. Ich habe das letzte Interview abgesagt und in der vergangenen Stunde darüber nachgedacht. Aber was du nicht weißt: Wir hatten uns innerlich schon sehr weit voneinander entfernt. Sie beharrte darauf, in Weimar zu bleiben, hat mein Streben nach Neuem, nach Verwirklichung und Kreativität überhaupt nicht verstanden, hat noch nicht einmal den kleinsten Funken Verständnis dafür aufgebracht. Wenn ich es klar analysiere, ändert es nichts an meiner Lage, auch wenn das jetzt für dich hart klingen mag. Hier habe ich eine Aufgabe, egal, ob wir uns getrennt hätten oder Sophie tot ist.«

Mir drehte es fast den Magen um. Ich hoffte, das Sauerkraut würde nicht wieder hochkommen. »Hast du in der letzten Stunde mit Reinhardt Liebrich telefoniert?«

»Natürlich ... ja, habe ich.«

Genau das hatte ich befürchtet.

»Wir haben keine Kinder, um die ich mich kümmern muss«, sagte Benno. »Meine Eltern sind im Altersheim gut versorgt, Hanna und du, ihr braucht mich auch nicht, also, warum soll ich meine Pläne deswegen aufgeben?«

»Du bist mein Freund, schon so lange, ich brauche dich.«

»Danke, aber ich bin ja nicht aus der Welt, du bist oft in Frankfurt, deine Mutter ist hier, also muss unsere Freundschaft ja nicht darunter leiden. Sie leidet eher darunter, dass du mir nachspionierst.«

»Ich würde das nicht *nachspionieren* nennen, ich will dir helfen.«

»Ach so!« Sein spöttischer Ton war unüberhörbar.

»Ich habe mit Liebrich gesprochen.«

»Aha, du willst mir also helfen, indem du immer wieder auf Reinhardt Liebrich herumhackst?«

»Nein, indem ich die Wahrheit herausfinde. Liebrich hat zugegeben, Joachim Waldmann angestiftet zu haben, Sophie und mich einzuschüchtern, damit wir dich nach Frankfurt gehen lassen.«

»Ach du liebe Zeit, was für eine Räuberpistole hast du dir denn jetzt wieder ausgedacht ...«

»Das habe ich mir nicht ausgedacht, Waldmann hat mich eine ganze Nacht in einem Keller eingesperrt.«

Benno schüttelte unwillig den Kopf. »Dann ist Waldmann vielleicht irgendwie durchgedreht, keine Ahnung, aber was hat Liebrich damit zu tun?«

»Er hat ihn dazu überredet, er hat ihn quasi in der Hand, er übt Macht aus, das kann er, es ist sein inneres Wesen.«

Benno sah mich verdutzt an. »Meine Güte, in welche Fantastereien hast du dich denn hineingesteigert? Liebrich kann zwar manchmal etwas heftig auf einen einreden, aber er übt doch keine Macht aus, was für ein Unsinn!«

»Hat er dich überredet, nach Frankfurt zu gehen, oder nicht?«

»Er hat mich nicht überredet, er hat es mir empfohlen, mit allem Für und Wider, und ich bin dem gefolgt.«

»Hat er dir auch empfohlen, Sophie zu verlassen?«, bohrte ich nach.

Benno zögerte. »Nun, empfohlen wäre zu viel gesagt, er hat mich jedenfalls bestärkt, mein Ding zu machen, unabhängig von ihr.«

»Nach dem Motto: Wir können zwar nicht ohne Weiber leben, aber uns hindern sie an gar nichts!«

Er sah mich erstaunt an. »Woher kennst du diesen Satz?«

»Stammt aus dem ›Clavigo‹.«

»Ach so, na dann …«

»Außerdem hat er gesagt: Ich habe Herrn Kessler voll im Griff!«

»Was für ein Unsinn.«

»Hat er mal etwas über Sophie gesagt, dass sie schwach ist oder krank oder Ähnliches?«

»Na ja, er hat einmal gemeint, dass es doch ungewöhnlich sei, gleich in eine Depression zu fallen, nur weil der Ehemann eine Karrierechance wahrnehmen will.«

»Hat er auch gefragt, ob das in Sophies Familie öfter vorkommt, Depression oder andere psychische Erkrankungen?«

Benno zögerte. »Ich weiß nicht mehr, kann sein.«

»Carlos sagt genau das zu Clavigo, über Marie, verstehst du?«

»Du immer mit deinem ›Clavigo‹, ich denke, es reicht jetzt ...«

»Moment, ich habe auch mit Joachim Waldmann gesprochen. Er hat in Bezug auf dich und Sophie gesagt: ›Es ist schwer, jemanden zu verlassen. Besonders, wenn man es eigentlich gar nicht selbst will ...‹«

»Na, und wenn schon. Außerdem, was soll ich dir denn jetzt noch glauben?«

»Ich habe einen Beweis.«

Benno sah mich mit großen Augen an. »Was denn für einen Beweis?«

»Hier ist er.« Damit legte ich das Diktiergerät auf den Tisch. Benno nahm einen tiefen Schluck aus seinem Glas und starrte wie gebannt auf das kleine schwarze Gerät.

»Da staunst du, nicht wahr?«

»Ja«, sagte Benno langsam, »da staune ich allerdings. Du als Westler hast immer die Stasimethoden angeprangert und jetzt nutzt du sie selbst.«

Diese Wendung unseres Gesprächs hatte ich in keiner Weise vorhergesehen. »Aber Benno, hier ist der Beweis, dass Liebrich dich manipuliert!«

Benno erhob sich. »Das ist allerhöchstens der Beweis dafür, dass du Methoden benutzt, die wir beide bisher strikt abgelehnt haben, miese Abhörmethoden, unterste Schublade. Und jetzt habe ich genug von deinen Machenschaften. Unsere Freundschaft ist beendet. Ich möchte dich nicht wiedersehen.« Er legte einen Geldschein für Rudi auf den Tisch, nahm seine Jacke und verließ ohne ein weiteres Wort das Lokal.

Ich hielt ihn nicht zurück.

Langsam ging ich durch die Brückenstraße zum Südbahnhof. Wütend kickte ich eine leere Coladose gegen die Hauswand. Benno wollte unsere Freundschaft beenden, mich nicht mehr sehen. Völliger Quatsch ... Ich beschloss, das zu ignorieren. Missmutig schlenderte ich weiter, zog meinen Kragen hoch und überquerte den Diesterwegplatz. An Gleis 2 angekommen, sah ich, dass in fünf Minuten ein Zug in Richtung Osten eintreffen würde. Wenigstens hier hatte ich etwas Glück.

Doch dieses Glück sollte nur kurz anhalten.

Ich stand am Bahnsteigrand und starrte in das dunkle Loch des U-Bahn-Tunnels rechts von mir. In meinem Rücken füllte sich die Plattform zusehends. Die fünf Minuten waren um, immer noch keine U-Bahn in Sicht. Ich sah ärgerlich auf meine Armbanduhr und beugte mich nochmals nach vorn, um die Bahn aus dem Tunnel herauszulocken.

Die nächsten Sekunden konnte ich später nur noch unscharf rekonstruieren. Ich spürte einen Stoß im Rücken, drehte mich seltsam um die eigene Achse, verlor das Gleichgewicht und fiel. Hinter mir erklang das hohe Kreischen einer Frauenstimme. Ich versuchte mich instinktiv abzustützen. Ein scharfer Schmerz stach mir in die linke Schulter, als ich auf den Gleisen aufschlug. Wenigstens hatte ich es geschafft, meinen Kopf mit dem linken Arm zu schützen, sodass ich bei Bewusstsein blieb. Das rettete mir wahrscheinlich das Leben. Als ich realisiert hatte, dass ich auf den Bahngleisen lag, erlitt ich einen leichten Schock.

»Stehen Sie auf! Schnell, stehen Sie auf!«, rief ein Mann von oben. In Sekundenbruchteilen meinte ich, die Stimme des Mannes schon einmal gehört zu haben, dann rappelte ich mich langsam auf. Aus dem Tunnel drang das Geräusch der herannahenden U-Bahn. Die Schmerzen in der linken Schulter nahmen mir fast die Luft. Der Mann lag inzwischen auf dem Boden des Bahnsteigs, beugte sich über den Rand, zwei andere Männer hielten ihn fest, ich gab ihm meine rechte Hand, mit der linken ging gar nichts mehr, und ließ mich langsam hochziehen. Der Zug bremste mit kreischendem Lärm, er sollte es aber nicht mehr schaffen, vor meiner Unfallstelle zum Stehen zu kommen. Alle drei Männer zerrten an mir und ich hörte die U-Bahn heranrauschen. Angst. Zum zweiten Mal in meinem Leben verspürte ich echte Todesangst. Mein Oberkörper lag bereits auf dem Bahnsteig, als ich den Sog des Zugs spürte. Viele Leute schrien. Mit letzter Kraft schob ich mein Knie über die Kante, einer der Männer griff danach und riss mich in die Höhe. Das entsetzte Gesicht des Zugführers zusammen mit meinem Hintern an der Bahnsteigkante zierte am nächsten Tag die Titelseiten der Zeitungen. Ein junger Mann hatte es mit seinem Handy aufgenommen.

Schwer atmend lag ich auf dem Rücken. Viele Hände kümmerten sich um mich, eine Frau weinte, man gab mir zu trinken und einen Pullover als Kopfkissen. Von draußen hörte ich bereits das Martinshorn des Notarztwagens.

Die Stimme, die mich bereits angesprochen hatte, als ich unten auf dem Gleisbett lag, erklang direkt neben mir.

»Geht's Ihnen gut, Herr Wilmut?«

Ich drehte meinen Kopf und sah den Mann erstaunt an. »Ja, danke«, antwortete ich, »es geht mir gut, Herr Waldmann.«

Er nickte zufrieden. Dann verschwand er.

31. FRANKFURT, WINTERBACHSTRASSE

Die Notärztin untersuchte mich noch auf der Fahrt ins Krankenhaus Sachsenhausen und stellte fest, dass ich keine schwerwiegenden Verletzungen erlitten hatte. Die Schulter müsse natürlich genau angesehen werden, aber ansonsten sei alles in Ordnung. Sie meinte, ich habe Mordsglück gehabt. Sie korrigierte sich umgehend: Riesenglück. Im Krankenhaus in der Schifferstraße angekommen wurde die Beweglichkeit meiner Schulter getestet, was höllisch wehtat. Dann setzten sie mich in den Wartebereich der Radiologie, denn ich musste in die Röhre, es würde aber eine Weile dauern bis der Bereitschaftsarzt der Radiologie und die MTA eintrafen. Ich machte mich auf eine langweilige Wartezeit gefasst und hoffte, dass ich nicht schon wieder eine Nacht im Krankenhaus verbringen musste. Es war fast 23 Uhr. Außer mir befand sich niemand auf dem Krankenhausflur. Nachdem ich alle verfügbaren Zeitschriften durchgeblättert hatte, merkte ich, dass ich müde wurde. Die letzte Nacht mit minimalem Schlaf und die vielen Ereignisse des Tages machten sich bemerkbar. Ich lehnte mich in dem unbequemen Hartschalensitz zurück, legte den Kopf an die Wand und schloss die Augen. Nach wenigen Minuten hatte ich plötzlich das Gefühl, jemand stünde neben mir. Ich schlug die Augen auf. Ein Mann – ich schoss hoch.

»Hallo, Hendrik!«

»Verdammt, Richard, hast du mich erschreckt!«

»Entschuldige«, sagte Kriminalhauptkommissar Volk, »ich wollte dich nicht wecken, wie geht es dir?«

Wir setzten uns beide. »Na ja, die Schulter hat etwas abbekommen, aber sonst okay.«

»Schönen Gruß von Siggi, er kommt morgen nach Frankfurt.« Ich nickte. »Ich soll dir ausrichten, dass die Fahndung nach Waldmann nichts gebracht hat. Der Kerl ist wie vom Erdboden verschluckt.«

»Aha ...«, sagte ich und sah zu Boden.

»Weißt du etwas über ihn?«

»Nein.«

»Aha ... zumindest bin ich einen kleinen Schritt weitergekommen. Es betrifft das dunkelblaue Fahrzeug F-ZE, du weißt schon ...«

»Ja, ja ...«

»Diese Hermine Schlierbach, sie war verheiratet. Ihr Mann ist vor zwei Jahren verstorben, danach hat sie wieder ihren Mädchennamen angenommen. Und nun rate mal, mit wem sie verheiratet war?«

»Tut mir leid, Richard, aber heute Abend kann ich nicht mehr raten.«

»Mit einem gewissen Herbert Waldmann.«

Ich setzte mich auf. »Herbert Waldmann ... war das der Vater von Joachim Waldmann?«

»So ist es.«

Auf einmal war ich wieder hellwach, die Gedanken ratterten durch meinen Kopf wie durch eine Registrierkasse. »Weißt du, warum sie ihren Mädchennamen wieder angenommen hat?«

Richard Volk hob die Schultern. »Nein, wir wissen ansonsten nur, dass sie als MTA in der Uniklinik arbeitet, mehr nicht, die Kollegen ermitteln weiter.«

»Richard, ich muss dir etwas sagen.«

»Das dachte ich mir.«

»Ihr Sohn, Joachim Waldmann ... er ist hier in Frankfurt.«

Er nickte, so als hätte er es geahnt. Wahrscheinlich konnte ich nicht gut lügen.

»Vorhin im Südbahnhof, als ich auf den Gleisen lag, hat er mir geholfen, mir möglicherweise sogar das Leben gerettet, entschuldige bitte.«

»Schon gut, du bist in einer schwierigen Situation, Hanna im Krankenhaus, die Sache mit Benno und nun ein Mordanschlag auf dich.«

»Ein Mordanschlag?«, fragte ich entsetzt.

»Ja sicher. Oder wie würdest du das bezeichnen? Schließlich bist du nicht freiwillig vor den Zug gesprungen. Außerdem haben wir einige Zeugen, es standen ja genügend Leute herum.«

Ich schluckte schwer. Natürlich hatte es jemand auf mich abgesehen. Aber das Wort ›Mordanschlag‹ schockte mich. Es klang so real. Für meinen Geschmack *zu* real. Ich wollte es gar nicht hören. »Und?«

»Eine Frau mit einem großen Stockschirm wurde beobachtet, offensichtlich hat sie dir mit dem Schirm einen Stoß versetzt. Kann das stimmen?«

Ich versuchte, mich an den Stoß zu erinnern, aber es gelang mir nicht.

»Zieh bitte mal dein Hemd hoch«, sagte Richard.

»Was?«

»Na komm, ich möchte die Stelle sehen, an der dich der Stoß traf.« Ich stand auf, zog das Hemd aus dem Hosenbund und zeigte ihm meine linke Nierenregion. »Ja, das passt, ein kreisrundes Hämatom, Größe könnte stimmen, hier …«

Ein stechender Schmerz fuhr durch meinen Rücken. Ich schrie laut auf. »Mann, was soll das denn?«

»Entschuldige bitte, war das die Stelle?«

Ich sah ihn erstaunt an. »Ja.«

»Gut, dann sind wir jetzt quitt«, grinste er.

»Oh Mann«, stöhnte ich und setzte mich wieder, »was sind das denn für Polizeimethoden …«

»Mehrere Zeugen haben die Frau gesehen, mit einem hellen Mantel, eben diesem Schirm und einer Sonnenbrille. Heute schien weder die Sonne noch hat es geregnet. Und die Frau war blond.«

»Groß? Klein? Dick oder dünn?«

»Tja«, meinte KHK Volk, »da teilen sich die Meinungen. Außer den bereits erwähnten Merkmalen gab es keine Übereinstimmungen in den Zeugenaussagen. Einmal groß, einmal klein, angeblich mit einer Handtasche, dann wieder ohne, also völlig durcheinander.«

»Und was machen wir jetzt?«

»Wir warten, bis du hier fertig bist, dann fahren wir zu Frau Schlierbach.«

»Ihr wisst, wo sie ist?«

»Zumindest wissen wir, wo sie wohnt, im Nordend, Winterbachstraße.«

Ich schoss hoch. »Na, dann los!«

Die MTA kam um die Ecke. »Sie gehen nirgendwo hin. Kommen Sie mit.« Ihre Stimme hatte etwas Kasernenhofartiges, ohne dass ich es ihr jedoch übelnehmen konnte. Ich folgte ihr.

Eine gute halbe Stunde später saß ich bei dem Radiologen, um die MRT-Bilder zu besprechen. Eine Kapselprellung, ein Muskelfaserriss und jede Menge Hämatome an Schulter, Rücken und dem linken Bein, das war sein Resümee. Wenn ich wolle, könne ich noch eine Nacht zur Beobachtung hierbleiben, das sei aber aus medizinischer Sicht nicht unbedingt notwendig.

Gegen Mitternacht verließen Richard und ich das Sachsenhäuser Krankenhaus. Ich hatte eine Armschlinge und zwei Schmerztabletten bekommen. Richard fuhr schnell, aber ohne Blaulicht, und telefonierte unterwegs mit einem Kollegen.

Es war bereits Montag, der 5. November 2007, als wir das Sendezentrum des Hessischen Rundfunks passierten und eine Wende machten, um dann in die Spenerstraße einzubiegen. »Da drüben ist die Winterbachstraße«, sagte Richard und zeigte nach links in eine schmale Seitenstraße. »Wir halten Abstand.« Er fand eine Parklücke vor einer großen Villa in der Spenerstraße, manövrierte sein Auto hinein und schaltete das Licht aus. Ohne etwas zu sagen, verschränkte er die Arme und wartete. Ich scharrte nervös mit den Füßen. Die Autotür hinter mir wurde geöffnet, ein Mann stieg ein. »'n Abend, Richard.«

»Hallo, Wolfgang.«

»Winterbachstraße 57, dort drüben, wo das Licht brennt.«

Er zeigte auf ein schmales Einfamilienhaus direkt an der Straßenkreuzung. Aus einem Fenster im Erdgeschoss fiel gedämpftes Licht in den kleinen Vorgarten.

»Es ist jemand im Haus, seit heute Mittag, soweit wir erkennen konnten, eine Frau. Sonst war niemand zu sehen.«

»Identität?«

»Unklar. Das Haus gehört Frau Schlierbach, mit ziemlicher Sicherheit ist sie auch drin. Wir haben vorsichtig zwei Nachbarinnen befragt. Die eine, Frau Napshäuser, meinte, die Schlierbach sei im Haus. Sie kennt sie ganz gut und hat am späten Vormittag noch mit ihr gesprochen, von Fenster zu Fenster.«

»Verlässlich?«

»Ja. Verlässlich. Frau Napshäuser ist zwar schon 94 Jahre alt, aber geistig topfit. Ich habe ihr ein paar Kontrollfragen gestellt, alles paletti.«

»Gut gemacht. Wer ist noch bei dir?«

»Sophie.«

Ich fuhr herum. »Wer?«

»Sophie Kistner. Meine Kollegin.«

»Ach so, Entschuldigung …«

Richard legte mir die Hand auf die Schulter. »Schon gut!« Und zu seinem Kollegen gewandt fügte er an: »Das Opfer hieß auch Sophie.«

Wolfgang nickte. »Wie gehen wir vor?«

»Ich werde klingeln, ihr beiden sichert das Gebäude

von hinten. Zunächst müssen wir Frau Schlierbach finden und sie vernehmen. Hauptziel: Den Aufenthaltsort von Frau Pajak ermitteln. Zweites Ziel: Den Mörder von Frau Kessler ermitteln. Hendrik du bleibst im Auto, bis du gerufen wirst. Wir brauchen dich bei der Vernehmung von Frau Schlierbach. Sicherheitshalber ziehst du eine schusssichere Weste an, liegt auf dem Rücksitz. Kennst du dich damit aus?«

»Ja, leider.«

»Und noch was: Ich trage die Verantwortung, also keine Extratouren, klar?«

»Klar!«

Die beiden Polizisten stiegen aus. Kurz darauf stieß ihre Kollegin dazu, sie war jung, schlank, relativ groß und trug kurze blonde Haare. Wie zufällig schlenderten die drei auf das Haus zu. Ich konnte den Eingang nicht sehen, nur die zur Spenerstraße zeigende Seitenfront. Ich wartete wie verlangt und rührte mich nicht von der Stelle. Wenigstens konnte ich das Fenster ein wenig öffnen, um etwas zu hören. Aber auch akustisch tat sich wenig. Es fiel mir nicht leicht, die Augen offen zu halten, mein Kopf wurde immer schwerer. Jetzt musste ich wach bleiben! Ich schlug mir ein paarmal selbst auf die Wange, das half. Ein Pärchen näherte sich auf der gegenüberliegenden Straßenseite, dort, wo Frau Schlierbachs Haus lag. Sie hielten sich an den Händen und schienen guter Laune zu sein. Ich dachte an Hanna. Wie ich sie doch vermisste. Schlagartig waren die beiden von der Bildfläche verschwunden. Verdammt! Litt ich schon unter Schlafentzugshalluzinationen? Da – ein Busch in Frau Schlierbachs Garten bewegte sich. Hatten die Verliebten sich in die Büsche geschlagen? Wohl kaum bei den Temperaturen. Jedenfalls waren sie behände über den Zaun gesprungen. Meine Hand tastete fast automatisch nach dem Türgriff. Nein, Richard hatte mich ausdrücklich dazu vergattert, im Auto zu warten. Aber ich musste ihn warnen. Anrufen? Ich wühlte mein Handy aus der Hosentasche, um festzustellen, dass wieder einmal der Akku leer war. Verärgert schüttelte ich den Kopf. Ich musste eingreifen. Entschlossen öffnete ich die Beifahrertür, stieg schnell aus und ließ die Tür leise ins Schloss gleiten. Erst danach fiel mir ein, dass normalerweise beim Öffnen der Tür das Innenlicht eingeschaltet wird, was mich hätte verraten können. Doch Richard hatte diesen Automatismus ausgeschaltet. Na ja, ein Profi eben ...

Über den Zaun zu klettern, kam nicht infrage, das hätte meine lädierte Schulter nicht mitgemacht. Vielleicht war es das Beste, einfach zu klingeln, mich als Kollegen von KHK Volk auszugeben und ihn während des Gesprächs heimlich zu warnen. Gedacht, getan, ich ging auf die Eingangstür des Hauses zu. Als ich gerade die Klingel betätigen wollte, sah ich, dass die Tür nur angelehnt war. Vorsichtig lugte ich durch den Spalt. Rechts ging direkt eine schmale Holztreppe ins Obergeschoss, sie war mit halbkreisförmigen Teppichstücken belegt. Geradeaus befand sich ein kleiner Flur, links an der Wand hing eine Garderobe voller Mäntel und Jacken. Dahinter stand eine Zwischentür offen, ich hörte Stimmen. Vorsichtig schlich ich hinein, lehnte die Tür wieder an. Unter meinen Füßen befand sich Linoleum, das bei jedem Schritt leise quietschte. Ich musste aufpassen. Zunächst wartete ich in dem kleinen Flur, behielt die Haustür und die Treppe nach oben im Blick und lauschte. Mein Herz schlug erstaunlich ruhig. Neben mir am Garderobenhaken hing eine Lederjacke, die mir irgendwie bekannt vorkam. Ich versuchte, mich darauf zu konzentrieren, wer da sprach, und meinte Richard und eine Frauenstimme zu erkennen, konnte allerdings die Worte nicht verstehen. Die Stimmen wurden immer lauter. Ich ging vorsichtig weiter, Schritt für Schritt. Jetzt konnte ich Richard hören: »Frau Schlierbach, wir wollen nur mit Ihnen reden, da brauchen Sie doch nicht gleich ein Gewehr auf mich zu richten!«

Ein kalter Schauer lief mir den Rücken herunter. Hier braute sich etwas zusammen. Wo waren nur Wolfgang und Sophie Kistner?

»Mein Sohn ist unschuldig, das sage ich Ihnen, Sie Superbulle, schön die Hände oben lassen, klar!«

»Klar, ich bin ja auch gar nicht wegen Ihres Sohnes hier, sondern wegen Ihnen!«

Das war mutig, dachte ich. Er wusste, was er sagte, dennoch musste ich ihm helfen. Aber wie?

Dann erklang eine zweite Männerstimme. Eine Stimme, die ich inzwischen gut kannte. »Lass gut sein, Mutter, Herr Volk macht doch nur seinen Job. Er kann uns gerne befragen.«

Ich lugte durch die angelehnte Wohnzimmertür. Richard saß mit hinter dem Kopf verschränkten Händen auf der Couch links von mir. Davor, mir die linke Seite zugewandt, stand Frau Schlierbach, ein Gewehr in den Händen. Sie zitterte. An der geöffneten Terrassentür stand Joachim Waldmann und diskutierte mit seiner Mutter, lebhaft mit den Armen wedelnd und vollkommen aufgeregt, wie ich ihn noch nie erlebt hatte.

»Es hat keinen Zweck, Mutter, Herr Wilmut weiß sowieso alles.«

»Herr Wilmut, wer ist das denn?«, kreischte Frau Schlierbach, immer noch den Blick auf Richard geheftet.

»Ein Literaturdozent, er kennt den ›Clavigo‹ genau, er ist Goethespezialist, er weiß, was Reinhardt vorhat!«

»Reinhardt, pah, der ist mir so was von egal …«

In diesem Moment erschien eine groß gewachsene, schlanke, blonde Frau in der Terrassentür. Endlich kommt Sophie Kistner, dachte ich erleichtert. Doch meine Erleichterung schlug in Entsetzen um: In der Tür stand Dana Hartmannsberger. Ihr Blick signalisierte absolute Entschlossenheit. Ohne ein Wort hob sie ihre rechte Hand und feuerte. Joachim Waldmann ruderte noch mit den Armen, bevor er zusammenbrach.

Frau Schlierbach schrie auf, als sei sie selbst getroffen worden. »Pierre!«, rief sie in einer Tonlage, die keine Schauspielerin der Welt je so hätte wiedergeben können. Sie drehte das Gewehr herum in Richtung der Schützin. Aber es war bereits zu spät, der zweite Schuss traf sie mitten in die Brust. Dana Hartmannsberger sah sich um, groß und blond, so wie ich sie aus dem Keller der Weimarhalle in Erinnerung hatte. Ein eiskalter Engel. Blitzartig ging mir das Bild auf Liebrichs Kamin durch den Kopf. Dana Hartmannsberger mit einem Hund. *Das also war des Pudels Kern!*, sagte Faust auf dem Weg zur Erkenntnis.

Sie erblickte Richard Volk, der gerade dabei war, seine Dienstwaffe aus dem Holster zu ziehen. Sie zielte. »Nein!«, schrie ich in den Raum. Sie reagierte schnell. Keine Verblüffung, keine Schrecksekunde, nur ein kurzes Umdenken. Ich hatte vielleicht zwei Schritte auf sie zu gemacht, da traf mich der Schuss. Genau in den Brustkorb. Es fühlte sich an wie ein mächtiger Faustschlag. Ich wurde nach hinten geschleudert, verlor das Gleichgewicht, meine Sinne entschwanden. Ich lag auf dem

Boden und kurz bevor ich bewusstlos wurde, meinte ich noch, Benno neben mir zu sehen. Dann gingen die Lichter aus.

32. IN EINEM KOPF

Pierre liebte nicht nur das Theater, sondern auch Gedichte. Besonders das eine, das er immer wieder las, das ihn aufwühlte und beruhigte, das ihm Weltschmerz und Zuversicht gab, das er hasste und liebte:

> *Geh! Gehorche meinem Winken,*
> *Nutze deine jungen Tage,*
> *Lerne zeitig klüger sein!*
> *Auf des Glückes großer Waage,*
> *Steht die Zunge selten ein:*
> *Du musst steigen oder sinken,*
> *Du musst herrschen und gewinnen,*
> *Oder dienen und verlieren,*
> *Leiden oder triumphieren,*
> *Amboss oder Hammer sein.*

Jetzt wusste er definitiv, dass er nicht der Amboss sein wollte. Die Frauen waren ihm gleichgültig, ja, teilweise sogar lästig geworden. *Die Weiber, die Weiber! Man vertändelt gar zu viel Zeit mit Ihnen!* Das galt in erster Linie für Dana Hartmannsberger. Lange hatte er mit ihr gemeinsame Sache gemacht. Liebrich wollte das so. Doch dann nahm dieses Gezänk überhand. Dieses Weibergekreische. Ihr Hass gegenüber Jolanta Pajak. Eigentlich sollte sie nach einer Woche wieder freigelassen werden, aber Dana wollte es nicht, sie musste sich ja erst in die Marie einarbeiten. Von wegen, sie hätte die Rolle voll drauf. Lachhaft. Er hatte alles von oben beobachtet.

Sogar seine Mutter hatte ihn getäuscht, hatte sich mit Dana Hartmannsberger verbündet, ihr Unterschlupf gewährt, ihr diesen komischen Grippevirus aus der Uniklinik besorgt und ihr haarklein erklärt, wie ein Infusomat bedient wurde. Er trauerte nicht um sie, nein, er fühlte sich von ihr benutzt. Der Einzige, um den er trauerte, war sein Vater. Für ihn musste er noch etwas Wichtiges erledigen, dann war seine Schuld beglichen. Er musste sich beeilen. Zwar hatte er enormes Glück gehabt, weil ihn der Schuss von Dana Hartmannsberger nur am Oberarm gestreift hatte. Durch sein aufgeregtes Herumhampeln hatte sie ihn nicht tödlich getroffen. Aber der Arm blutete sehr stark, weshalb er sich über die Terrasse ins Nachbarhaus zu Frau Napshäuser schlich und sich in deren Waschküche versorgte. Aus alten Handtüchern bastelte er sich einen Druckverband. Dann schlich er zu seinem roten Astra, noch bevor die gesamte Kavallerie der Polizei angerückt war, und nahm Kurs auf Weimar.

33. FRANKFURT-BOCKENHEIM

Als ich wieder aufwachte, saßen zwei Freunde an meinem Bett. Richard und Benno. Beiden hatte ich wahrscheinlich das Leben gerettet. Aber das war es nicht, was jetzt zählte. Ich war noch nie so froh, zwei echte Freunde neben mir zu haben.

»Das wird wieder«, meinte Richard Volk, »fühlt sich nur an, als habe dich ein Pferd getreten. Gut, dass du die schusssichere Weste tatsächlich angezogen hast.« Wie recht er hatte.

Als ich Benno ansah, musste ich lächeln. Er war, nachdem die Schüsse gefallen waren, im Schlafanzug aus dem Obergeschoss heruntergerannt und hatte sich seine Lederjacke übergeworfen.

Ich wagte kaum, tief einzuatmen, denn es bereitete mir große Schmerzen. »Frau Schlierbach?«

»Sie ist tot«, antwortete Richard. »Frau Hartmannsberger auch. Du hast sie abgelenkt, sodass ich meine Waffe ziehen konnte.«

Ich nickte. »Waldmann?«

»Ich dachte zunächst, er sei auch getroffen worden, aber offensichtlich hat sie ihn verfehlt, er konnte fliehen.«

Innerlich freute ich mich, doch das durfte ich natürlich nicht sagen.

»Vielleicht freut dich das ja sogar ein bisschen«, meinte Richard.

Ich lächelte, ohne zu antworten.

»Wolfgang und Sophie Kistner geht es so weit auch gut,

Waldmann hat sie betäubt, so wie dich im Keller. Offensichtlich sollten sie geräuschlos beseitigt werden, das war ihr Glück.«

Ich war sehr erleichtert.

»Hendrik ...«, Benno sah mich unsicher an, »es tut mir sehr leid, dass du in die Machenschaften von Joachim Waldmann und Dana Hartmannsberger mit hineingezogen wurdest. Was ich beim Apfelwein gesagt habe, das ist natürlich ...«

»Geht schon klar, zieh dir lieber mal was an, sonst erkältest du dich noch!«

»Ja, Papa!« Wir lachten. Und ich hatte Schmerzen dabei. Nicht nur äußerliche Schmerzen wegen meiner Rippenprellung, sondern auch innere Schmerzen. Denn Benno war nach wie vor der Meinung, dass Liebrich mit alldem nichts zu tun hatte.

Es klingelte. Die Notärztin erschien, hinter ihr jede Menge Uniformierte. Es war dieselbe Ärztin wie gestern Abend im Südbahnhof. »Herr Wilmut?«

Ich nickte. Sie schüttelte ungläubig den Kopf. »Ich werde Sie jetzt zwangseinweisen«, sagte sie lächelnd, »nur um zu verhindern, dass noch etwas passiert!«

»Einverstanden.«

»Ich muss los, Hendrik«, sagte Richard Volk. »Du weißt, der Fall ist noch nicht abgeschlossen ...«

»Ja, ich weiß.«

Jolanta Pajak.

Die Notärztin brachte mich ins Krankenhaus Sachsenhausen und gab mir ein Schmerzmittel. Ich schlief einmal rund um die Uhr, von Montag früh bis Dienstagmorgen acht Uhr. Ich träumte nichts, weder von einem kleinen, hell erleuchteten Dorf noch von Dana Hartmannsberger oder Reinhardt Liebrich. Einfach nichts. Und das tat gut.

Als ich ausgeruht aufwachte, saß Mutter an meinem Bett.

»Gibt's hier Kaffee?«, fragte ich.

»Ja, hier gibt's Kaffee!«, antwortete sie und umarmte mich.

»Du hast einen ganzen Tag lang geschlafen«, sagte sie. »Trink erst mal deinen Kaffee und iss ein Brötchen, dann warten draußen drei Männer, die dir berichten wollen, was gestern passiert ist.« Ich nickte. »Und ich soll dich von Hanna grüßen, ich habe gestern Abend lange mit ihr gesprochen. Es geht ihr besser, sie wollte sogar herkommen, aber ich habe sie überzeugt, den Tod von Sophie erst mal aufzuarbeiten, sich Zeit zum Trauern zu gönnen. Ihr Inneres ist so angegriffen, dass sie ihr Äußeres schonen sollte. Ich hoffe, das ist dir recht.«

Als Zeichen meiner Zustimmung gab ich ihr einen Kuss auf die Wange. Dann duschte ich und frühstückte. Anschließend war ich ein neuer Mensch. Und ich war gespannt auf den Montag. Diesen Montag, den ich komplett verschlafen hatte.

Siggi, Benno, Richard und ich setzten uns ins Krankenhaus-Bistro. Sie begannen alle drei fast gleichzeitig zu erzählen, unterbrachen sich oft, berichteten auch Details, die eigentlich unwichtig waren, aber ich ließ ihnen freien Lauf. Wenn ich das Ganze nachträglich zusammenfassen sollte, hörte sich das so an: Richard durchsuchte mit seinen Kollegen das gesamte Haus in der Winterbachstraße, um irgendeinen Hinweis auf den Verbleib von Jolanta Pajak zu finden. Sie war inzwischen seit 13 Tagen verschwunden.

Die Fahndung nach Joachim Waldmann lief auf Hochtouren, brachte jedoch keinen Erfolg. Lediglich sein roter Opel Astra war auf einem Parkplatz bei Wildeck-Hönebach an der A 4 gefunden worden, die Sitze voll Blut, er war also doch getroffen worden. Somit gab es keinerlei Informationen zum Aufenthaltsort von Jolanta Pajak.

In dem Haus fand die Spurensicherung ein ganzes Regal voll Videos und DVDs, alle Karl-May-Filme aus den 60er-Jahren und nahezu alle Edgar-Wallace-Filme. Bücher über Pierre Brice, Poster mit seinem Konterfei, Autogrammkarten und Zeitungsausschnitte. Frau Napshäuser kannte den Hintergrund: Eigentlich sollte Joachim nach dem Wunsch seiner Mutter Pierre heißen, weil sie Pierre Brice so sehr verehrte. Aber ihr Mann wehrte das mit dem Argument ab, dass der Sohn mit einem französischen Namen möglicherweise Sticheleien und Anfeindungen ausgesetzt sein würde. Mit Joachim einigten sie sich dann auf den Namen, der Frau Waldmann – außer Pierre – am nächsten lag: Joachim Fuchsberger war ihr zweiter Favorit unter den Stars ihrer Jugendzeit. Zudem wurde Herbert, der Name des Vaters, noch als Zweitname hinzugefügt. Seine Mutter hatte Joachim trotzdem konsequent immer Pierre gerufen, so lange bis sogar der Vater den Wunschnamen übernommen hatte. Und auch alle Spielkameraden aus der Winterbachstraße.

Benno half, sich in Joachim ›Pierre‹ Waldmann hineinzudenken. Er kannte ihn inzwischen recht gut und hatte schon mehrmals den Eindruck gehabt, dass sein verstorbener Vater eine große Rolle für ihn spielte. Auch im Haus fanden sich derartige Hinweise: Bilder des Vaters mit Kommentaren des Sohns, Briefe von Herbert Waldmann an Joachim, kleine Geschenke und Kinderzeichnungen.

Daraufhin veranlassten Richard und Siggi umfangreiche Ermittlungen zu Waldmanns Vater und fanden heraus, dass dieser Jurist gewesen war und unbedingt wollte, dass Joachim auch Jura studierte. Dieser hatte tatsächlich mit dem Studium angefangen. Ein Schulfreund berichtete jedoch, dass Pierre ihm einmal im Vertrauen mitgeteilt hatte, die Juristerei sei eigentlich gar nicht sein Metier, sie erfülle ihn nicht, im Gegenteil, sie mache ihn unglücklich.

Als ich das hörte, musste ich unwillkürlich an Goethes Lebenslauf denken.

Gegen Mittag gelang es Siggi und Richard, einen befreundeten Rechtsanwalt aufzutreiben, der beide gekannt hatte, den Vater und den Sohn. Seine Aussage war sehr aufschlussreich. Waldmann senior hatte seinen Sohn wohl stark unter Druck gesetzt, er hatte verlangt, dass Joachim seine Rechtsanwaltskanzlei übernahm. Als Joachim das Studium hingeworfen hatte, sei der Vater nahezu daran zerbrochen, so der Rechtsanwalt, wurde krank und starb ein Jahr später. Von Frau Napshäuser erfuhren sie, dass Joachim daraufhin starke Schuldgefühle plagten und er mit seiner Mutter immer wieder in Streit geriet. Soweit die Informationen zur Familie Waldmann. Doch das brachte keinen Fortschritt in Bezug auf Jolanta Pajak. Benno schlug vor, mit dem Dekan des Fachbereichs Jura an der Johann Wolfgang Goethe Universität zu sprechen. Mithilfe von Herrn Bräunlich erhielt er am Nachmittag einen Termin. Mittlerweile erfuhren Richards Kollegen, dass Frau Schlierbach alias Waldmann viele Jahre in einem zytologischen Labor der Uniklinik Frankfurt gearbeitet hatte, und sie fanden eine Kollegin, die zugab, ihr eine Probe $H_{17}N_{32}$ überlassen zu haben. Das war allerdings nicht mehr wirklich relevant, da Frau Kirschnig bereits auf dem Weg der Besserung war und Frau Schlierbach nicht mehr lebte.

Der Dekan gab meinen drei Freunden einen wichtigen Hinweis. Er berichtete von einem älteren, bereits emeritierten Professor, der zusammen mit Herbert Waldmann studiert hatte, damals noch im alten Campus im Stadtteil Bockenheim. Richard fragte, was denn mit den alten Gebäuden in Bockenheim passiert sei. Der Dekan berichtete, einige seien weitervermietet worden, andere stünden leer. Der Professor wurde herbeigerufen und fügte das entscheidende Puzzleteil hinzu: Er habe sich viele Jahre als wissenschaftlicher Mitarbeiter ein kleines Kellerbüro mit Herbert Waldmann geteilt, so berichtete er, das sei sehr eng, aber recht gemütlich gewesen. Richard fragte, in welchem Gebäude dies sei, ob es leer stehe und ob Joachim bereits einmal dort war. Der Professor sagte, es sei Gebäude 12B und bejahte die beiden anderen Fragen. Joachim habe dort oft nach der Schule seine Hausaufgaben gemacht in dem engen Raum, einfach so, das Heft auf den Knien ... natürlich könne er den Raum jederzeit wiederfinden, falls das wichtig sei.

Richard raste mit Blaulicht und Sirene durch Frankfurt, dem Professor wurde es fast schlecht während der Fahrt. Endlich hatten sie einen Hinweis auf Jolanta Pajak! Ich konnte mir vorstellen, wie sie inständig hofften, die entführte Jolanta Pajak lebend zu finden.

Der Professor fand den Raum sofort, aber er hatte keinen Schlüssel und ein Hausmeister war nicht aufzutreiben. Es war eine schwere Stahltür, sie musste aufgeschweißt werden. Richard rief die Feuerwehr.

Jolanta Pajak war noch am Leben. Mehr oder weniger. Sie sah erbärmlich aus, abgemagert, ausgetrocknet, bleich, so als hätte sie seit Tagen keine Nahrung mehr zu sich genommen. Sie wurde sofort in die Uniklinik gebracht. Und dies war die schlechteste Nachricht, die Richard, Siggi und Benno mir überbrachten: Bis zum heutigen Dienstagmorgen war unklar, ob Jolanta Pajak überleben würde.

34. AUTOBAHN A 5 BEI KILOMETER 396

Am Donnerstag sollte Sophie beerdigt werden. Benno und ich fuhren am Mittwochvormittag mit dem Passat zurück nach Weimar. Ich rief noch schnell Hubertus von Wengler an, um ihm mitzuteilen, dass seine Ersatz-Marie erschossen worden war. Frau Kirschnig war zwar auf dem Weg der Besserung, aber erst in zwei Monaten wieder einsatzbereit, sodass ich ihm versprach, mit Benno über einen Sonderetat für eine neue Gastschauspielerin zu reden. Der Generalintendant wollte unbedingt seinen ›Clavigo‹ retten. Seine eigene Vorstellung vom ›Clavigo‹. Zur Not, falls Benno wirklich nicht mehr auf seinen Posten als Kulturstadtrat zurückkehren würde, hatte ich ja noch den Sonderzugang zum Oberbürgermeister: ›Peter ist kein Schwerenöter.‹

Bis Gießen unterhielt ich mich mit Benno über Belangloses, Allgemeines und Offensichtliches. Dann, ab Reiskirchen, kamen wir zu den wichtigen Punkten.

»Darf ich dich etwas fragen, Benno?«

»Klar.«

»Was hattest du mit diesem Klaus Felder zu tun?«

»Meine Güte, woher weißt du *das* denn?«

»Entschuldige, von Siggi, reiner Zufall, er hat Felder beschatten lassen.«

»Aha.« Er schüttelte den Kopf. »Felder war von höchster Stelle beauftragt worden, mit mir über die Zusammenlegung der beiden Theater in Erfurt und Weimar zu verhandeln. Wie du weißt, ist das Thema ein Dauerbrenner. Er bestand auf geheime Verhandlungen, ohne Öffentlichkeit und ohne andere Mitwisser. Er hat wohl gedacht, mich überzeugen zu können, und ich habe angenommen, das Thema ein für alle Mal aus der Welt schaffen zu können. Als wir gemerkt haben, dass es keinen Kompromiss gibt, wollte ich die Verhandlungen abbrechen. Daraufhin hat er mir Geld angeboten. Viel Geld. Das habe ich natürlich abgelehnt. Dann hat er versucht, mich auf mentaler Ebene zu erwischen, hat behauptet, Liebrich sollte vom Kultusminister als Generalintendant für das Nationaltheater Weimar lanciert werden, um mit ihm, also mit Felder, die Zusammenlegung zu bewerkstelligen. Das war natürlich totaler Quatsch, er wollte mit dieser Behauptung nur mich treffen. Ich habe ihn einfach stehengelassen und seitdem nie wiedergesehen.«

»Du hast ja eine hohe Meinung von Liebrich.«

»Ja, das habe ich. Er ist sehr klug und hat eine ungewöhnliche Sicht auf die Dinge. Eine Art ... Bühnensicht. Man könnte meinen, diese Betrachtungsweise sei unrealistisch, aber das stimmt nicht. Aus den Theaterstücken kommt viel Lebensweisheit.« Er sah zu mir herüber. »Bist du immer noch der Meinung, dass er mich manipuliert?«

»Na ja, jetzt ist die Situation anders, ich weiß nicht ...«

Benno grinste. »Was soll das Herumeiern? Sonst findest du doch auch klare Worte.«

»Ja, stimmt. Bisher hat es so auf mich gewirkt, als hätte er dich manipuliert.«

»Gut ausgedrückt.«

Ich zuckte mit den Schultern, setzte den Blinker und überholte einen großen Sattelschlepper.

»Und?«, fragte er, »meinst du er hat etwas mit dem Tod von Sophie zu tun?«

»Nicht direkt. Möglicherweise hat er Dana Hartmannsberger dazu angestiftet. Es ist aber auch möglich, dass sie selbst diese Entscheidung getroffen hat über Liebrichs Absichten hinaus. Waldmann hat er angeblich nur dazu bewegt, uns einzuschüchtern. Und ich bin fast geneigt, ihm das zu glauben ...«

»Du glaubst Liebrich etwas?«

Ich warf ihm einen kurzen Blick zu. »Ja.«

»Und Waldmann?«

»Liebrich hatte Waldmann ganz stark in sein Machtgefüge eingebunden.«

»Den auch?«

»Ja, ihn als Erstes. Bei Joachim Waldmann war es allerdings leichter als bei dir. Du warst eine echte Herausforderung.«

Benno schüttelte unwillig den Kopf. »Und das alles nur, weil er beweisen wollte, der bessere Regisseur zu sein?«

»Ja, so ist es. Aber dahinter steckt noch mehr. Er ist ein Machtmensch, es gehört zu seinem Charakter, andere zu beeinflussen. Ich kenne eine junge Frau, der das Gleiche passiert ist. Eine ehemalige Praktikantin am Schauspiel Frankfurt.« Ich hatte Gegenwehr von ihm erwartet. Doch die blieb aus.

»Wer ist diese junge Frau?«

»Tut mir leid, aber sie hat mich gebeten, ihren Namen nicht weiterzugeben.«

Er nickte. »Wenn das so wäre, dann hätte Reinhardt Liebrich ja eine große Schuld auf sich geladen. Drei Tote.«

Ich musste bremsen, weil sich vor uns ein leichter Stau gebildet hatte. »Das könnte man so sehen.«

»Bisher hat ihn aber niemand verdächtigt oder sogar angeklagt.«

»Das stimmt. Das wird wohl auch nie passieren. Wer will schon eine manipulative Schuld nachweisen? Wahrscheinlich gibt es dafür auch keinen Paragrafen im Strafgesetzbuch.«

»Hendrik, bitte, ich versuche dich zu verstehen, aber da liegst du falsch. Erst recht mit deiner Clavigo-Theorie.«

»Kennst du dich aus mit dem ›Clavigo‹?«

»Inzwischen schon, ich habe ihn gestern gelesen.«

Ich nickte anerkennend. »Und?«

»Interessant, sicher. Man könnte auch gewisse Parallelen ziehen, aber am Ende sehe ich keine Logik zwischen dir und mir.«

Ich reduzierte die Geschwindigkeit, um eine Baustelle zu passieren. Wir befanden uns in der Nähe von Alsfeld.

»Was meinst du damit?«

Rechts neben uns fuhr ein großer Lkw mit einem Anhänger. Links befand sich eine niedrige Betonmauer.

»Na ja, wenn ich der Clavigo sein soll und du der Beaumarchais, dann müsstest du mich ja am Ende töten!« Er lachte laut auf.

Im selben Moment machte der Lkw-Anhänger einen Schlenker nach links. Ich konnte nicht mehr ausweichen, bremste, was die Situation aber nur noch verschärfte, weil der Passat ins Schleudern geriet. Ehe ich etwas tun konnte, bekamen wir einen Schlag gegen den Kotflügel. In Panik versuchte ich, gegenzusteuern, aber die Lenkung regierte nicht mehr. Wir waren zwischen dem Lkw und der Betonwand eingeklemmt. Auch der Lkw war nun ins Schleudern gekommen. Benno schrie auf, ich versuchte erneut zu bremsen, doch schon hoben wir ab, ich sah nur noch den Himmel über uns, dann ein lautes Krachen, einen Schlag ins Genick, Panik durchflutete mich, ich riss die Arme vors Gesicht, Funken sprühten, die Frontscheibe splitterte, endlich blieben wir auf dem Dach liegen.

Ich versuchte, mich zu orientieren. Wir waren eingeklemmt. Draußen erklangen Stimmen. Meine Knochen waren offensichtlich noch heil. Kaum zu glauben. Wo war Benno? Ich drehte vorsichtig meinen Kopf. Was ich sah, ließ mein Innerstes erstarren. Die gesamte rechte Seite des Autos war bis zum Schaltknüppel eingedrückt. Bennos Körper lag irgendwo dazwischen, überall Blut, blanke Knochen, ein leichtes Stöhnen.

»Benno!« Ich konnte mich nicht bewegen. »Bennooooo!«

Eine schwache Stimme kam aus dem Chaos: »Hendrik, ich muss dir was sagen ...«

»Benno, bleib ruhig!«

»Es ist wichtig, Hendrik, ich ... ich habe Sophie schon

so lange nicht mehr gesagt, dass ich sie liebe. Sagst du ihr das bitte?«

»Aber Benno ...«

»Bitte!«

»Ja, ich sage es ihr, Benno!« Ein seltsames Geräusch erklang, so wie ein Knochen, der auf Metall schlägt.

»Benno?« Im selben Moment wusste ich, dass er tot war. Ein lautes, fast schon tierisches Schmerzgeheul erfüllte den engen Innenraum des Wagens. Lange merkte ich nicht, dass es aus meinem eigenen Mund kam.

35. AUF EINER BANK

Ich wurde in die Autobahnmeisterei Alsfeld gebracht, dort holte mich Hanna ab. Auf dem Rückweg bat ich sie, einen Abstecher nach Friedrichroda zu machen. Ich musste nachdenken. Sie setzte mich auf dem Parkplatz ab, den schon meine Großeltern immer angefahren hatten. Es war kein gutes Wetter, aber ich lief schnell, getrieben, rastlos, immer weiter bis zu der Bank, auf der ich den verschmutzen Siebträger meiner Espressomaschine aus dem Rucksack geholt hatte. Ein wenig musste ich lächeln, wenn ich daran dachte. Doch dann kamen die Bilder des Unfalls wieder in mir hoch.

Es ist schwer, mit Schuld umzugehen. Das wussten wir beide, Benno und ich. Seine Schuld hatte ich ihm gnadenlos vor Augen geführt, mit der vermeintlichen Ehrlichkeit eines Freundes. Über meine Schuld, die ich am 5. November 2007 bei Kilometer 396 der A 5 auf mich geladen hatte, würde das Amtsgericht Alsfeld in einigen Wochen entscheiden. Ich hoffte fast, dass ich verurteilt wurde. Um zu büßen. In welcher Form auch immer.

Auch meiner Frau war ich noch etwas schuldig. Die kleine Notlüge wegen der Nacht im Keller der Weimarhalle musste aufgeklärt werden. Und natürlich die Ereignisse im Südbahnhof. Das würde schwer werden. Aber ich würde es schaffen, mit Hannas Entgegenkommen. Denn nach wie vor herrschte dieses Urvertrauen zwischen uns. Wie oft in solchen Momenten, half mir ein Goethe'sches Gedicht:

Freudvoll
Und leidvoll,
Gedankenvoll sein,
Hangen
Und bangen
In schwebender Pein,
Himmelhoch jauchzend,
Zum Tode betrübt –
Glücklich allein
Ist die Seele, die liebt.

Ein anderer Mensch zeigte keinerlei Schuldbewusstsein, obwohl genügend Anlass dazu bestand: Reinhardt Liebrich. Der Haftbefehl gegen ihn war wegen schwacher Beweislage abgelehnt worden. Er würde aus seiner eigenen, makabren Realityshow ungeschoren hervorgehen.

36. IN EINEM HERZ

Pierre wusste genau, wie der letzte Akt aussehen würde. Während der langen Fahrt von Frankfurt nach Weimar mit einem Zwangshalt bei Wildeck-Hönebach – der Tank war leer – und Weiterfahrt per Anhalter hatte er sich den Ablauf genau überlegt. Und nun war die Zeit gekommen, diese Gedanken in die Tat umzusetzen.

Er betrat das Weimarer Nationaltheater durch den Bühneneingang, winkte dem Portier zu, stieg die Treppen hinauf und setzte sich auf den Platz des Beleuchters. Er wartete. Weit unten ließ die Notbeleuchtung nur einen schemenhaften Blick auf die Bühne zu. Das Blut tropfte hinab. Fast schon belustigt dachte er an die mörderischen Dramen. Shakespeares Richard III. zum Beispiel. Viel rote Farbe brauchte man bei solch einer Aufführung, aber diesmal war es echtes Blut. Sein eigenes. Er spürte kaum noch seinen Atem, hoffte, dass sein Peiniger kommen würde, bevor er das Bewusstsein verlor, beruhigte sich dann aber selbst, denn er kannte seinen Feind genau, er wusste, was in ihm vorging, hatte den Vorgang schon oft beobachtet. Irgendwann betrat Reinhardt Liebrich endlich die Bühne. Er stand im Halbdunkel da, die Arme ausgebreitet, um seine so heiß geliebte Macht in die Leere des Zuschauerraums strömen zu lassen. Dann traf ihn der erbarmungslose Lichtkegel des großen Scheinwerfers. In all seiner Kläglichkeit stand er da, mutterseelenallein. Er sah nicht, dass er Blut an den Füßen hatte. Er sah nur erstaunt nach oben. Doch da war es schon zu spät. Der große, massige

Scheinwerfer war bereits auf dem Weg nach unten. Und er gab ihm Ruhe.

Joachim Waldmann stieg herab, mit aufrechtem Gang, gehobenem Brustbein und gesenkten Schulterblättern.

EPILOG

Hanna und ich mussten nicht lange überlegen. Wir waren bereit, uns zu verändern, uns zu häuten, wie eine Schlange, uns auch geistig zu häuten, so wie Goethe es vielmals getan hatte, um ein neues Kapitel seiner Lebenskraft aufzuschlagen. Der Möbelwagen war bereits unterwegs in Richtung Offenbach. Hannas Auto stand vor dem Haus in der Humboldtstraße, bepackt mit der zwölfbändigen Goethe-Gesamtausgabe ihres Vaters und meiner Espressomaschine. Sie kontrollierte mit einem Griff an ihren Hals, ob sie auch tatsächlich die Perlenkette ihrer Mutter am Körper trug. Dann umarmte sie Karola und übergab ihr den Hausschlüssel.

Siggi und Ella kamen, um sich zu verabschieden. Er hatte nach reiflicher Überlegung entschieden, in Weimar und im K1 zu bleiben, obwohl sein Verhältnis zu Kriminalrat Lehnert doch sehr gelitten hatte. Er blieb – wegen Ella.

Einen kurzen Moment noch standen Hanna und ich nahe beieinander, meine Stirn auf ihrer Stirn, ohne zu reden. Dann brachen wir gemeinsam auf in ein anderes Leben.

Am Friedhof in der Berkaer Straße winkte ich kurz nach rechts, so als könnten diejenigen, die dort lagen, mich sehen. Mein Großvater, Hannas Eltern, Sophie – und mein Freund Benno. Ein Freund, der mit mir durch Irrungen und Wirrungen gegangen war, jeder auf seine Weise, aber dennoch gemeinsam, der mir Dinge gesagt hatte, die er seiner Frau nicht mehr sagen konnte, und der mir eine Freundschaft entgegengebracht hatte, die länger halten würde als ein Menschenleben.

ENDE

LITERATURVERZEICHNIS

Goethe Gedenkblätter Weimar, Gesellschaft zur Verbreitung klassischer Kunst GmbH, Berlin, 1921

Goethe – Sein Leben und seine Zeit, Richard Friedenthal, Serie Piper München, 1963

Goethes Werke in zwölf Bänden, Dritter Band, Herausgeber: Nationale Forschungs- und Gedenkstätten der DDR Ausgewählt, eingeleitet und bearbeitet von Helmut Holtzhauer und Wolfgang Vulpius, Aufbau-Verlag Berlin und Weimar, 1974

Goethe – Gedichte, Herausgeber: Erich Trunz, Verlag C.H. Beck München, 1981

Karl-Friedrich Zelter – Johann Wolfgang Goethe – Briefwechsel, Philipp Reclam jun. Leipzig, 1987

Das Frankfurter Goethehaus, Petra Maisak und Hans-Georg Dewitz, Insel-Verlag, 1999

Frauen um Goethe, Astrid Seele, Rowohlt Taschenbuchverlag, Rowohlts Monographien, 1997, 2000

Goethe noch einmal – Reden und Anmerkungen, Marcel Reich-Ranicki, Deutsche Verlagsanstalt, Stuttgart München, 2002

Die Machtfalle, Martina und Volker Kessler, Brunnen-Verlag Gießen, 2004

Anekdoten über Goethe und Schiller, Volker Ebersbach und Andreas Siekmann, wtv, 2005

Wer lebte wo in Weimar, Christiane Kruse, Verlagshaus Würzburg, 2007

Die klugen Frauen von Weimar, Ulrike Müller, Elisabeth Sandmann-Verlag München, 2009

Das Torhaus, Helga Dreher, Bertuch-Verlag Weimar, 2010

www.zeno.org/Literatur/M/Goethe,+Johann+Wolfgang/Briefe/1771
    abgerufen im Dezember 2011

DANKSAGUNG

Ich danke meiner Ehefrau und meinen beiden Töchtern für ihre ehrliche und hilfreiche Beurteilung des Urmanuskripts, dem Gmeiner-Verlag, insbesondere Sven Lang, der nach dem Lektorat so erschöpft war, dass er einen längeren Urlaub antreten musste, meinem Expertenteam Leitender Kriminaldirektor a. D. Peter Ingenerf und Rechtsanwalt Sascha Loubal, meinem Korrekturteam Daniela und Daniel, die so lange auf das Manuskript warten mussten, dass sie inzwischen ein Kind bekamen – Glückwunsch!, der Autorenkollegin Helga Dreher aus Weimar, die mir den Namen ihrer Protagonistin Alma Winter lieh, und Christoph Heckel, Schauspieler am Nationaltheater Weimar, der mich in die Geheimnisse der Theaterwelt einweihte und sich als Echtfigur für diesen Roman zur Verfügung stellte – eine echte Bereicherung.

Mein besonderer Dank geht posthum an Ursula Koch, die mich mit ihrer starken und bestärkenden Art seit meiner Schulzeit bis zum 25. März 2012 begleitet hat.

BERND KÖSTERING
Düker ermittelt in Offenbach
....
978-3-8392-1971-3 (Paperback)
978-3-8392-5195-9 (pdf)
978-3-8392-5194-2 (epub)

POLIZISTENHERZ Günther Düker ist ein Polizist, der einem schnell ans Herz wächst. In 20 Fällen ermittelt er als stellvertretender Leiter des 2. Polizeireviers Offenbach am Main. In weiteren zehn Rätsel-Krimis sucht er als Pensionär auf eigene Faust nach den Tätern und ihren Motiven. Ohne seine Frau Helga wäre er allerdings bei manchem Fall mit seinem Latein am Ende. Und sie erfreut sich an ihrem Günther und seinem Polizistenherz. Begleiten Sie die beiden auf ihre Verbrecherjagd.

BERND KÖSTERING
Falkenspur
....
978-3-8392-1844-0 (Paperback)
978-3-8392-4945-1 (pdf)
978-3-8392-4944-4 (epub)

»Welcher Klassiker der Weltliteratur spielt diesmal eine Rolle? Finden Sie es heraus!«

Aus einer Galerie werden Bilder der Offenbacher Künstlerin Claudia Jansen gestohlen. Der Privatdetektiv Herbert Falke erhält den Auftrag, die Gemälde zu suchen. Doch alle Spuren führen ins Leere. Gleichzeitig sorgt sich Falke um seine Enkelin Franziska. Ein Stalker lauert ihr immer wieder auf, bricht sogar in ihre Wohnung ein. Und auch Claudia Jansen fühlt sich verfolgt. Gemeinsam mit Franziska macht sich Herbert Falke daran, die Fälle zu lösen.

WWW.GMEINER-VERLAG.DE
Wir machen's spannend

BERND KÖSTERING
Falkensturz
....
978-3-8392-1600-2 (Paperback)
978-3-8392-4489-0 (pdf)
978-3-8392-4488-3 (epub)

»Seine Literaturkrimis haben eine Marktlücke gefüllt!«
Markus Terharn, Offenbach Post

Alfred Sival erhält mehrere Todesanzeigen – mit seinem eigenen Namen versehen. Doch sein Hass auf die Polizei hält ihn davon ab, um Hilfe zu bitten. Schließlich offenbart er sich dem ehemaligen Journalisten Herbert Falke, der zusammen mit seiner Enkeltochter Franziska Kleinkriminelle jagt. Die beiden versuchen die seltsam verstreuten Puzzleteile des Falls zusammenzusetzen: ein mysteriöser Toter, ein Hund ohne Fell, der sich für Gulaschsuppe begeistert, und ein Opfer, das zum Täter wird.

BERND KÖSTERING
Goetheglut

978-3-8392-1181-6 (Paperback)
978-3-8392-3717-5 (pdf)
978-3-8392-3716-8 (epub)

»Hendrik Wilmut, der literarische Ermittler, in seinem zweiten Fall. Ein spannender Streifzug durch die Weimarer Klassik.«

Weimar im Sommer 2004. In der Ilm wird ein Toter gefunden. Hendrik Wilmut, Literaturexperte aus Frankfurt am Main, gerät unter Mordverdacht. Seine Freunde ziehen sich zurück, nur sein Cousin Benno lässt ihn nicht im Stich. Mit seiner Hilfe vollzieht Wilmut eine erstaunliche Wandlung: Er wird vom Gejagten zum Jäger, vom Angeklagten zum Ermittler. So kommen sie dem Geheimnis des Kassibers sehr nahe. Doch dann verbrennt der vermutliche Beweis seiner Unschuld in der Herzogin Anna Amalia Bibliothek. Jetzt gibt es nur noch eine Frau, die ihn retten kann …

GMEINER SPANNUNG

WWW.GMEINER-VERLAG.DE
Wir machen's spannend

Das Neueste aus der Gmeiner-Bibliothek

Unser Lesermagazin

Bestellen Sie das
kostenlose Krimi-
Journal in Ihrer
Buchhandlung
oder unter
www.gmeiner-verlag.de

Informieren Sie sich ...

- **www** ... auf unserer Homepage:
  www.gmeiner-verlag.de
- **@** ... über unseren Newsletter:
  Melden Sie sich für unseren Newsletter an
  unter www.gmeiner-verlag.de/newsletter
- **f** ... werden Sie Fan auf Facebook:
  www.facebook.com/gmeiner.verlag

Mitmachen und gewinnen!

Schicken Sie uns Ihre Meinung zu unseren Büchern
per Mail an gewinnspiel@gmeiner-verlag.de
und nehmen Sie automatisch an unserem
Jahresgewinnspiel mit »mörderisch guten« Preisen teil!